D1719212

DÖRLEMANN

Hanna Johansen

Der Herbst, in dem ich Klavier spielen lernte

Tagebuch

DÖRLEMANN

Der Verlag dankt der Abteilung Kultur der Stadt Zürich
sowie der Fachstelle Kultur des Kantons Zürich
für die Druckkostenbeiträge.

Dieses Buch ist auch als DÖRLEMANN eBook erhältlich.
ISBN (epub) 978-3-908778-60-8

Umschlaggestaltung: Mike Bierwolf
Gesetzt aus der Stempel-Garamond
Satz: Dörlemann Satz, Lemförde
Druck und Bindung: CPI – Clausen & Bosse, Leck
ISBN 978-3-03820-011-6
www.doerlemann.com

Ich lerne Klavier spielen. Was dieser Satz bedeutet, weiß ich noch nicht. Es gefällt mir, das nicht zu wissen. Dagegen verwirrt mich, was er früher bedeutet hätte. Meine Großeltern hatten ein Klavier, ein schwarzes, die väterlichen Großeltern, bei den mütterlichen gab es nicht mal ein Schifferklavier, sondern eine Quetschkommode, aber immer einen der vielen Onkel oder älteren Vettern, die uns damit verzaubern konnten. Auf der väterlichen Seite stand das Klavier, es gab nur einen, der es spielte, und den konnte ich ebenso wenig leiden wie die Art, wie er das Klavier spielte. Er war der ältere Bruder meines Vaters und von Statur genauso pompös, wie er in die Tasten griff. In den Kriegsjahren haben wir ihn dort zu Weihnachten spielen gehört, nachdem ich eine gute Wegstunde auf einem Schlitten durch den Winter gezogen worden war. Mein Vater war einer, der nicht Klavier spielte, aber gern fotografiert hat, darum nehme ich an, dass er das Bild aufgenommen hat, das mich auf dem Schlitten zeigt, und stelle mir vor, dass er den Schlitten nur kurz an meine Mutter abgegeben hat, um uns zu fotografieren. Er war seit Mai 1940 Soldat und hatte Weihnachtsurlaub.

Die Ehe meiner Eltern hat den Krieg nicht überstanden, im Herbst kam ich in die Schule, und von da an habe ich die Großeltern nur noch allein besucht, um meinen Vater zu treffen oder um eine Ferienwoche auf dem Dorf zu verbringen. Im Hühnerhof konnte ich auf der Schaukel sitzen, in der Stube mit dem Klavier spielen, mit viel Neugier und wenig Erfolg, und bei seltenen Gelegenheiten dem unerfreulichen Onkel beim Klavierspielen zuhören. Das Musikmachen hat mich angezogen, das Pompöse abgestoßen.

Mein Großvater war Hauptlehrer an einer vierklassigen Dorfschule, darum wohnte er mit seiner Familie in der an die Schule angebauten Wohnung, einer Wohnung mit größeren Räumen als damals üblich, und höher waren sie auch. Darum hatte er ein Klavier.

Meine Freude an dem Instrument gefiel ihm so sehr, dass er versprach, ich würde es später einmal erben.

Seitdem sind mehr als sechzig Jahre vergangen, ich habe vieles gelernt und erlebt, nicht aber, wie es ist, Klavier spielen zu lernen. Das will ich jetzt.

Gestern hat mein Liebster mir sein Klavier gebracht. Das war traurig, denn er kann es nicht mehr brauchen, weil seine Hörnerven so nachgelassen haben, dass er Töne nur noch falsch hört. Und es war eine Freude, sagt er, weil es zu mir kommt und nicht irgendwohin. Es ist auch gar kein Klavier, sondern ein Keyboard, auf dem man auch Streichinstrumente oder Chöre erzeugen könnte. Aber ich will nur Klavier spielen lernen.

Heute bin ich in die Stadt gefahren, um eine Klavierschule zu kaufen.

Mein Leben lang habe ich viele und vor allem feine Arbeiten mit meinen Fingern gemacht. Sie sind nicht ungeschickt. Darum traue ich ihnen zu, noch dazuzulernen. Genauer, ich traue meinem Kopf zu, noch dazuzulernen. In meinen frühen zwanziger Jahren habe ich neben dem Studium als Morgensekretärin gearbeitet und das Tippen mit zehn Fingern gelernt, also ein Buch gekauft, die Geläufigkeit meines Vierfingersystems aufgegeben und Fingerübungen gemacht, bis sich eine neue Geläufigkeit eingestellt hatte. Mit Vergnügen erinnere ich mich an das Gefühl beim d-a-s und k-ö-l und erwarte, dass sich das jetzt wiederholt, erwarte aber auch, dass es schwieriger wird.

Zeit will ich mir lassen. Geduld will ich haben. Und keine Ziele, schon gar keine hohen. Das Ziel soll immer der Schritt sein, den ich gerade mache. Der Weg zur Hölle ist mit guten Vorsätzen gepflastert, sagt man.

So habe ich mich an mein Klavier gesetzt.

Es war zu hoch. Wer einen Klavierhocker besitzt, würde den höher schrauben. Das weiß ich, weil mein Großvater einen Klavierhocker hatte. Ich habe keinen. Dafür kann man das Gestell, auf dem das Klavier liegt, in der Höhe verstellen, wenn man den Mechanismus versteht. Sehr lange habe ich daran herumprobiert, bis ich schließlich die richtige Höhe hatte, und ich fürchte, ich verstehe diesen Mechanismus noch immer nicht richtig.

Endlich konnte ich meine Finger auf die Tasten legen. Das Lehrbuch sagt, wie. Dann sagt es, was ich für den Anfang mit diesen Fingern tun soll, und die Schwierigkeiten können beginnen. Ich sehe mir bei meinen Versuchen zu und staune. Meine Finger sind Zusammenarbeit gewöhnt, nicht aber, ihre individuellen Rollen aufzugeben, um an ihrem Ort das Gleiche gleich zu machen wie die andern Finger. Nicht nur gleich stark sollen sie ihre Taste schlagen, sondern auch gleich lang und im richtigen Augenblick. Der kleine Finger würde das gern leiser machen als die stärkeren, und wenn er sich um mehr Kraft bemüht, um gleich zu klingen, wird er zu laut, was ich sehr verständlich finde. Woher soll er denn eine Kräfteskala im Kopf haben, die ihm bisher nie abverlangt wurde? Er hat noch viel zu lernen, und die andern Finger auch. Ich lobe ihn fürs Erste.

Beim d-a-s auf der Schreibmaschine ging es nur dar-

um, die Finger in ungewohnter Reihenfolge zu bewegen und den richtigen Ort zu treffen. Auf dem
Klavier hat die gleiche Abfolge mindestens zwei Di-
mensionen mehr. K-ö-l heißt hier e-g-f. Und d-a-s
heißt e-c-d, wird aber nicht so geschrieben. Über
Violinschlüsselnoten weiß ich das Nötigste, mit Bass-
schlüsseln hatte ich noch nie zu tun.

Um keine Langeweile aufkommen zu lassen, wende
ich mich schon mal der nächsten Schwierigkeit zu,
dem Akkord, und da hören die Vergleiche mit der
Schreibmaschine auf. Vergleichbar ist nur noch, dass
man aufs Blatt schaut und nicht auf die Finger. Vor
dreißig Jahren habe ich Blockflöte spielen gelernt,
und ich erinnere mich an das Üben von Fingerkombinationen und daran, wie schnell meine Finger gelernt haben, etwas anderes zu tun als die der anderen
Hand. Auf den Tasten kommt mir das viel schwieriger vor. Warum? Es muss am Alter liegen, denken wir
gern, und zwar aus Faulheit. Ich glaube eher, es liegt
daran, dass auf der Flöte die Finger nur ein Loch verschließen mussten und nicht auch noch einen Ton
erzeugen, das war Sache des Mundraums. Aber ich
muss mich korrigieren. Die Finger dienen dem neuen
Ton nicht durch Verschließen, sondern durch Öffnen, während sie in der Grundstellung alles verschließen. Das ist das Gegenteil von dem, was auf
dem Klavier von ihnen erwartet wird.

Jedenfalls scheint diese Tonerzeugung meine Finger jetzt so abzulenken, dass sie es nur selten schaffen, gleichzeitig aufzutreffen. Arpeggio heißt das, aber ein Arpeggio ist nicht erwünscht, und schon gar kein chaotisches. Nach Harfenart heiße das, sagt der Duden, und dabei kommt mir in den Sinn, dass ich auf meinem Klavier außer Geigen zwar nicht die Harfe, wohl aber das Cembalo spielen könnte. Wenn ich es könnte.

Schon der erste Akkord will gelernt sein, erst recht der Wechsel zum Dominantseptimakkord. Dieser Wechsel überrascht mich damit, dass die betroffenen Finger ihn ohne große Mühe zustande bringen, der Zeigefinger tut sowieso bereitwillig alles, was ich ihm auftrage, und der kleine Finger hat viel Erfahrung darin, nach links auszugreifen, denn das kann nur er. Aber wenn sie alle in den Grundakkord zurückkehren sollen, würde ich am liebsten mit der andern Hand nachhelfen.

Nun noch ein erster Versuch mit beiden Händen. Melodie und Begleitung. Habe ich gesagt, auf der Flöte habe sich leicht gelernt, dass die Hände unterschiedliche Dinge tun? Hier nicht. Es scheint daran zu liegen, dass sie nicht gemeinsam an einem Ton arbeiten, sondern getrennt an ihren eigenen Tonfolgen, und das in eigenen Rhythmen. Das Buch fordert mich außerdem auf, die Begleitung leiser zu spielen als die Melodie, und damit bin ich definitiv überfordert.

Bis hierher und nicht weiter. Es war sowieso unvernünftig viel für die erste Stunde, aber ich war zu neugierig, um es nicht auszuprobieren. Und jetzt bin ich neugierig, wie viele Wochen ich brauche, um das Pensum dieser ersten Stunde zu lernen. Lernen sage ich, aber das Wort kommt mir unpassend vor. Wahrscheinlich ist es etwas ganz anderes.

23. September

Heute ist ein duftender Septembertag, nur ein Hauch von einem Wind, damit man die Frische fühlen kann, ein leises Wehen in der Birke, kein Rauschen, kein Rascheln. Als ich aufgestanden bin, war das Licht noch im Morgennebel versteckt. Ich habe mir vorgenommen, morgens zu üben, noch vor dem Frühstück. Um etwas Neues zu lernen, schien mir, sollte ich mich an feste Regeln halten. Ob die Regel, für die ich mich entschieden habe, vernünftig ist, wird sich zeigen.

Ich bin kein Morgenmensch. Darum wünsche ich mir beim Aufwachen immer, den Tag noch nicht beginnen zu müssen. Ich weiß, wie undankbar das ist. Sollte ich nicht vor Freude singen angesichts der Tatsache, dass ich noch einen Tag vor mir habe? Irgendwann wird das schließlich nicht mehr der Fall sein. Aber die Erfahrung hat gezeigt, dass mir in der Frühe die Dinge schwerer fallen als später am Tag. Das war schon in der Schule so. Wenn die Lehrerin sagte, man schreibe die schwierige Mathematikarbeit ausnahmsweise in den beiden ersten Stunden, wenn wir alle noch frisch seien, wusste ich nicht, was sie meinte. Ich war erst zwei Stunden später frisch. Aber ich habe daraus gelernt, dass es Menschen gibt, denen es damit anders ergeht, und dieses Wissen ist auch etwas wert.

Warum nur habe ich den Plan gefasst, vor dem Frühstück am Klavier zu sitzen? Steckt die Hoffnung dahinter, ein altes Muster durchbrechen zu können? Oder will ich mir das Lernen schwerer machen, als es sein müsste, damit ich eine Ausrede habe, wenn es schwerfällt? Das kann ich nicht glauben. Eher glaube ich, ich wollte einen Platz im Lauf des Tages finden, der noch frei ist. So kommt es mir vor, obwohl meine Stunden keine festen Regeln mehr haben, und wenn, dann vor allem durch die Radioprogramme, mit denen ich mich von meiner Arbeit abhalten lasse, wozu die täglichen Zeitungen und die Arbeiten im Haus und im Garten auch ihren Teil beitragen, vom Schwimmen und Einkaufen gar nicht zu reden, sodass ich kaum noch zum Schreiben komme.

Dabei habe ich mit einem lange geplanten Buch endlich angefangen und wünsche mir, beim zweiten Kapitel möglichst bald voranzukommen. Jedenfalls erscheint mir die Zeit vor dem Frühstück plötzlich als eine, die ich aufwerten möchte.

Eine Überraschung waren heute früh meine ersten Schritte beim Aufstehen. Ich hatte einen Muskelkater. Nicht etwa in den Armen oder Händen, das hätte mich nicht überrascht, nachdem ich sie eine Stunde lang so anders gebraucht hatte als sonst, sondern in den Beinen und Füßen. Die Ursache kann nicht im Pedalgebrauch zu suchen sein, denn der liegt noch in weiter Ferne. Was mögen meine Beine zu meinen Bemühungen beigetragen haben? Sehr nützlich kann es nicht gewesen sein, aber vielleicht war es notwendig. Um ehrlich zu sein, die Schultern fühlen sich auch etwas anders an als sonst. Der Körper sollte lockerer sein beim Üben, folgere ich. Aber das ist leicht gesagt, wenn sich das Gehirn so anstrengen muss mit seinen Fingern.

Ich habe also, als die Morgennebel noch vor dem Fenster herumstanden, geübt. Nur eine halbe Stunde, um etwas für die Lockerheit zu tun und weil dann die Kontext-Sendung im Radio anfing, passend zum Frühstück. Wie erwartet stand es um meine Fingerfertigkeit genauso wie gestern, oder nicht ganz wie erwartet, denn im Geheimen pflege ich die Hoffnung, dass durch den Nachtschlaf sich das Gelernte befestigen könnte. Es schien mir aber ganz im Gegenteil wieder verlernt zu sein. Trotzdem ist möglicherweise doch genau das geschehen, ohne dass ich es wahrnehmen kann. Die Unterschiede sind zu winzig, und beim zweiten Mal erscheint uns das Noch-nicht-Können wie ein Rückschritt.

Kürzlich habe ich etwas gelesen über die Befestigung von Gelerntem. Da gab es einen Unterschied zwischen motorischem und wissensmäßigem Lernen, was die Verankerung durch Vorgänge während des Schlafens betrifft. Die Formulierungen sind falsch, in dem Artikel wurde eine andere Terminologie verwendet, was vielleicht auch den Inhalt verändert. Wenn ich schon gewusst hätte, dass ich bald Klavier spielen lernen würde, hätte ich mir vielleicht nicht die Terminologie, wohl aber die Ergebnisse der Studie genauer gemerkt. Mein Entschluss ist aber erst drei Tage alt, und jetzt weiß ich nicht, ob es bei meinem Vorhaben sinnvoll wäre, vor dem Einschlafen das Gelernte noch einmal zu wiederholen oder gerade nicht. Und ob ich statt am frühen Morgen vielleicht doch lieber am späten Abend üben sollte.

Gestern vor dem Schlafengehen habe ich noch eine Viertelstunde die einfachsten Dinge geübt, um meinem Gehirn die Möglichkeit anzubieten, sich über Nacht damit zu beschäftigen.

Der Mond schien zum Fenster herein, rund und von einem leuchtenden Hof umgeben. Rechts unter dem Mond war ein heller Stern zu sehen, was mich erstaunt hat, denn Sterne sieht man hier in Stadtnähe sonst kaum, und schon gar nicht in mondhellen Nächten. Bei solchen Ausnahmen vermute ich, dass es ein Planet sein könnte. Ich sage nicht gern Stern oder Planet, weil es bedeutet, dass ich nicht weiß, welcher es ist. Sie haben alle ihre Namen, und ich erkenne nur die Venus, weil sie gleich nach der Sonne untergeht, und die konnte es nachts um halb zwölf nicht sein, wenn der Vollmond sich seinem Zenit nähert. Der Sternenhimmel gehört zu den Dingen, über die ich schon immer mehr wissen wollte, um nicht so pauschal von Sternen sprechen zu müssen, weil ich nicht einmal die Fixsterne von Planeten unterscheiden kann. Über den Mond weiß ich etwas mehr als über die Sterne und wundere mich nicht, wenn er beim Abnehmen täglich später auf- und untergeht, bis er als Neumond am Tageshimmel steht, um dann als zunehmende Sichel immer weiter hinter der Sonne zurückzubleiben. Nur warum er sich ausgerechnet so um die Erde dreht, dass er uns immer die gleiche Seite zuwendet, habe ich noch nicht verstanden.

Aber jetzt lerne ich Klavier spielen. Die Himmelskörper kann ich mir später vornehmen.

Ich gehöre zu denen, die vor dem Einschlafen lesen, und dabei kann es sehr spät werden. Das macht normalerweise nichts, weil ich dann morgens länger schlafe. Aber gestern habe ich mich gefragt, ob ich aufs Lesen verzichten sollte, wenn ich vor dem Frühstück schon etwas vorhabe. Ich habe nicht verzichtet und bin um halb sechs wieder aufgewacht. Das ist nichts Besonderes, ich gehe dann ins Bad und schlafe nachher gleich wieder ein. Heute nicht. Der Himmel zeigte schon ein erstes Morgengrauen, und in meinem Kopf war alles in Bewegung.

Das Morgengrauen war, wie gesagt, draußen am Himmel und nicht wie sonst in meinem Kopf. Allmählich nahm das Licht im Fenster zu. Ich vertrage es schlecht, wenn beim Aufwachen die Welt nicht zum Fenster hereinschaut, darum lasse ich die Fensterläden offen und habe keine Vorhänge. Man könnte meinen, das sei ein atavistischer Reflex aus den Kriegsjahren, als die allgemeine Verdunkelung geboten war, aber ich glaube, es ist einfacher. Wenn das Licht ausgesperrt wird, fühle ich mich eingesperrt, und es fällt mir noch schwerer, mich auf den Tag zuzubewegen, als ohnehin schon. Während der Himmel oben noch dunkel war, entstand ein rötliches Geschiebe über dem Hügel im Osten, das an Stärke zunahm, also einen Sonnenaufgang ankündigte, wie er vor einem Regentag aussieht. Und während die Helligkeit wuchs, mischten sich gelbe Töne ins Rote. Also vielleicht nicht den ganzen Tag Regen.

Weil ich Sonnenaufgänge meistens verschlafe, bleiben sie mir, wenn ich sie erlebe, stärker in Erinnerung. Vor vierzig Jahren wurde mein erster Sohn geboren, im Herbst, und wenn man ein Neugeborenes im Hause hat, verpasst man keine Sonnenaufgänge. Die bleiben dann für immer mit diesem neuen Glück und dieser neuen liebevollen Sorge verknüpft, und das umso mehr, als das Aufgehen der Sonne auch so schon ein Vorgang ist, der intensive Gefühle wachrufen kann.

Den Sonnenaufgang selber kann man hierzulande aber kaum irgendwo sehen, denn wenn sie sich über den Hügel stemmt, die Sonne, ist der Tag bereits fortgeschritten. Dabei habe ich noch Glück, es gibt nicht wenige Gegenden, in denen sie es, sobald der Sommer vorbei ist, gar nicht mehr über die Berge schafft. Jetzt, im September, kann ich sie aber auch nicht über den Hügel jenseits des Sees kommen sehen, weil sie es hinter den Nachbarhäusern tut.

Heute funktionieren meine Wiedereinschlaftricks nicht. Zu viel Bewegung im Kopf. Und etwas in den

Händen, das sonst nicht da ist. Ich kann kein richtiges Wort dafür finden, am ehesten gleicht es einem Brodeln oder Rumoren. Außerdem kommen sie mir viel größer vor als sonst. Große müde warme Pranken sind es, besonders die linke. Und wenn ich die Handfläche aufs Bett lege, strahlt ihr von dort geradezu Hitze entgegen.

Etwas ganz Ähnliches lässt sich von den Füßen sagen. Groß und weich fühlen sie sich an, und die Sohlen brodeln. Ein ähnliches Gefühl hatte ich schon vor einer Woche, als ich noch nicht ans Klavierspielen dachte. Wir waren bei einer Ortschaft in der Nähe des Obersees, wo die Landschaft einen eher flachen Eindruck macht, an einem Flüsschen spaziert, das sich unerwartet tief in den Wald eingeschnitten hatte, nicht nur überraschend wild war und uns Stufe um Stufe entgegengesprungen kam, sondern weiter oben in einem veritablen Wasserfall herunterstürzte. Schön war an dem Spaziergang auch, dass ich Schuhe mit dünnen Sohlen hatte, die es erlaubten, das Geröll und die Unebenheiten auf dem Weg genau wahrzunehmen. Danach waren meine Füße den ganzen Tag in lebendiger Unruhe. Jetzt habe ich nichts mit ihnen gemacht, und sie fühlen sich doch gleich an. Vielleicht tun sie das aus schierem Mitgefühl mit den Händen.

Unterdessen gehen die Farben draußen in rosa

und gelbe Schattierungen des Grauen über, um halb acht ist auch der letzte Schimmer von Tiepolo-Himmel vergangen und hat dem gewöhnlichen Tageslicht Platz gemacht. Ich stehe auf, dusche und setze mich ans Klavier.

Es steht am Fenster, wo ich ins Grüne schaue, nach Süden, in den Cornus, der groß geworden ist, wie ich es mir gewünscht habe, damit er den Hortensien Schatten gibt, solange der junge Quittenbaum das noch nicht kann. Dahinter steht das Nachbarhaus mit seinen fünf Wohnungen und dem hohen Dach, hinter dem zwei noch höhere Tannen wachsen, in denen sich die Stare sammeln, und rechts davon weitere Nachbarhäuser oder Dächer.

Ich übe mit meinen großen warmen Händen die einfachsten Dinge und tue es wie im Schlaf. Mal kommen die Tonfolgen gleichmäßig, mal ungleichmäßig, und es ist nicht nur der kleine Finger, der seinen Platz in der Reihe nicht finden kann. Andere können mit ihrer gewohnten Dominanz nicht umgehen, der Ringfinger muss sehen, wie er aus seinem Schattendasein herausfindet. Und der Daumen ist auch verwirrt. Sein ganzes Leben hat er als Gegenüber mit den andern vieren zusammengearbeitet und gute Arbeit geleistet, auch bei der Blockflöte, und jetzt soll er sich plötzlich einreihen und das Gleiche tun wie sie. Ich finde, er schlägt sich tapfer.

Der linken Hand nehme ich es nicht übel, wenn die Akkorde aus dem Ruder laufen. Der eine oder andere gelingt ja. Und ganz ausnahmsweise bleibt auch mal der Krampf beim Wechseln aus.

Ich habe es nicht eilig und bin zufrieden mit dem Gedanken, unscheinbare Dinge Tausende von Malen tun zu müssen, um sie zu »lernen«.

Zwanzig Minuten, stelle ich mir vor, als Erstes am Morgen und als Letztes am Abend. Die Zeit dazwischen soll bleiben, wie sie war. Ich will nicht mein ganzes Leben ändern, nur Klavier spielen lernen. Es sieht aber ganz danach aus, dass die Zeit dazwischen nicht bleibt, wie sie war. Vielleicht ist das nur am Anfang so, ich lerne schließlich nicht oft etwas ganz Neues, und wenn das Neue allmählich zur Gewohnheit wird, nutzt sich die Wirkung ab. Aber jetzt, am Anfang, ist mein Kopf in heller Aufregung.

25. September

Ich muss meine linke Hand besser verstehen. Sie hat es nötig. Und während ich darüber nachdenke, höre ich im Radio eine Motette von Bach: »Der Geist hilft unsrer Schwachheit auf«, singen sie. Ich hoffe, sie hat es gehört, meine Linke.

Schon im Sommer habe ich ihr Ungewohntes zugemutet. Die Linke ist aus allen Wolken gefallen, als sie schreiben sollte. Nur die Buchstaben ins Kreuzworträtsel. Ich war neugierig, wie und wie langsam sie lernen würde, und habe mir dabei vorgestellt, dass es vor fünfundsechzig Jahren für die rechte Hand genauso war, als sie schreiben lernen musste. Aber ich erinnere mich an keine Schwierigkeiten, mir ist, als hätte ich alles einfach gemacht. Das Schulgebäude und das Klassenzimmer sehe ich noch vor mir, obwohl ich schon nach einem halben Jahr in eine andere Schule gekommen bin, weil meine Mutter und ich umgezogen sind. Die abgewetzten Schulbänke aus einer fernen Vorkriegszeit mit ihrer Schräge, dem Ablagesims für den Griffelkasten und der Grube fürs Tintenfass, das wir noch nicht benutzen durften. Rätselhafte Runen der verschiedensten Art waren mehr oder weniger tief ins Holz geritzt und von Tinte geschwärzt, und ich fragte mich, ob ich sie eines Tages würde entziffern können. Dass an den Doppelpulten die Sitzbank für die vordere Reihe festgemacht war, kam mir sehr praktisch vor. Überrascht haben sie mich aber nicht, diese Bänke, weil ich sie schon von Großvaters Dorfschule in Mahndorf kannte. Die waren immer leer, wenn ich dort an der Tafel malen und das Gemalte mit einem nassen Schwamm wieder abwischen und die schwarzglänzende Tafel dann trockenreiben durfte. In meiner Klasse dagegen saßen mehr als fünfzig Kinder. An keins davon erinnere ich mich, auch an keinen Lehrer, nur daran, dass sie alt waren und alle paar Wochen ein neuer kam. Heute weiß ich warum. Viele waren längst pensioniert, und ab und zu kam einer aus der Kriegsgefangenschaft zurück, der dann an ihre Stelle trat. Alle hatten wir unsere Schiefertafel vor uns und einen Griffel in der Hand, und ich sehe die Reihen von i und e noch vor mir, die ich in der Schule und zu Hause geschrieben habe. Warum wir etwas, das wir längst konnten, immer wieder schreiben mussten, war mir unbegreiflich, und ich glaube nicht, dass es Vergnügen gemacht hat. Mit den andern Buchstaben war es das Gleiche. Dann kamen Buchstabenkombinationen und schließlich Wörter. Das ging alles viel zu langsam, als dass es Schwierigkeiten hätte machen können, und das war natürlich der Sinn der Sache. Aus der Fibel haben wir erste Sätze vorgelesen, »lene sei leise, male eine feine leine, ei so feine seife«. Auch das viel zu langsam. Und als ich alle Buchstaben lesen konnte, habe ich das dicke grüne Märchenbuch, aus dem meine Mutter in den Kriegsjahren immer vorgelesen hatte, mit ins Bett genommen, um selbst zu lesen, »Der Mond«, weil das Märchen schön kurz war. Welche Enttäuschung, als ich merken musste, wie schwer das war. Es war eine ganz andere Schrift, als wir sie gelernt hatten, sodass ich mir Wort für Wort buchstabieren musste und all meine Kraft brauchte, um den Sinn eines Satzes zu verstehen. Welche Erleichterung, wenn ich wieder einen Absatz geschafft hatte. Aber ich konnte die Musik nicht finden, die ich gehört hatte, wenn meine Mutter mir Märchen vorlas, und wusste nicht, ob das an diesem Märchen oder an mir oder an meiner Mutter lag.

Das Lernen war wohl doch nicht ganz so mühelos, wie ich es in Erinnerung habe. Mein Gedächtnis musste auswählen und hat andere Dinge wichtiger gefunden. Jetzt möchte ich zum ersten Mal genauer wissen, was mir beim Lernen zustößt, während es früher offenbar mehr um das ging, was dabei herauskommt. Und damit es nicht gleich wieder in der Masse des Vergessenen versickert, habe ich mir vorgenommen, aufzupassen und es aufzuschreiben, so gut ich kann.

Während ich das schreibe, wundere ich mich über meine zehn Finger. Sie scheinen eine ganz neue Freude am Tippen zu haben und benehmen sich wie Virtuosen, die zeigen wollen, wie leicht ihnen ihre Arbeit fällt. Vor allem die Finger der linken Hand. Offenbar freuen sie sich, dass die Tastatur so viel einfacher ist als das Klavier.

Zurück zu meiner linken Hand. Beim Schreiben von Kreuzworträtselbuchstaben hat sie zwar dazugelernt, aber so wenig, dass es nicht der Rede wert ist. Um von Fortschritten reden zu können, hätte sie viel mehr üben müssen. Vielleicht so viel wie in der ersten Klasse, als mir alles zu langsam war. Vielleicht mehr, weil sie die Linke ist. Vielleicht auch weniger, weil sie inzwischen Erfahrungen gesammelt hat.

Am Klavier gibt es keine Ausreden. Die Linke muss üben, wenn sie dazulernen will. Der Daumen macht kaum Probleme, er hat Übung darin, in eigener Verantwortung seine Aufgaben zu erfüllen. Die andern vier Finger nicht, sie sind an gemeinsame Arbeit gewöhnt und reagieren verwirrt, wenn sie das aufgeben sollen. Solistisches ist ihnen fremd, sie tun, was sie können, und das ist nicht viel. Am besten gelingt ihnen ein Druck auf ihre Taste, aber wenn sich einer von ihnen heben soll, gibt es immer einen oder zwei, die denken, das gelte auch für sie. Und wenn sie begreifen, dass das Mitmachen nun falsch ist, beginnen sie zu zittern. Oder sie erstarren einfach, statt sich zu heben. Ein Bild des Jammers.

Vor einigen Jahren wollte ich wissen, was passiert, wenn meine Hände beim alltäglichen Tun die Rollen tauschen, und war nicht überrascht zu sehen, was der Linken alles schwerfiel. Als Rechtshänderin weiß man das. Aber ich hatte nicht damit gerechnet, dass auch meine Rechte, der ich so viel zugetraut hatte, in ihrer neuen Rolle eine Versagerin war. Ihre Aufgabe war nun das, was die Linke mein Leben lang geleistet hat, nämlich die Gegenstände so zu halten und zu führen, dass die rechte Primadonna ihre Feinarbeit machen konnte. Aber die Primadonna war zu ahnungslos, um auch nur eine Zahnpastatube so zu halten, dass die Linke sie mühelos zuschrauben konnte.

Bloß ungeschickt kann diese Linke also nicht sein. Und wenn sie zittert oder erstarrt oder fehlgreift, muss ich ihr helfen. Sie darf jetzt üben, und zwar ohne Klavier und so, dass alle Schritte voneinander getrennt sind. Gestern habe ich damit angefangen. Jeden einzelnen Finger ermutige ich, etwas ganz allein zu tun. Oder im Wechsel mit einem der andern. Heben und senken. Ganz langsam, und ich schaue ihnen dabei zu. Ich glaube, das hilft. Mit gekrümmten Fingern ist es schwieriger als mit gestreckten. Seltsam. Sind nicht unsere Hände seit alters her für gekrümmtes Tun gemacht, auch wenn wir inzwischen mit ihnen nicht mehr mühelos an den Bäumen hängen können?

Am Abend war ich mit einer Freundin in einer Konzertprobe. Die noch kaum je aufgeführte *Marienvesper* von Pergolesi wurde geübt, eine wunderbare Musik, und mit großen Ohren habe ich zugehört, wie das Zusammenspiel auch von ausgebildeten Musikern noch erarbeitet werden muss.

Danach habe ich mich nicht mehr ans Klavier gesetzt, sondern wieder meine Trockenübungen gemacht. Aufmerksam. Aber auch beim Lesen, also ohne Aufmerksamkeit. Vor dem Einschlafen im Bett. Mit leisem Ziehen im Mittelfinger bin ich eingeschlafen.

Beim Aufwachen kamen mir die Hände nicht mehr so riesengroß vor wie gestern, aber beweglich und warm. Es war halb neun, ein guter Moment zum Aufstehen. Aber erst noch Trockenübungen. Es gibt Unterschiede, wenn ich sie auf der Bettdecke mache oder auf dem Bauch, wo es leichter fällt. Ich bin schließlich auf der Suche nach dem, was es leichter macht. Es hat keinen Sinn, etwas Schwieriges zu üben, besser finde ich heraus, was daran leicht ist, um dann diese Leichtigkeit auszuweiten.

Als ich zum zweiten Mal aufwachte, war es halb elf. Für heute ist mein disziplinierter Tagesablauf gescheitert. Aber man kann auch nach dem Frühstück üben, selbst wenn es ein spätes war.

C d e f g g f e d c. Links und rechts. Gleichbleiben der Tonstärke. Akkorde. Und was beobachte ich? Fortschritte. Kleine zwar, aber deutliche.

Weil ich nun bis morgen außer Haus bin, wird das Klavier für heute zugedeckt. Aber ich kann auf dem Oberschenkel üben, wo immer ich bin.

Bis zum Nachmittag war ich bei meinem Liebsten. Er ist zehn Jahre älter als ich, aber die Finger seiner linken Hand bewegen sich ohne Mühe einzeln und in Kombinationen. Das passt nicht zu unserer landläufigen Vorstellung, dass und wie der Mensch im Alter naturgemäß immer unbeweglicher wird. Die Ursache für dieses Phänomen liegt nicht in der Natur, sondern an Krankheiten oder, häufiger, daran, dass wir jahrzehntelang auf jede Menge Bewegungen verzichtet haben. Und damit meine ich nicht das Herumrennen oder Geräteturnen, sondern all die feinen Varianten, ohne die wir in unserm Leben auch zurechtgekommen sind. Aber dass mein Liebster eine so freie Beweglichkeit in seinen Händen hat, liegt wohl auch daran, dass er, als er vierzehn war, für mehrere Jahre Klavierunterricht bekommen hat. An Einzelheiten des Übens erinnert er sich nicht, wohl aber an die Lehrerinnen und Lehrer und daran, dass er zu wenig geübt hat. Sehr wenig kann es aber nicht gewesen sein, wenn die Wirkung bis heute anhält. Und wenn ich höre, welche Etüden er gespielt hat, kann sein Üben nicht umsonst gewesen sein, auch wenn er sich an Unlust erinnert und daran, dass er lieber Jazz gespielt hätte.

Für mich liegt das noch in weiter Ferne, und ich habe nichts dagegen, mich vorerst mit »Frère

Jacques« herumzuschlagen. Es ist ohnehin absurd, dass ich Klavier spielen lernen will. Ich bin zu alt, nicht besonders musikalisch veranlagt, und mein Sinn fürs Rhythmische ist bestenfalls mittelmäßig. Na und? Die Gratwanderung zwischen Scheitern und Dazulernen lässt sich auf jedem Niveau erleben, auch auf meinem.

Absurd war auch das Pensum, das ich in der ersten Stunde zwar nicht absolviert, aber doch ausprobiert habe. Trotzdem, für mich war es richtig, einen Raum abzustecken, in dem auch das noch Unerreichbare schon seinen Platz hat. Es erinnert mich an die Zeit, als ich unser Haus gestrichen habe, bevor wir eingezogen sind. Fachleute haben unterdessen das Treppenhaus, die Nassräume und Fenster gemalt, und einem von ihnen verdanke ich zwei Ratschläge.

Eine sichere Hand sei besser als Abdeckband, lautete der eine, als es um die Grenze zwischen Dispersionsflächen und den lackierten Türrahmen ging. Ich konnte ihm nur recht geben und war froh über meine sichere Hand. Aufs Klavierspielen lässt sich das nicht übertragen, da gibt es nur eins, die sichere Hand, und das bedeutet etwas ganz anderes als beim Anstreichen.

Der andere Ratschlag betraf das Lackieren. Wenn der Pinsel schon fast leer sei, hieß es, solle man ihn ein paar Mal über die noch unbehandelte Fläche ziehen, bevor man sie mit frischem Lack gründlich bearbeite. Eine Schneckenspur, sagte der Maler. Seitdem habe ich unzählige Quadratmeter lackiert, und die Methode ist eine große Erleichterung bei der Arbeit. Daran habe ich bei meinen Vorgriffen ins Unmögliche gedacht. Beim Lackieren lässt man dann den Lack trocknen, bis die zweite Schicht aufgetragen werden kann. Und von da an taugt die Metapher fürs Klavier nicht mehr. Denn nicht nur kommen ohne Ende neue Schichten, jede einzelne ist auch viel mühseliger aufzutragen als der Lack auf ein Türblatt.

Die Akkorde greife ich heute mit etwas mehr Sicherheit, manchmal sogar ohne zu überlegen, aber es gibt genug anderes, was bei den einfachsten Kinderliedern aus der Reihe tanzen kann. Und die Melodie lauter spielen als die Begleitung? Unmöglich. Trotzdem habe ich heute schon mal die nächste Doppelseite angeschaut, um zu sehen, was auf mich zukommt: rhythmische Vorgaben bei der Begleitung, nachdem bis jetzt ein Akkord einen ganzen Takt gehalten werden sollte. Ein Kinderspiel, sollte man meinen. Ich hab es probiert. Das werde ich sehr üben müssen, aber nicht heute.

Ernsthafte Sorgen macht mir der Bassschlüssel. Für die Notation mag er eine Erleichterung sein, für mein Gehirn nicht. Ich müsste zwei davon haben. Ob man sich an dieses doppelte Denken gewöhnen kann? Und ehrlich gesagt traue ich auch meinen Augen kaum zu, die beiden Parallelen gleichzeitig zu lesen, wenn es schwieriger wird.

27. September

Die Sache mit der Tageseinteilung klappt nicht. Ich kann mich nicht dazu aufraffen, nach der Uhr zu leben. Das muss am Alter liegen. Mein Gedächtnis, das viele Erinnerungen gelöscht hat, sagt mir, dass ich früher imstande war, mit meiner Zeit sehr diszipliniert umzugehen. Aber vielleicht nicht darum, weil ich jünger war, sondern weil ich musste. Als ich noch viel Lebenszeit vor mir hatte, waren die Stunden knapp. Jetzt ist es umgekehrt. Vermutlich hat mich der Beruf verdorben. Schreiben kann man zu jeder Tages- und Nachtzeit, ohne dass ein Hahn danach kräht. Klavier spielen auch.

Also nach den Abendnachrichten eine Stunde üben. Die ersten Aufgaben wiederholen. Manches gefällt mir schon besser, und damit, dass immer wieder auch schon Beherrschtes ausrutscht, muss ich mich abfinden. Was für ein Wort. Werde ich auf den Tasten je irgendwas beherrschen? Zum Glück kann ich das offenlassen. Aber ich wüsste schon gern, wodurch Fehlleistungen ausgelöst werden, die nicht sein müssten. Oder würde es gar nichts nützen, das zu wissen? Ein Ton zu laut, zu leise, zu spät oder zu früh. Immerhin seltener als am Anfang. Und dass die Akkorde falsch oder ungleichzeitig kommen, ist auch seltener geworden.

Dann vorwärts zur nächsten Aufgabe, wo auf lächerlich einfältige Weise der Rhythmus der beiden Hände voneinander getrennt wird. »Hänschen klein« mit ganz wenig Begleitung, sonst nichts. Leider ist es lächerlich schwierig. Der Autor des Lehrbuchs scheint das gewusst zu haben, und ich lasse mich nicht entmutigen. Das kann ich vielleicht in einer Woche lernen oder in zwei Wochen. Nach einer Stunde bin ich kaum weitergekommen.

Jedenfalls habe ich lange nicht mehr so viel gelacht wie in den letzten Tagen. Über mein Ungeschick und seine immer neuen linkischen Einfälle. Auch darum sind meine Tage nicht geblieben, wie sie waren, obwohl ich mir das vorgenommen hatte. Vor allem aber, weil ich viel Zeit brauche, um aufzuschreiben, was ich mit dem Lernen erlebe. Und noch mehr Zeit für all das, was mir bei dieser Gelegenheit wieder in den Sinn kommt. Nachts wache ich auf, um über das eine oder andere nachzudenken, was ich in früheren Jahren gelernt oder nicht gelernt habe. Zum Beispiel das Radfahren.

In der ersten Nachkriegszeit war ich oft mit meiner Mutter bei Bauern in der Umgebung von Bremen, wo sie jeweils in ein paar Tagen alles erledigte, was es dort zu nähen gab. Ausbessern, erweitern, verlängern, aus Hosen Röcke und aus Vorkriegsstoffen neue Kleider nähen.

Manche hatten elektrisches Licht, bei andern stand die Petroleumlampe auf dem Tisch. Beim Bauern Behrens habe ich die schönen und mit Handwerkskunst verzierten Formen angestaunt, auch wenn diese Lampen längst industriell gefertigt wurden, und noch mehr habe ich mich darüber gewundert, dass über dem Tisch in der guten Stube ein Petroleumkronleuchter hing, der mir groß und prächtig vorkam, obwohl er eher klein war im Vergleich mit dem, was anderswo als Kronleuchter verstanden wird.

Beim Bauern Häfker ging es weniger bescheiden zu. Sie hatten eine Tochter in meinem Alter, die später das Abitur gemacht hat, und einen Jungen, der den Hof übernehmen wollte. Er war ein paar Jahre älter als ich und kam mir darum schon beinahe erwachsen vor. Hermann hieß er. Er hat mir das Radfahren beigebracht, auf dem Hof zwischen Scheune und Bauernhaus. Ich sage Bauernhaus, weil es außer dem fast luxuriösen neueren Wohnteil am hinteren Ende vorne, wie es üblich war, hinter dem großen Einfahrtstor links den Kuhstall und rechts Kojen für die beiden Pferde enthielt. Das Klo war auf dem Hof hinter dem Kuhstall, und wenn es draußen kalt oder dunkel war, ging ich mit den Hofkindern nicht hinaus in Regen und Wind, sondern wir hockten uns gleich hinter den Kühen in die Jaucherinne. Allein hätte ich das nicht gewagt, mein Respekt vor dem Hinterteil der Kühe war zu groß.

Auf dem Hof war Platz genug, um einen Wagen zu wenden, dort haben wir geübt. Im Stehen trat ich die Pedale eines Damenfahrrads, und Hermann rannte neben mir her, um mich festzuhalten. Die Straße, die nach einer kurzen Zufahrt am Haus vorbeiführte, war dafür nicht geeignet. Sie hieß auch nicht Straße, sondern Damm. Bäume standen zu beiden Seiten, und die Fahrbahn war mit mehr oder weniger rundlichen Ackersteinen gepflastert, wie ich mir später die berühmten Straßen der alten Römer vorgestellt habe. Von den Rädern der Pferdewagen hatten sich zwei vertiefte Bahnen gebildet. Auf der Südseite lief eine schmale Sandspur für die Fußgänger. Das ist nichts für Anfänger, aber eines Tages haben wir uns doch dorthin gewagt. Ich holperte also den Damm entlang auf dem Sandweg, bis ich auf einmal merken musste, dass Hermann nicht mehr neben mir war. Er hatte mich losgelassen. Groß war mein Schreck, und ich wusste nicht, was ich anderes hätte tun sollen, als weiterzufahren. Ich war voller Wut, weil er mich verraten hatte, und voller Glück, weil ich Rad fahren konnte. Aber anhalten konnte ich nicht. Die Bäume begannen mir Angst zu machen, und die Spur war so schmal. Wie ich das Anhalten gelernt habe, weiß ich nicht mehr, aber irgendwie muss es gelungen sein, denn wenn ich gegen einen Baum gefahren wäre, hätte ich das nicht vergessen.

Auf diesem Hof habe ich noch etwas gelernt, was für mein Leben sehr wichtig werden sollte. Eines Tages, ich stand im Schatten an das Holz der Scheune gelehnt, wo an Schlachttagen das aufgespaltene Schwein hingehängt wurde, schaute ich zu, wie ein fremder Mann auf dem Hof stand und an einer kurzen Leine einen Bullen hielt. Meine Überraschung angesichts des ungeheuren Tieres war so groß, dass ich annehmen muss, es war der erste, den ich so aus der Nähe sah. Vollkommen verblüfft war ich aber, als der Hofbauer mit einer Kuh kam und der Bulle sich aufbäumte, mit seinem ganzen Gewicht auf ihr Hinterteil stützte und dann mit großer Heftigkeit an sie presste. Die Frage war, warum die Kuh das mit sich machen ließ und nicht einfach weglief. Sie war doch stärker als der Bauer, der sie am Horn hielt. Sie hielt still, und sie tat es freiwillig. Plötzlich wusste ich, ich sah da etwas, das die Antwort war auf eine Frage, die ich mir noch gar nicht gestellt hatte. Wie kommt das Kalb in die Kuh? Die Antwort kam geradezu vor der Frage. Aber ganz sicher war ich mir nicht.

Abends im Bett, wir hatten ein Zimmer im neuen Wohntrakt und je ein eigenes Bett, habe ich meine Mutter gefragt, was das mit dem Bullen zu bedeuten hatte. Ich höre noch, wie sie im Dunkeln sagte, dass ich dafür zu jung sei und wieder fragen solle, wenn ich zwölf sei. Gut, sagte ich. Fünf Jahre auf eine Antwort warten? Das war so außergewöhnlich, dass meine Frage damit beantwortet war, und als ich zwölf war, brauchte ich nicht mehr zu fragen.

Dass ich nicht zu jung war für eine Antwort, muss meine Mutter gewusst haben. Ihr ist es wohl einfach zu schwergefallen, über etwas zu sprechen, über das niemand sprach. Von diesem Augenblick an habe ich mich gefragt, warum ihr das so schwerfiel, denn sonst ist sie mir nie eine Antwort schuldig geblieben, auch bei Dingen, über die selten gesprochen wird. Mir wurde deutlich, dass es im Leben der Erwachsenen Dinge gab, die ich nicht durchschauen konnte, obwohl ich das eigentlich schon wusste. Vielleicht schien es meiner Mutter auch sinnvoll, wenn ich mir diese Seite des Lebens selber zusammenreimte, weil sie es als Kind tun musste.

Ich habe meine rechte Hand überschätzt. Beim Wechseln zwischen Ring- und Mittelfinger ist sie hinter die Linke zurückgefallen und braucht nun auch Trockenübungen. Beim Tippen kommt es nicht darauf an, ob ein anderer Finger bei den Bewegungen mithilft oder nicht, bei der Genauigkeit, die das Klavier mir abverlangt, schon. Und die Rechte lernt schnell, vor allem dann, wenn ich ihr aufmerksam zuschaue. Die Finger wissen dann, dass ich sehe, was sie tun, und sie lobe, wenn sie es richtig machen.

Im Quittenbaum hängen zwei große, sehr gelbe Früchte. Sie wollten sich noch nicht pflücken lassen, als ich die andern beiden heruntergeholt habe. Dass er nur vier getragen hat, liegt nicht daran, dass er noch jung ist, im letzten Jahr hatte er schon elf, aber es sagt viel über die Saison. Nicht dass es keine Sonnentage gab, aber sie kamen im falschen Moment. Nichts als Regen, als der Baum geblüht hat, und bei Regen arbeiten die Bienen nicht gern. Nicht nur bei mir. Meine Freundin, die ihre Quitten sonst zu Dutzenden verschenkt, hatte acht. Und an all die Setzlinge, die in diesem Sommer von den immer dickeren Schnecken gefressen wurden, will ich jetzt nicht denken.

Jetzt üben, von den ersten Aufgaben langsam weiter bis zu denen von gestern.

Es ist der erste Tag der zweiten Woche. Meine Füße fühlen sich wieder normal an. Anscheinend haben sie begriffen, dass sie sich für die neuen Anforderungen nicht mitverantwortlich fühlen müssen.

In den letzten Tagen habe ich oft ans Schlittschuhlaufen denken müssen, an die Glätte des Eises und das Gleichgewicht, das man finden muss. Ich habe es auch auf einem der Bauernhöfe gelernt, wo sich endlose Gräben durch die moorigen Wiesen zogen.

Es war ein bescheidener Haushalt, der Rowohlt hieß, aber schon elektrisches Licht hatte. In jenen Jahren waren selbst kleine Bauern reich, weil es ihnen nicht am Essen fehlte. Auch hier standen die Kühe links und die Pferde rechts von der Diele. Auf der rechten Seite lag noch die Milchkammer und eine kleine Kammer mit einem großen Bett, wo meine Mutter und ich auf einem Strohsack schliefen. In einer solchen Kammer habe ich mir später die von Wanzen gemusterten Wände vorgestellt, als ich Gottfried Kellers Novellen gelesen habe, obwohl ich nie eine Wanze gesehen habe, nur Fliegendreck und natürlich Fliegen, sehr viele Fliegen. Über dem Tisch auf der Diele, wo die Kartoffeln geschält und wo gegessen wurde, hingen zwei Fliegenfänger, auf denen sie in großer Zahl verzweifelt um ihr Leben kämpften, ohne dass darum weniger Fliegen umhergeflogen wären.

Abends saßen die Frauen an der Schmalwand der kleinen Stube neben dem Ofen, einen Haufen Schafwolle neben sich, und wechselten sich am Spinnrad ab. Einen Teil der Wolle hatten sie auf den Rocken gebunden, dort musste man sie fortwährend abzupfen und, während man mit dem Fuß das Spinnrad trat, fein durch die Finger laufen lassen, damit sie auf die Spindel gezwirbelt werden konnte. Auch meine Mutter saß ab und zu am Spinnrad, und ich war überrascht, dass sie nicht nur nähen, sondern auch spinnen konnte. Vielleicht konnte sie es aber auch nicht und hat es an diesen Abenden gelernt. Mir scheint, dass es sich von ihrer gewohnten Tätigkeit nicht allzu sehr unterschied, wenn sie an der Nähmaschine ein schmiedeeisernes Pedal treten und zugleich mit den Händen die Nähte sehr genau steuern musste.

Auf der Bank vor dieser hölzernen Stubenwand habe ich auch zum ersten Mal gesehen, wie eine Frau ihr Neugeborenes stillt. Ich saß am Tisch und fragte mich, ob das nicht etwas zu Geheimes war, als dass ich hätte zuschauen dürfen. Aber wenn es die andern durften, durfte ich auch.

An meine ersten Schritte auf dem Eis erinnere ich mich nicht, an meine Schlittschuhe dafür umso genauer. Sie waren aus Holz, sehr lang und mit einer eingelassenen Eisenkufe versehen. Das kommt mir heute ziemlich archaisch vor, aber damals war es das

Übliche. Mit schon etwas brüchigen Lederriemen wurden sie an die Schuhe geschnallt, und dann konnte man loslaufen. Wenn das Eis auf den Gräben hielt. Und was wir alles probieren mussten, bis wir einigermaßen sicher waren, dass es hielt. Wenn es an einer Stelle hielt, war natürlich nicht sicher, dass es überall hielt. Immer wieder brach eins von den Kindern ein und musste mit nassen Füßen nach Hause stolpern. An die kalten Winde erinnere ich mich, an die Freude, wenn ein paar schöne flüssige Schritte gelangen, auch daran, wie mühsam es war, sich auf der schmalen, halb zugewachsenen Eisbahn zu bewegen, und dass aus dem Eis Binsen und Gräser ragten, die einen zum Stolpern brachten, ganz abgesehen davon, dass das Eis wegen der Bewegung des Wassers sich unregelmäßig gebildet hatte.

Daran denke ich, wenn ich nach zwei eleganten Takten über ein paar kleine Noten stolpere. Jetzt liegt es aber nicht an den Unregelmäßigkeiten des Klaviers, sondern an meinen eigenen.

Vom Radfahren sagt man, dass man es nicht mehr verlerne, wenn man es einmal gekonnt habe. Vom Schlittschuhlaufen sagt man das auch, aber ich weiß, dass es falsch ist. Ich habe es nach zwanzig Jahren Pause auf einem Schweizer See wieder probiert, und es ging nicht. Wie die sprichwörtliche Kuh auf dem Eis stand ich da und wagte keinen Schritt. Und wenn ich es doch tat, konnte ich sicher sein, bald auf dem Rücken oder auf den Händen zu landen. Ich war zwar willens, wieder von vorne anzufangen, aber das Eis schmolz, und im nächsten Winter hatte ich keinen Mut mehr.

Heute war ich wieder vor dem Frühstück am Klavier, jetzt ist es dunkel, und ich gehe meine Lektionen wiederholen.

30. September

Die rechte Hand braucht heute eine Pause. Die linke Daumenseite tut weh, wo ich mich letztes Jahr mit einer Entzündung herumschlagen musste, und das will ich nicht wieder heraufbeschwören. Links gibt es auch ohne die Rechte genug zu lernen.

Meine Mutter hat, als ich in der dritten Klasse war, die Meisterprüfung gemacht. Dafür musste sie in einen Vorbereitungskurs, um das Nötige zu lernen. Mein Unterricht war zu der Zeit ein Herumwandern zwischen drei verschiedenen Schulhäusern des Viertels, je nachdem, wo es genug benutzbare Klassenzimmer für uns gab. Von einer dieser Schulen führte mein Heimweg an der Straße vorbei, wo ihr Kurs stattfand, und ich habe sie nach dem Unterricht dort abgeholt. Man musste eine Treppe hinaufgehen und kam in einen hellen Raum, in dem Schneiderpuppen auf ihren gedrechselten Füßen standen, viele Schränke an den Wänden und in der Mitte ein sehr großer quadratischer Tisch. Scheren, Zirkel, Winkelmaße und meterlange Lineale ordentlich aufgereiht. Es sah sehr wissenschaftlich aus. Blätter mit schematischen Zeichnungen und Formeln. Das alles brauchte man, um Schnittmuster nach persönlichen Maßen herzustellen, lauter Dinge, die weit jenseits meines mathematischen Horizonts lagen, der gerade mit dem kleinen Einmaleins ausgefüllt war.

Fremdartig und schön kam mir diese nüchterne Welt vor, und seltsam auch, dass meine Mutter noch etwas Neues lernen wollte oder musste. Und so rätselhaft mir die Welt des Zuschneidens auch vorkam, weckte sie doch die Zuversicht, dass der Gebrauch so komplizierter Geräte, wie ich sie dort zu sehen glaubte, erlernbar sei.

Wenn ich jetzt daran denke, dann mit einem immensen Glücksgefühl, vor allem darum, weil ich sicher bin, meine Mutter würde sich, wenn sie noch lebte, freuen zu wissen, dass ich mich daran erinnere. Eigentlich war ich es, die nur wenig später ihre frühen Lernträume verwirklichte, ohne es auch nur zu ahnen. Ursache war, wie meistens, das Geld. Sie war, nach sechs Brüdern, das erste Mädchen von acht Geschwistern. Die Lehrer haben ihre Eltern bedrängt, doch wenigstens dieses Kind auf die höhere Schule zu schicken. Das war in den frühen zwanziger Jahren des vergangenen Jahrhunderts, und in die Oberschule zu gehen, kostete. Schulgeld, Kleidung, Fahrgeld, Hefte, Bücher. All das muss ganz unerreichbar gewesen sein. Und meine Großeltern waren stolz darauf, dass alle acht Kinder ein Handwerk lernen konnten.

Wohin es sie mit diesen Berufen verschlagen hat, wäre eine Geschichte für sich, die unter anderem beweisen könnte, dass der Aufstieg vom Lehrling zum Fabrikdirektor möglich war. Der Zimmermann und der Maurer haben sich in die Büroseite ihrer Berufe eingearbeitet, der Maler hatte keine Gelegenheit dazu, weil er aus dem Krieg nicht zurückgekommen ist, der Nächste hat eine Bürolehre gemacht, und der Jüngste war sein Leben lang Schuhmacher. Seine Werkstatt duftete nach Leder und wunderbaren Klebstoffen, und die Werkzeuge und Maschinen in der Werkstatt haben mich fasziniert wie nichts anderes.

Meine Mutter also konnte keine Oberschule besuchen, so gern ihre Eltern das auch möglich gemacht hätten. Bevor ich zehn Jahre alt wurde, hatten sich die Umstände verändert. Amerikanische Besatzung und die sozialdemokratische Regierung des kleinsten deutschen Bundeslandes machten es möglich. Lehrmittelfreiheit hieß das damals, soziale Mobilität später. Nach der vierten Klasse machten ein paar von uns die Aufnahmeprüfung, vier Mädchen und ein Junge, und von da an ging ich in der Stadt in die Schule. Dass Herr Stahlhut, der Leiter meiner Volksschule, er wohnte ein paar Häuser weiter in unserer Straße, sich darüber aufgeregt und gefragt hat, wozu das Kind dieser Schneiderin wohl in die höhere Schule gehen sollte, hat meine Mutter mir erst sehr viel später erzählt. Lange dachte ich, das wäre das Natürlichste von der Welt, und außer den täglich zwanzig Pfennig für die Straßenbahn kostete es auch kein Geld. Einmal im Jahr vielleicht ein paar Scheine für die Woche im Landschulheim. Das kann man sich leisten, wenn man nur ein Kind hat.

1. Oktober

Vorgestern habe ich, weil es der einzige sonnige zwischen lauter Regentagen war, die beiden letzten Quitten vom Baum gepflückt, und dabei ist noch eine fünfte zum Vorschein gekommen, sodass sich das Kochen geradezu lohnen wird, auch darum, weil die größte allein fast sechshundert Gramm wiegt. Schon wieder etwas, das mich daran hindern wird, mich um mein Buch zu kümmern, das ich nun nicht mehr lange vor mir herschieben möchte. Manchmal zweifle ich aber, ob ich mit so viel Aufregung, wie ich sie im Kopf habe, seit ich Klavier spielen lerne, überhaupt den Zustand von Konzentration zustande bringen kann, den man für ein Buch braucht. Schreiben ist eine Arbeit, die in ihren Intensivphasen nichts anderes neben sich duldet.

Heute habe ich wieder vor dem Frühstück am Klavier gesessen, aber sonst war ich nicht gerade diszipliniert. Das macht nichts, solange ich nicht zulasse, dass Tage ganz ohne Üben vergehen.

»When the Saints«, so heißt die große Herausforderung auf der rechten Seite. Seit zwei Tagen macht mir die neue Hürde zu schaffen. Sie hätte das Zeug, mich zur Verzweiflung zu bringen, wenn ich mir nicht als erstes Gebot Geduld auferlegt hätte. Und Illusionen hatte ich auch keine, was meine rhythmische Begabung betrifft. Aber muss ich mich wirklich so dumm anstellen? Zählen kann ich immerhin, und das hilft wenig. Es scheint der falsche Weg.

Hürden sind dazu da, zerlegt zu werden, das weiß ich schon. Also hat jede Hand für sich ihren Part üben dürfen und kann ihn einigermaßen, aber wenn sie es gleichzeitig tun sollen, streiken sie. Sie können nicht fassen, dass beides zusammengehört. Anscheinend verstehen sie etwas anderes unter gemeinsamem Handeln als ich. Getrennt marschieren sollen sie, um gemeinsam Musik hervorzubringen, davon muss ich sie überzeugen. Aber wie?

Heute Morgen hatte ich die Idee, die Melodie zu singen und die Begleitung zu spielen, damit sich eine innere Vorstellung bilden kann von den rhythmischen Verhältnissen. Eine gute Idee. Es war erstaunlich einfach, was zeigt, dass es meinem Kopf nicht ganz unmöglich ist, ein gemeinsames Muster der separaten Vorgänge aufzubauen. Ich vermute, den Rat hätte mir jede Klavierlehrerin längst gegeben, und nicht nur den, sondern noch viele andere, auf die ich selbst nicht komme. Überhaupt handelt es sich bei all dem, was ich an meinen Händen beobachte, um nichts als Binsenweisheiten, die bekannt sind, seit Menschen Klavierspielen lernen. Die individuellen Varianten will ich nicht unterschätzen, aber auch der begabteste Mensch wird Widerstände zu überwinden haben, einfach darum, weil die neuen Wege im Gehirn noch nicht vorgespurt sind. Bei den langwierigen Ausbauarbeiten an diesen Wegen wäre die Erfahrung einer Lehrerin zweifellos nützlich, aber ich habe mir nun mal in den Kopf gesetzt, das Rad neu zu erfinden. Mich lockt es, die uralten Beobachtungen selber zu machen und die wahrscheinlich ebenso uralten Auswege selber zu finden. Lernen.

Das Wort Lernen hat seine Bedeutung verändert. Früher schien es mir gleichbedeutend mit Aufnehmen. Wer eine gute Aufnahmefähigkeit hat, lernt leicht, hieß es. Mich erinnert das daran, wie mein Vater mich als Kind auf dem Schlitten und bei anderen Gelegenheiten mit der Rolleiflex »aufgenommen« hat. Als Kind dachte ich, dass Lernen so funktioniert. Man hört oder liest etwas, und wenn man es verstanden hat und nicht wieder vergisst, hat man es gelernt. Fürs Klavierspielen gilt das nicht, und für vieles andere auch nicht. Wahrscheinlich gilt es für gar nichts, was wirklich wichtig ist. Bei meiner kleinen Cousine im Stubenwagen habe ich zum ersten Mal gesehen, dass bloßes Greifen eine Kunst ist, die man üben muss. Ich war vier Jahre alt, und damit hatte ich nicht gerechnet, weil ich dachte, etwas so Einfaches gehöre zur menschlichen Grundausstattung. Und als die Kleine meinen Finger erst einmal fest im Griff hatte, wollte sie ihn nicht mehr loslassen. Oder sie wollte schon, wusste aber noch nicht wie. Loslassen kann also schwieriger sein als festhalten. Auf alle Fälle kommt es nach dem Festhalten.

2. Oktober

Wie gut, dass ich so viel Radio höre. Für die Arbeit ist es zwar verheerend, weil es Zeit aufsaugt, aber gestern kam mir ein Bericht wie gerufen. Es ging um die Schneemann-Methode, mit der sich Klavierspielen offenbar leichter lernt. Die Metaphern mögen kindisch klingen, aber die Methode geht davon aus, dass beide Hirnhälften aktiviert werden und dann zusammenarbeiten.

Davon habe ich die ganze Zeit geträumt, als ich in den letzten Tagen versucht habe, mit den Händen unterschiedliche Takte zu klopfen, und feststellen musste, dass ich das nur mit sturem Durchzählen kann und nicht imstande bin, ein Gefühl dafür zu entwickeln. Gleich heute habe ich ein entsprechendes Lehrbuch bestellt, und bis es ankommt, übe ich auf meine Weise weiter.

Ich konnte es kaum glauben. Nachdem ich heute Morgen wieder eine Stimme gesungen und die andere dazu gespielt hatte, konnten die Hände es auch miteinander. Die linke schien der Rechten sogar ihre Orientierung im Takt zu erleichtern. Es fühlte sich an, als wäre ein neuer Raum in meinem Körper entstanden.

Dass ich mein Singen Singen nenne, ist allerdings zu hoch gegriffen. Ich treffe die Töne nicht, genauer: nicht mehr, denn früher war ich um einiges sicherer, obwohl ich nie eine gute Sängerin war. Darauf kommt es zum Glück jetzt gar nicht an, die Hauptsache ist, dass ich sie mir richtig vorstelle. Und dass ich das Stück ohne Fehlleistungen spielen könnte, kann ich auch nicht behaupten. Aber dafür übe ich ja.

4. Oktober

Gestern hatte ich keine Zeit. Zum Üben schon, aber nicht zum Aufschreiben. Keine Zeit, sage ich, aber ich weiß, was das heißt, und vor allem, was das nicht heißt. Keine Zeit gibt es nicht, sie tut immer das Gleiche wie gestern, heute und morgen, indem sie durch den Raum rieselt, als gäbe es uns nicht. Was ich mit dieser Zeit mache, ist meine Sache, und gestern war mir wichtiger, etwas anderes zu machen, und weil wir die Zeit weder strecken noch raffen können, ist fürs Aufschreiben keine übrig geblieben.

Ich stelle jetzt manchmal beim Üben das Cembalo ein, um neu und anders zu hören. Gestern habe ich sogar auf die Orgel umgestellt, ein Instrument, zu dem ich keine glückliche Beziehung habe. Aber für »When the Saints come marching in« passt es nicht übel und macht vor allem die Tonlängen deutlicher.

Im Bremer Dom habe ich die Orgel zum ersten Mal gehört, wenn ich die Gottesdienste besucht habe, weil es dazugehörte, wenn man in den Konfirmandenunterricht ging. Nachdem ich mit wenig Musik aufgewachsen war, hätte die Orgel ein Instrument unter anderen sein können, aber sie war es nicht, weil sie so ehrfurchterregend daherkam in den echoreichen Hallen des Doms, dessen Architektur ebenfalls von der Idee des Ehrfurchterregens beseelt schien. Von den Instrumenten, die ich kannte, war darum die

Orgel das, welches mir am wenigsten gefiel, vergleichbar vielleicht mit dem Klavierspiel meines ungeliebten Onkels. Ich will beides nicht in einen Topf werfen, weil die Geschichten, die dahinter stehen, durchaus als gegensätzlich wahrgenommen werden könnten, aber der Wunsch, mich, und nicht nur mich, zu überwältigen, war beiden gemeinsam. Unter solchen Umständen kann ich einigen Trotz entwickeln, obwohl ich sonst nicht zum Trotzen neige.

Meine Eindrücke möchte ich aber auf keinen Fall verallgemeinern, weil ich Menschen kenne, denen das Orgelspiel etwas ganz anderes bedeutet. Trotzdem, die angestrebte Erhabenheit der Klänge ist bei mir nie gut angekommen, und dass Orgeln auch leisere Töne haben, mit denen sie Trauer oder Heiterkeit ausdrücken können, hat mich nicht wirklich umgestimmt. Ich konnte die leisen Töne nicht anders als vor dem Hintergrund des Brausens hören, das auch möglich wäre. Manchmal frage ich mich, wie sich das Christliche entwickelt hätte, wenn man das Organum nicht als die neumodische Orgel, sondern auf die alte Art einfach als Instrument verstanden hätte. Was wäre aus unseren Gottesdiensten geworden, wenn man sie mit einer Flöte oder einer Ud begleitet hätte?

Vor der Kirchenorgel kannte ich die Drehorgel, auf der in rührend automatisierter Weise alte und dann auch neue Gassenhauer gespielt wurden, wobei mich zweierlei fasziniert hat, einerseits die Tatsache, dass sich Musik auf Lochwalzen aufbewahren und abspielen ließ, und andererseits der bleiche junge Mann mit seiner schwarzen Baskenmütze, der den alten Orgeldreher begleitet hat, wenn er zwischen den Häusern aufspielte und auf Münzen wartete. Von ihm habe ich geträumt.

Und jedes Jahr habe ich auf dem Freimarkt den großen Orgelwagen angestaunt. Er stand gleich beim Eingang, hatte mit dem schlichten Leierkasten nichts gemein und war ganz im Gegenteil ein großes Spektakel. So sah er auch aus. Auf weißem Grund war er in schrillen Pastellfarben und Vergoldungen über und über ausstaffiert mit Figuren und Ornamenten, die einen für sich allein schon zur Verzweiflung hätten bringen können, wenn sie nicht, einer halbseidenen Konvention folgend, für das ironische Lebensgefühl vergangener Epochen stehen würden, die in die Nachkriegszeiten zwar nicht passten, uns ihre verlorene Einfalt aber umso deutlicher machten. Seine Musik konnte man schon hören, wenn man, vom Bahnhof kommend, durch die Unterführung ging, bevor der Jahrmarkt in Sicht kam, und für sie galt das Gleiche wie für den Wagen selber. Vielstimmige Arrangements kamen zum Einsatz, begleitet von diversem und sehr lautem Schlagzeug, das in der

Hand von Figurinen auf der Fassade ganz realistisch betätigt wurde. Auch als Kind mit geringem Urteilsvermögen konnte ich das Getöse nicht ernst nehmen, obwohl ich Respekt hatte vor dem technischen Sachverstand, der das Spektakel möglich machte.

Ich vermute, dass dieses ironische Vergnügen meinen Musikgeschmack stärker geprägt hat, als mir lieb ist. Vielleicht hat es mir die Freude an ernsthaften Orgeln verdorben. Ihr Ton wird zwar nicht von Maschinen, aber doch nur sehr indirekt vom menschlichen Tun erzeugt.

Das allerdings müsste auch für mein Keyboard gelten, das ich Klavier nenne. Da lasse ich keine Hämmerchen auf Saiten schlagen. Trotzdem ist es mir ganz recht fürs Lernen, wo es nicht um Musik geht, wie ich sie gern höre. Ich wüsste auch nicht, wo ich ein Klavier hinstellen sollte. Und ob ich die Kunst je so weit erlerne, dass ich sie nur noch mit einem lebendigen Klavier verfeinern könnte, ist mehr als zweifelhaft.

5. Oktober

Heute ist das Erweitern der Fingerpositionen dran. Kein Problem. Mein Daumen geht so bereitwillig auf das h, als hätte er es schon immer getan. Das hat er als

51

Außenfinger gemeinsam mit dem kleinen, der beim Dominantseptimakkord auch nie Probleme gehabt hat mit seinem h. »Ä«, sagt er und meint das ä auf der Schreibmaschine. Allerdings irren sie leicht, wenn beide Seiten Unterschiedliches tun oder nicht mehr tun sollen. Und dummerweise geraten bei diesem Ausgreifen die andern Finger in Verwirrung und werden unsicher, wo nun ihr Platz ist. Aber das werden sie schon lernen.

Was haben sie nicht alles gelernt. Bewegungen von der ersten Lebenswoche an. Das Essen, das Anziehen, das Zähneputzen. Das Stricken. Wie mühsam war das, den Faden richtig zu führen und eine Masche nicht fallen zu lassen, wie lange hat es gedauert, bis eine Reihe zu Ende war, wo man eine Pause machte, als hätte man schwere Arbeit geleistet, und wie kläglich sah der erste Topflappen dann aus, als er schließlich fertig war. Dann muss es ein Wort der Ermunterung gegeben haben, man müsse nicht aufgeben, es würde schon bald viel besser gehen. Und so war es, es ging sehr bald so viel besser, dass sich auch kompliziertere Maschen und Maschenfolgen lernen ließen und ich mir immer neue Pullover stricken konnte.

Das Zeichnen, Linolschneiden und Töpfern haben sie gelernt, meine Hände, lauter Fertigkeiten, deren Anfänge in der Schule unterrichtet wurden, und natürlich hatten weniger die Finger als vielmehr der Kopf ein Handwerk zu lernen. Das Perspektivische des Schulkorridors mussten meine Augen erst sehen können, obwohl sie den Korridor längst kannten. Als ich die Verkürzung der Linien sehen und die alles entscheidende Rolle des Blickpunkts verstehen konnte, war ich begeistert, wie ich es auch später war, als es darum ging, die Krümmung des Raums zu begreifen, obwohl man sie nicht sehen konnte.

6. Oktober

Mittwoch, der erste Tag der dritten Woche. Ich habe mich schon fast daran gewöhnt, dass ich Klavier spielen lerne, und merke das auch daran, dass die Aufregung in den Händen und im Kopf sich gelegt hat. So viel Unruhe ist fürs Lernen gewiss nicht nötig. Es liegt genug Spannung in den Schwierigkeiten, mit denen ich mich gerade herumschlage, und im Wiederholen der früheren Schwierigkeiten, die keineswegs ein für alle Mal überwunden sind. Aber das Vorausblättern kann ich nicht lassen. Schauen, was als Nächstes auf mich zukommt.

Schnellere Noten zum Beispiel. Zwei Achtel sind machbar, vier nicht, jedenfalls nicht gleichmäßig. Eine böse Überraschung. Habe ich nicht schon viel schnellere Dinge mit diesen Fingern gemacht? Den »Radetzky-Marsch« kann ich mühelos auf den Tisch klopfen. Und was schnell geht, sollte doch etwas langsamer auch gehen. Irrtum. Der Unterschied ist, dass ich sie nun einzeln steuern muss und nicht als Kaskade heruntersausen lassen kann. Wieder mal ist es mein armes Gehirn, an dem die Schuld hängen bleibt. Bei der Marschkaskade handeln die Finger schon wie von selber. Es zeigt sich aber, dass sie das nur abwärts können, also vom kleinen Finger aus, aufwärts dagegen nicht. Warum? Liegt es an der normalen Handhaltung, bei der der kleine Finger dem Tisch am nächsten liegt? Oder doch an der Übung? Dem Radetzkymarsch wäre es gleich, in welcher Reihenfolge ich ihn klopfe. Ich werde ihn andersrum trainieren müssen.

Leider funktioniert die Kaskade auf den Tasten nicht. Sie brauchen mehr Druck. Und die Finger mehr Abstand, als sie normalerweise haben. Aber das wird sich auch auf dem Tisch üben lassen. Der Tisch ist geduldiger als das Klavier und nimmt meine Fehler ohne Misstöne hin.

Aber jetzt zurück zu den aktuellen Kapiteln, bei denen es massiv hapert.

Am Anfang habe ich mir die Sache erleichtert und eine Oktave zwischen die Hände gelegt, weil ich sonst die Handgelenke stärker verbiegen musste, als mir lieb war. Das muss ich jetzt aufgeben, weil bei »Down in the Valley« die Melodie von der linken Hand in die rechte läuft, angenehm ist das noch immer nicht, aber das Gelenk verträgt es schon besser als zu Anfang. Das gehört wahrscheinlich zu den Dingen, wo Unterricht eine Hilfe gewesen wäre.

Warum eigentlich war ich so entschlossen, keine Stunden zu nehmen? Habe ich Angst, mich zu blamieren? Natürlich habe ich die. Und ebenso natürlich müsste sie sich überwinden lassen. Anfängern ist es erlaubt, nichts zu können. Und wenn man alt ist, ist es erst recht erlaubt, langsam zu lernen. Kein Grund, sich zu schämen. Und sind nicht Lehrer dazu da, ihre Schüler zu ermutigen? Will ich Kontrolle vermeiden? Wohl auch. Dabei wäre sie nützlich. Ich weiß ja, dass man sich sonst Fehler angewöhnt.

Offenbar will ich mir beweisen, dass es ohne geht.

Es ist nicht das erste Mal, dass ich das versuche. Elf oder zwölf Jahre alt war ich, als ich von meinem Vater ein Akkordeon zu Weihnachten bekam. Ganz oben auf dem Wunschzettel hatte es gestanden. Voller Zuversicht habe ich mich ans Lernen gemacht und konnte zu meiner Freude bald auf den Tasten Melodien spielen. Aber das Instrument hatte auch Bassknöpfe, und was die betrifft, bin ich über eine dumpfe Ratlosigkeit nicht hinausgekommen.

Ich hatte meine älteren Vettern vor Augen, bei denen das so vergnüglich aussah. So leicht. Ich wusste, dass sie es auch mal lernen mussten, und dass sie es sich selbst beigebracht hatten, wusste ich auch. Das konnte man also. Aber ich konnte es nicht. Meine Mutter hat mir bei meinen Bemühungen zugehört, mich darin bestärkt, wie es ihre Art war, und sich nicht eingemischt. Sie hätte mir auch nicht helfen können, und ich frage mich nun, was sie gedacht haben mag.

Ich wusste nicht, dass ich Unterricht gebraucht hätte, aber vielleicht wusste sie es. Und wenn sie es gewusst hat, muss es sie bedrückt haben, denn das Geld, das sie verdiente, reichte aus für unseren Alltag, nicht aber für etwas, das darüber hinausging, und Musikstunden gingen darüber hinaus. Sie wusste unseren Alltag so einzurichten, dass nie das Gefühl aufkam, es fehle etwas. Es fehlt sowieso nichts, wenn man liebevoll und aufmerksam begleitet wird. Und sie hatte in zwei Kriegen und zwei Nachkriegszeiten gelernt, aus sozusagen nichts etwas zu machen, eine Kunst, an der ich teilhatte und die ich weiter gepflegt habe, weil sie uns in Notzeiten hilft und in besseren Zeiten stärkt. Sie vermittelt das Gefühl, dass wir nicht auf käufliche Dinge angewiesen sind. Wenn also meine Mutter gewusst hat, dass ich nicht wie ihre Neffen das Instrument aus eigener Kraft lernen konnte, muss sie das daran erinnert haben, wie ihre Eltern ihr den Weg in die höhere Schule nicht freizumachen vermochten. Jedenfalls habe ich, von den Schwierigkeiten entmutigt, meine Bemühungen aufgegeben und mein Akkordeon jahrelang betrübt und mit einem schlechten Gewissen angeschaut, bis meine Mutter es verschenkt hat. Das schlechte Gewissen bestand aus zwei Schamgefühlen. Das eine war, dass es ein Geschenk meines Vaters war und ich dieses Geschenk durch meine Unfähigkeit entwertet hatte. Das andere betraf meine mangelnden Fähigkeiten selber, die zum Versagen und zum Aufgeben geführt hatten.

Und wenn ich nun so hartnäckig darauf beharre, es allein zu schaffen, dann wohl auch aus Anhänglichkeit an diese Kindheitsjahre, als wir uns Unterricht nicht leisten konnten und ich so kläglich versagt habe.

7. Oktober

Das neue Lehrbuch ist angekommen. Finger habe ich vorerst keine mehr, sondern ein Krokodil, eine Schnecke, Hasenohren, Taubenflügel und bettelnde Hunde. Das mag albern klingen, ist aber dienlich fürs Spielen. Spielen. Und es sind einleuchtende Kürzel für Fingerpositionen.

Was ich mir von Anfang an gewünscht habe, scheint hier verwirklicht: das Einfache machen und erweitern. Der Hintergrund ist natürlich komplexer, weil es um die Verschränkung der beiden Hirnhälften geht, aber das muss die Lernende nicht so genau wissen. Dass dabei wiederum eine Lehrerin mit dem entsprechenden Urteilsvermögen hilfreich wäre, ist klar, aber vielleicht geht es auch ohne.

Mit dem Einfachen ist hier etwas anderes gemeint als bei der bisherigen Methode, die auch mit ersten Schritten anfängt und allmählich fortschreitet. Rückblickend ist mir, als wäre es in den beiden ersten Wochen darum gegangen, auf Schwierigkeiten zu stoßen und sie durch Frontalangriff und Wiederholungen allmählich zu überwinden. Ich habe mir Schleichwege und Hintertüren gesucht und manchmal auch gefunden, aber das Lernprinzip des Stolperns ist sich gleich geblieben.

Mit den ersten Bewegungen nach der Schneemann-Methode sind jedenfalls fast zwei Stunden vergangen, ohne dass ich es bemerkt hätte. Das spricht für die rechte Hirnhälfte. Und es scheint zu bedeuten, dass meine Absicht, mich vor dem Frühstück zu disziplinieren, hinfällig ist. Bloß zwanzig Minuten üben und das Pensum abends zu wiederholen, kann ich mir auf diesem Weg nicht mehr vorstellen.

Die schwarzen Tasten habe ich bisher nicht berührt, als wären sie nur etwas für Fortgeschrittene. Anders bei der Schneemann-Methode, wo sie schon bald ins Spiel kommen, und zwar so, dass man meint, sie wären leichter zu spielen als die weißen. Neu ist auch, dass beide Hände ein weites Feld bespielen, die ganze Tastatur mit ihren tiefen und hohen Tönen, statt sich für den Anfang in zwei Oktaven einzunisten. Ich vermute, dass auf diese Weise die Körperhaltung geöffnet werden soll, ein überzeugender Plan, dessen Umsetzung mich aber eher verunsichert als befreit. Ich weiß auch warum. Gewohnheit. Hat sich nicht jahrzehntelang alle Feinarbeit, die ich mit den Händen gemacht habe, im Bereich der mittleren Oktaven abgespielt, also vor dem Bauch? Wann immer ich die Arme ausgebreitet habe, war Genauigkeit kein Thema.

Das Üben ohne Klavier wird hier von Anfang an systematisch eingesetzt. Das kommt mir von meinen eigenen Trockenübungen her bekannt vor.

Die Finger, nachdem sie als Krokodile, Schnecken oder Taubenflügel aufgetreten waren, kommen auch wieder ins Spiel, nummeriert, wie es sich gehört, und zwar mit simplen Koordinationsübungen, die mir große Schwierigkeiten machen. Dafür muss ich mir jetzt viel Zeit lassen. Die Frage, ob mir das in jungen Jahren leichter gefallen wäre, liegt nahe, aber ich kann sie nicht beantworten und stelle mir vor, dass jahrzehntelange Nichtbenutzung dieser Koordinationswege ihre Spuren hinterlassen haben muss. Ich lege die Fingerkuppen zusammen und übe, der stete Tropfen wird den Stein schon höhlen.

Zum Ausgleich will ich gleich etwas machen, was seit langem zu meinem herbstlichen Programm gehört, sodass jeder Handgriff vertraut geworden ist: den nach Rosen duftenden Korb mit meinen fünf Quitten aus dem Keller heraufholen, um sie zu Pasten und Gelee zu verarbeiten, eine langwierige Arbeit, bei der ich an die Freunde denke, denen ich sie schenken will. Ich habe das erst in der Schweiz gelernt, in meinen jungen Jahren ist diese luxuriöse Arbeit nicht vorgekommen, da wurde eher Rübensirup gekocht oder Rapsstroh zu Briketts verarbeitet. Für meine fünf Früchte würde sich der Aufwand kaum lohnen, obwohl sie einiges Gewicht auf die Waage bringen, aber ich habe zur Ergänzung von einer Freundin ein paar Kilo von den winzigen wilden japanischen Quitten bekommen, von denen ich immer dachte, sie seien gar nicht essbar. Ich muss also doch von der Routine abweichen und etwas Neues herausfinden, nämlich eine sinnvolle Art, mit ihnen umzugehen. Das Ganze wird eine Weile dauern, hat aber den Vorteil, ein fertiges Produkt hervorzubringen, das nicht nach uferlosen Vertiefungen verlangt.

Da sitze ich, lege die Fingerkuppen zusammen und übe. Beim Zeitunglesen, Radiohören und im Bus. Zwei Fingerpaare voneinander trennen und wieder zusammenlegen. Sobald sie das einigermaßen begriffen haben, kommt eine neue Konstellation und neue Ratlosigkeit. Ich kann die Aufgabe im Kopf formulieren, aber nur mit Mühe den Weg von dort bis zu den Fingern finden, erst ein Tasten, das alle Finger zu verwirren scheint, bis die Sache klarer und nach vielen Wiederholungen leichter wird und ich mit der nächsten Komplikation beginnen kann. Die Finger voneinander zu entfernen, ist übrigens schwieriger, als sie wieder zusammenzuführen. Ein zügiger Wechsel zwischen den jeweiligen Bewegungen ist noch in weiter Ferne. Aber was in der Ferne ist, muss nicht unerreichbar bleiben.

Leider scheint auch das zweite Kapitel des Buchs, an dem ich arbeiten wollte, in die Ferne zu rücken. Ich hatte mir zwar vorgestellt, meine Tage würden, von den Übungszeiten abgesehen, so bleiben, wie sie waren, aber da habe ich mich geirrt. Ich habe nicht damit gerechnet, dass der Kopf den Händen folgt, genauer, sich auf ihre neuen Aufgaben einstellen muss und mitdenkt und dabei so vieles auszukramen beginnt, was mit meinen früheren Lernerfahrungen und all dem zu tun hat, was sie umgibt. Inzwischen weiß ich auch warum. Es stand in der Zeitung. In unserm Gehirn liegt die Zone, die sich mit den Fingerspitzen befasst, in unmittelbarer Nachbarschaft des Areals, wo die Phantasie zu Hause ist. Die Aufregung in meinen Fingern muss hinübergeschwappt sein, weil sie mehr Platz brauchte. Wie schön, denke ich, weil Phantasie für mich nicht bloßes Phantasieren ist, sondern eine freiere Art des Denkens. Also auch des Erinnerns.

Müsste die dergestalt durch die Fingerspitzen angeregte Phantasie nicht auch meinem Roman zugutekommen? Leider nein. Zur Arbeit an einem Buch passt es überhaupt nicht, wenn der Kopf sich auch mit andern Gedanken beschäftigt. Es darf dann nur dieses Buch geben. Das Buch läuft mir nicht weg, sage ich mir. Aber das Klavier auch nicht.

Warum habe ich mich bloß darauf eingelassen? Die Flucht vor der Arbeit kann es nicht gewesen sein.

Seit Jahren sage ich mir: Du möchtest noch einmal etwas Neues lernen. »Noch« ist ein Wort, auf das man sehr aufpassen muss, wenn man älter wird und es sich in die Sätze einzunisten versucht. Es ist ein wahres Wort, und darum weiß ich es zu schätzen. Aber ich möchte es nicht überhandnehmen lassen. Jedenfalls hat sich dieser Satz lautstark gemeldet, als das Keyboard auftauchte. Ich hatte gar keine andere

Wahl, als auf ihn zu hören. Und die Tatsache, dass es nun wirklich zu spät ist, um Klavier spielen zu lernen, gefällt mir. Sie befreit mich von Enttäuschungen, weil sie mich von Ehrgeiz befreit.

Die Uferlosigkeit des Klavierspielens war es wohl, die mich in meinen mittleren Jahren abgeschreckt hat, damit anzufangen. Es war auch zu spät, um Chopin so spielen zu lernen, wie ich ihn hören möchte. Jetzt ist sie mein Trost, diese Uferlosigkeit. Um ihretwillen ist es leicht, mir vorzunehmen, den Grad von Unvollkommenheit zu erreichen, der mir möglich ist.

10. Oktober

Als meine Söhne in dem Alter waren, das als geeignet gilt, um ein Instrument zu lernen, wurde das ganz im Gegensatz zu meiner Kinderzeit in der Schule angeboten. Sie wählten ihre Instrumente und absolvierten ihre Übungen mit mehr oder auch weniger Erfolg. Das war der Augenblick, als ich mir eine Altblockflöte und ein Lehrbuch kaufte und mich durch die unvermeidlichen Schwierigkeiten kämpfte, weil ich es lernen wollte und weil ich dachte, es könnte meine Kinder darüber hinwegtrösten, dass es Anfangsschwierigkeiten gibt, nicht nur bei ihnen. Ich glaube nicht, dass es geholfen hat. Sie haben jedenfalls deutlich weniger gern geübt als ich. Vielleicht ist das richtige Alter doch nicht so geeignet, um ein Instrument zu lernen.

Tag für Tag hat der ältere Sohn an der Gitarre geübt auf eine Weise, der man von weitem anhören konnte, dass er es für eine Zumutung hielt. Ich bin die Letzte, die jemandem etwas zumuten möchte. Zutrauen schon, aber nicht zumuten, und darum habe ihn darin bestärkt, als er aufgeben wollte. Der Jüngere hat sich auf der selbstgebauten Bambusflöte tapfer geschlagen, konnte sie aber mit keiner von seinen Lebensinteressen in Einklang bringen, wenn ich das richtig verstanden habe. Sein Traum war, einige Jahre später, ein Keyboard, das in der Schule nicht angeboten wurde. Er bekam sein Keyboard und fuhr in die Stadt in einen Kurs, und manchmal habe ich gehört, wie er für diesen Kurs übte. Er war nicht glücklich mit seinem Instrument. Ich glaube, seine Vorstellung vom Lernen war genau die, an die ich mich aus meinen Kinderjahren erinnere: Sobald ich etwas verstanden habe, habe ich es gelernt. Wenn sich das bei einem Instrument nicht bewährt, sind wir enttäuscht. Sein Fazit lautete wörtlich: »Ich möchte es können, nicht lernen.«

Ich wusste nur zu genau, was er meinte, als er sein Keyboard aufgab wie ich mein Akkordeon, obwohl er einen Kurs besuchen konnte. Vielleicht wäre Einzelunterricht besser gewesen, und wunderbarerweise hätten wir das Geld dafür gehabt, aber das wollte er nicht. Er wollte es können.

Das Könnenwollen kenne ich gut. Wenn Freunde sich an ein Klavier setzten und improvisierten, hatte ich oft das Gefühl, dass mir etwas fehlte, weil ich das nicht konnte. Mit Fehlen meine ich nicht etwas Notwendiges, wie einem Nahrung oder Wärme fehlen kann, sondern etwas darüber hinaus, etwas Wunderbares. Diesen Mangel habe ich andererseits nie empfunden, wenn Menschen Klavier spielten, die mir nicht nah waren. Dann konnte ich die Musik genießen oder auch nicht, aber es hatte nichts mit mir und mit dem zu tun, was ich kann oder nicht kann. Heute geht es mir anders. Ich bin geradezu froh, dass ich noch nicht Klavier spielen kann. Wenn ich es könnte, könnte ich mit Freunden Musik machen und mich verbessern, aber eines könnte ich nicht mehr, die ersten und aufregenden Schritte des Lernens erleben.

11. Oktober

Jahre später habe ich begriffen, was mein Sohn wollte. »Du hättest mich zwingen sollen, Klavier spielen zu lernen«, sagte er eines Tages zu mir. Er sagt solche Dinge nicht ohne Selbstironie, aber die Wahrheit schimmerte durch. Ich erinnere mich genau an meine Antwort. »Wie hätte ich dich wohl zu etwas zwingen sollen«, habe ich gesagt. Lachen.

Das war der Augenblick der Wahrheit: Er verträgt keinen Druck und braucht ihn doch, ich glaube nicht an Druck und hätte ihn doch ausüben müssen. Vielleicht lässt sich ein Instrument wirklich kaum lernen, ohne dass einen jemand dazu zwingt, jedenfalls in jungen Jahren. Und vielleicht gelten diese auch darum als die beste Zeit zum Lernen, weil wir es gewohnt sind, auf Kinder Druck auszuüben, ohne uns viel dabei zu denken.

Zum Üben sitze ich am gleichen Fenster, aus dem auch meine Kinder geschaut haben, wenn sie an ihren Hausaufgaben saßen, und ich sehe das gleiche enorme Dach des Nachbarhauses und messe seinen Rand und seinen First an den Quersprossen des Fensters. Es hängt immer noch durch. Dabei ist es vor ein paar Jahren saniert worden.

Die Sonne ist am Nachmittag ein wenig durch den dichten Hochnebel gekommen, nachdem wir tagelang in grauen Dunst getaucht waren. Ich habe nichts gegen schlechtes Wetter, das brauchen wir auch, aber durch diese trübe Suppe um all die windstillen blauen Oktobertage gebracht zu werden, wie wir sie zur Zeit in den höheren Lagen haben, ist ein Jammer.

Mein neues Lehrbuch lässt mich jetzt Noten-
rhythmen üben. Der Kopf versteht sie, dachte ich
gestern, und der Körper ist ratlos, wenn er sie umsetzen soll. Ein Grund zu erschrecken, dachte ich. Oder
ein Grund zur Freude, weil es viel zu lernen gibt. Ich
habe mich für Letzteres entschieden, aber nur, weil
ich die Hoffnung hatte, dass auch ich das noch lernen kann. Noch. Ich habe nicht damit gerechnet,
dass mir die Aufgaben von gestern schon heute keine
Schwierigkeiten mehr machen. Vielleicht liegt es daran, dass sie so schön einfältige Namen haben. Jedenfalls freue ich mich darüber, während ich weiß, dass
es nur ein Tropfen auf den heißen Stein ist.

12. Oktober

Den Mechanismus, mit dem man die Höhe des Kla-
viergestells verändern kann, habe ich nun auch begriffen. Das wurde nötig, weil ich gemerkt habe, dass
es zu tief war.

Großvaters Klavier habe ich, als er gestorben war,
nicht geerbt. Was hätte ich auch damit anfangen sollen in meinen ersten Jahren an der Universität? Es
gehörte in die Vergangenheit, und da war es im Gegensatz zu meinem Keyboard voller Verheißungen,
vom schwarzen Glanz des Lacks, wie es ihn an kei-

nem andern Möbelstück gab, über den Deckel, den man in seiner ungeheuren Breite an einem messinggelben Scharnierband aufklappen konnte, bis zum grünen Filz, der auf den Tasten lag und wieder ausgebreitet werden musste, bevor man den Deckel zumachte. Ein technisches Wunderwerk schien mir auch der Hocker, auf dem man nicht nur kreiseln, sondern sich mit dem Kreiseln höher oder tiefer schrauben konnte. Und dann die Tasten, die von einem dumpfen Brummen bis zu den klimpernden Höhen viel mehr hergaben, als man im richtigen Leben hätte hören können, von den komplizierten Mechanismen, die in seinem Innern verborgen waren, ganz zu schweigen.

Das Klavier ließ alles mit sich machen. Geduldig ertrug es meine Fehler, aber es kam mir nicht im Geringsten zu Hilfe, wenn ich mit dem Zeigefinger die richtigen Tasten suchte für all die Kinderlieder, die ich kannte.

Eingeschüchtert hat es mich auch, das Klavier, weil mir nicht verborgen blieb, dass ich ihm mit meinen Einfinger-Melodien überhaupt nicht gerecht wurde. In einem Schrank gab es Noten, und bei deren Anblick konnte ein Kind schon den Mut verlieren. Ich hatte im Ohr, wie viele Töne mein Onkel gleichzeitig anzuschlagen wusste, wenn er zu Weihnachten in die Tasten griff und seine brausende Musik die Stube füllte. Andererseits wollte ich auf keinen Fall so spielen lernen, wie er es tat. Insgeheim hoffte ich, es müsste etwas anderes geben. Jahre später zeigte sich, dass ich recht hatte.

Heute frage ich mich, warum nur hat mein Großvater nicht versucht, mir am Klavier irgendeine Art von Hilfestellung zu geben? Er war doch Lehrer, hätte er nicht auch mich belehren sollen? Konnte er womöglich gar nicht Klavier spielen? Vielleicht mussten Lehrer das damals nicht können. Aber warum hat er dann ein Klavier besessen? Dass meine Großmutter je am Klavier gesessen hat, kann ich mir nicht vorstellen. In Küche und Garten habe ich sie arbeiten sehen, aber nicht mal ein Strickzeug war je in ihren Händen. Ist das Klavier, wie es im bürgerlichen Haushalt üblich war, für die Töchter angeschafft worden? Hätten sie, wenn sie früher Klavierstunden hatten, mir dann nicht mit ihren guten oder schlechten Erfahrungen zur Hand gehen müssen, wenn ich mit dem Klavier spielen wollte? Das sind Fragen, wie ich sie mir heute stelle. Damals schien das Klavier ein totes Möbelstück zu sein, auf dem sich nur der Erstgeborene hervortat.

Auch die Frage, ob mein Großvater in seinen jungen Jahren spielen konnte und es dann aufgegeben hat, lässt sich nicht mehr beantworten. Vielleicht hat er sich einfach zu alt gefühlt, um mir zu helfen. Er stammte schließlich aus einer Familie, in der das Klavier zur bürgerlichen Grundausstattung gehört haben könnte. Aber das ist mehr eine Vermutung als eine Gewissheit, weil er Lehrer werden konnte und weil ich gehört habe, dass sein Vetter eine Zigarrenkistenfabrik besaß. Das Wort hat mich beschäftigt, ich liebte Zigarrenkisten, weil man sie für so vieles gebrauchen konnte. Als Schatzkiste, als Nähkästchen oder als Puppenstube. Weil sie mit exotischen Bildern und kompliziert ausgeschmückten Schriften verziert waren, dachte ich, sie müssten schon sehr alt sein und aus fernen Ländern kommen. Dass sie in Kriegszeiten noch hergestellt wurden, konnte ich mir nicht vorstellen, und schon gar nicht in einem unserer Vororte, in dem kleine Leute wohnten. Aber es wurde dort das weit herum berühmte Hemelinger Bier gebraut, warum sollte es nicht auch eine Zigarrenkistenfabrik gegeben haben? Und was muss ich mir unter einer Zigarrenkistenfabrik überhaupt vorstellen? Vielleicht nichts Großes, vielmehr nur eine kleine Bude, die sich mit der Herstellung von Zigarrenkisten durchschlug? Da gehörte ein Klavier vielleicht doch nicht unbedingt zum guten Ton. Ich wünschte, es wäre noch jemand am Leben, den ich danach fragen könnte.

Das wünsche ich mir oft, wenn immer neue Fragen auftauchen an den Außenrändern von allem, was ich über die Menschen weiß, von denen ich abstamme, während ich früher dachte, ich wüsste schon alles und es gäbe keine offenen Fragen mehr. Dabei ist das Gegenteil der Fall. Je mehr ich bereits weiß, umso mehr Fragen tauchen auf, weil Fragen an den Rändern des Bekannten wachsen und die Ränder sich mit jeder Antwort ausdehnen.

Vielleicht, denke ich heute, hat mein Großvater seinen schon früh angetretenen Rückzug aus dem lebendigen Leben so weit getrieben, dass er zu schüchtern geworden war, um sich in mein Spielen mit dem Klavier einzumischen.

Als er starb, war ich kurz davor, als Erste in der Familie das Abitur zu machen, ich habe ihn im Krankenhaus besucht und weiß doch nicht, woran er gestorben ist. Ich wusste nicht, dass man andere nach Dingen fragen kann, über die sie nicht von selber sprechen. Aber ich wusste, dass man die Menschen nehmen muss, wie sie sind, und ihnen nicht auf die Füße treten soll.

Die Großmutter hat von da an nur noch im Bett gelegen, ohne dass eine Krankheit festgestellt worden wäre. Wenn ich sie besucht habe, lag sie in ihrer Kammer, das frisch bezogene Bett des toten Großvaters neben sich, und wollte mit niemandem sprechen. In den Kindheitsjahren hatten wir miteinander Halma gespielt, ein Spiel, das für mich seitdem die

Art von Miteinander bedeutet, die möglich ist, wenn man sich sonst nichts zu sagen weiß. Ich saß an ihrem Krankenbett und kam mir sehr überflüssig vor. Ein Jahr später starb sie ihrem Mann nach. Das klingt so und kam mir auch damals so vor, wie wir uns ein altes Ehepaar vorstellen. Nur weiß ich seither, dass sie ein zwar altes, aber kein Ehepaar waren, wie wir es uns wünschen.

13. Oktober

Die Großeltern lebten in zwei voneinander getrennten Welten, und außer den Mahlzeiten schien es nichts Gemeinsames zu geben. In den Ehen, die ich aus der mütterlichen Verwandtschaft kannte, hatten Männer und Frauen auch ihre voneinander getrennten Bereiche. Aber es gingen Worte zwischen ihnen hin und her, bei meinen Großeltern nicht, und als Kind habe ich angenommen, dass man auch so glücklich sein könne.

Mit der Großmutter konnte man Halma spielen, das Geschirr abtrocknen oder in der Waschküche für sie Wasser heraufpumpen, wenn sie es in der Küche brauchte. Sie war keine Großmutter, die Märchen vorgelesen oder von alten Zeiten erzählt hätte. Gespräche mit ihr kann ich vergessen haben, wahrscheinlicher ist, dass es sie nicht gegeben hat. Der Großvater hat auch nicht vorgelesen, aber er hat mir die Verbindungstür aufgeschlossen und mich begleitet und mir zugeschaut, wenn ich in seine leeren, nach scharfem Bohnerwachs riechenden Klassenzimmer gehen und an der Wandtafel malen wollte. Erklären musste er nichts, weil ich schon in die Schule ging und wusste, dass man nachher alles sauber abwischen und trockenreiben musste. Aber die ausgestopften Tiere hoch oben auf dem Schrank, wie es sie in meiner Schule nicht gab, hat er mir gezeigt und Schaubilder aus brüchigem Stoff entrollt und aufgehängt, wenn ich sehen wollte, wie all diese sonderbaren Tiere leben, der Iltis und das Wiesel, der Tiger und der Elefant. Und wenn im Dorf die sommerliche Ausstellung der Geflügelzüchter aufging, hat er mich mitgenommen. Nicht nur mitgenommen, sondern auch mit mir gesprochen, während wir die verschiedenen Hühnerrassen angeschaut haben. Ich war sehr beeindruckt, und noch heute würde ich Blausperber, Leghorn, Rhodeländer und New Hampshire erkennen. Er hat mir auch seine eigenen Hühner in ihrem sandigen Auslauf erklärt, und mir kommt es so vor, als hätten wir nur über Hühner und nichts anderes miteinander geredet.

Die Hühner haben mich interessiert, und wenn ich auf der Schaukel saß, habe ich sie bei ihrem Tun und ihren Beziehungen zueinander und zum Hahn beobachtet und ihnen Namen gegeben, um sie unterscheiden und erkennen zu können. Trotzdem habe ich sie verwechselt, und das war wohl auch besser, denn wenn ich sie alle persönlich gekannt hätte, wäre mir das Sonntagsmenü zum Problem geworden, wenn es erst Hühnersuppe mit Eierstich und dann Hühnerfrikassee mit Erbsen gab, bevor der Pudding mit eingemachten Kirschen auf kleinen Glastellern kam. Ab und zu brütete eine Henne ein Nest mit Eiern aus, und dann gab es wunderbare winzige Küken, die verblüffend schnell größer wurden. Die kleinen Hennen benahmen sich schon bald so wie die großen Hühner. Die Hähne nicht. Mit Entsetzen musste ich sehen, wie sie aufeinander losgingen. Mir schien das wie alle Streitereien gegen jede Vernunft, aber Großvater hat mir erklärt, Hähne müssten so sein. Sobald man mehr als einen Hahn auf dem Hof hätte, würden sie versuchen, einander umzubringen. Der Krieg war vorbei, und eigentlich hatte ich gehofft, dass nun nicht nur die Menschen, sondern auch die Hähne miteinander auskommen würden.

Sobald noch andere Verwandte zu Besuch waren, wurde ein Nachmittagsspaziergang in den Außenbezirken des Dorfes gemacht, was mir immer zugleich feierlich und sinnlos vorgekommen ist, obwohl es mir gefallen hat, in den ausgefahrenen Spuren der

grauen Sandwege zu spazieren und die vielen Unkräuter anzuschauen, die in dieser unwirtlichen Lage
Fuß fassen konnten. Spaziergänge fanden immer ohne
die Großmutter statt. Wenn wir wieder nach Hause
kamen, brachte sie zwei Sorten Wickelkuchen auf
den Tisch, einen mit Mohn und einen mit Marzi-
pan, wie man sie damals als ländliche Hausfrau vorbereitete und wegen ihrer enormen Größe mit dem
Handwagen zum Bäcker brachte und sie dort backen
ließ, trotz aller Behinderungen durch die Mängel der
Nachkriegszeit. Als Kind nimmt man dergleichen
hin und zieht seine Schlüsse daraus, was die Menschen und ihre Einrichtungen betrifft, und dabei
kann man sich irren.

In der Stube gab es einen Familientisch, der größer
war als alle Tische, die ich sonst gesehen hatte. An
seinen Enden saßen vorne bei der Tür die Großmutter und hinten beim Fenster der Großvater auf ihren
Lehnstühlen. Mein Platz war auf dem Sofa hinter dem
Tisch. Wenn viele Gäste da waren, kroch ich unten
über die ausgefeilte Konstruktion der Verstrebungs-
bretter zu meinem Platz. Wenn ich allein zu Besuch
war, saß ich auf diesem Sofa mit einem großen Abstand zu den Großeltern. Und wenn der Großvater
zu seinem Kaffee noch die Milch oder den Zucker
brauchte, stand er aus seinem Sessel auf, um ihn sich
vom anderen Tischende zu holen und dann zurück-

zubringen. Eines Tages stutzte ich angesichts dieser Gewohnheit, nachdem sie mir jahrelang nicht aufgefallen war, und ich fragte mich, warum er mich nicht bat, ihm die Sachen herüberzureichen. Eine Antwort habe ich nicht gefunden. Erst heute frage ich mich, ob bei diesen Mahlzeiten überhaupt je ein Wort gefallen ist, und bin fassungslos angesichts dieser Vorstellung. Vielleicht gab es außer dem Essen wirklich nichts, was beide Großeltern gemeinsam taten, abgesehen von ihrer gleichzeitigen Anwesenheit in der Dienstwohnung.

Als beide längst tot waren und ich geheiratet und eigene Kinder hatte, hat meine Mutter mir erzählt, wie ihr Schwiegervater sie früher, also in den Jahren vor dem Krieg, ins Vertrauen gezogen hat. Er, den ich vor allem als schweigsam gekannt hatte, habe immer gern mit ihr diskutiert und sich für vieles interessiert, sagte sie. Und eines Tages, bei einem Spaziergang auf den Sandwegen, habe er ihr erzählt, wie er sich in jüngeren Jahren scheiden lassen wollte, weil er keine Beziehung zu seiner Frau habe finden können und weil sie unfähig gewesen sei, mit Menschen und mit Geld umzugehen. Und dass diese Scheidung nicht möglich gewesen sei, hat er zu meiner Mutter auch gesagt, denn ein geschiedener Lehrer hätte seine Existenz verloren, und vier Kinder hatten sie auch. In meiner Mutter hatte er einen Menschen gefunden,

76

dem er sich anvertrauen konnte, was zu jener Zeit offenbar sehr viel schwieriger war, als wir heute denken. Seit Jahrzehnten geht mir das nun durch den Kopf, und es macht mich immer noch traurig.

Wie mag sich meine Großmutter in diesem Leben gefühlt haben? Von seinen Scheidungswünschen wird sie nichts gewusst haben, aber etwas anderes als eine tiefe Einsamkeit kann ich mir nicht vorstellen. Von meiner Tante, die die jüngste Tochter war, habe ich später erfahren, wie ungerecht ihre Mutter sich behandelt gefühlt hat, wenn ihr Mann ihr das Haushaltsgeld nur in kleinen Portionen zugeteilt und sich sonst nicht um sie gekümmert hat. Hätte ich ihr sagen sollen, was ich über die Hintergründe wusste und dass das Zuteilen des Geldes vielleicht nicht ganz unberechtigt war? Vielleicht hätten wir dann gründlicher über diese Ehe sprechen können. Ich habe es nicht getan, einerseits aus Schüchternheit und andererseits, weil sie auch zu denen zu gehören schien, die nicht gern gründlich über die Dinge sprechen. Oder hätte sie, ihrem Vater vielleicht doch ähnlich, nur ein wirklich offenes Ohr gebraucht? Ich weiß es nicht. Sie schien weder ihrem Vater noch ihrer Mutter ähnlich, voller Temperament und der Bereitschaft, waghalsige Entscheidungen zu treffen. Jedes Nachfragen verbot sich sowieso, weil noch andere Verwandte dabei waren, als sie sich so entschieden gegen ihren Vater wandte. Und weil das Gespräch sich weniger um die Eltern drehte als um die schlechten Erfahrungen, die sie mit Männern gemacht hatte.

Von meiner Mutter weiß ich, dass die Großmutter nicht nur mit Menschen und Geld, sondern auch mit der Zeit schlecht umgehen konnte. Hätte mir das nicht auch auffallen sollen? Es ist mir nicht aufgefallen. Warum? Weil Kinder sich in die Zeiteinteilung der Erwachsenen nicht einmischen? Zur rechten Zeit angekommen, sagte meine Mutter, musste man Stunden warten, bis die Weihnachtsstube fertig war. Auch Mahlzeiten waren immer erst zwei Stunden später fertig als angekündigt. War das Großmutters Art, sich auszuklinken, oder war sie den Anforderungen ihres Lebens einfach nicht gewachsen? Taten ihr die Beine schon in jungen Jahren wirklich so weh, oder waren sie eine Ausrede, um sich an Spaziergängen nicht beteiligen zu müssen, wie meine Mutter vermutet hat?

14. Oktober

Gestern hat meine vierte Klavierwoche angefangen. Das neue Lehrmittel ist für meinen Geschmack zu stark auf Kinder zugeschnitten, aber das soll mich nicht abschrecken. Manchmal ist mir, als brauchte ich zum Üben eigentlich gar kein Klavier, aber das täuscht, denn auf den Tasten funktioniert das, was ich auf dem Tisch oder nur mit den Händen geklopft habe, entschieden anders. Wechseln der Fingerkombinationen ist das Thema und wird es noch lange bleiben. Ein zweites Thema ist die Geschwindigkeit. Auf dem Tisch sind die Finger in freier Bewegung relativ schnell, wobei Ring- und kleiner Finger etwas nachhinken, auf den Tasten dagegen beunruhigend langsam. Bewusstes Steuern und einfaches Machenlassen müssten verschmolzen werden, schließe ich daraus. Also immer wieder machen und dabei an etwas anderes denken, bis sich das Machen mit dem Lassen verbindet.

Bewegungsabläufe müssen einem in Fleisch und Blut übergehen, heißt es, und genau das geht beim Lernen vor sich. Die Bewegungen auf dem Kinderdreirad wollten gelernt werden wie das Radfahren. Aber wenn ich heute Auto fahre, kann ich mir kaum noch vorstellen, dass ich das einmal lernen musste und dass die Koordination von Kupplung, Gas und Bremse schwer zu lernen war und über eine Reihe von Fehlleistungen führte. Wie lang dieser Weg war, ist mir wieder bewusst geworden, als meine Söhne Autofahren lernten und sich wunderten, wie sehr man üben muss, obwohl man es längst begriffen hat.

Begreifen reicht nicht. Als ich für mein erstes Auto zusätzlich noch Zwischengasgeben nicht nur begreifen, sondern auch lernen musste, ging das schon wesentlich schneller, eine schöne Erfahrung, von der ich hoffe, dass sie sich wenigstens ansatzweise auch beim Klavierspielen einstellt. Die Koordination mit der Kupplung ist mir jedenfalls so in Fleisch und Blut übergegangen, dass ich Schwierigkeiten bekomme, wenn ich ein Auto mit Automatik fahren will. Es widerspricht meiner inneren Automatik. Mein ganzer Körper teilt mir mit, dass ich etwas falsch mache, sodass es mir schwerfällt, mich auf den Verkehr zu konzentrieren. Ich muss dann regelrecht üben, weniger zu machen und damit zufrieden zu sein.

Während ich das schreibe, gibt es im Radio Maurizio Pollini zu hören, wie er in Luzern Chopins »Prélude Opus 28« spielt. Sprachlos höre ich zu. Und neidlos. Denn mit meinen Versuchen auf dem Keyboard hat dieses Spiel am Flügel nicht das Geringste zu tun, außer dass es ebenfalls mit den Fingern gemacht wird.

Zäher Hochnebel heißt das, was immer noch auf unseren Landstrich drückt. Heute aber nicht nur hier unten, sondern bis fünfzehnhundert Meter hinauf. Und überhaupt, was geht mich das Wetter an, wenn ich etwas zu tun habe.

Heute habe ich im Sinne der Schneemann-Methode erst eigene Tastenspiele erfunden und schön verantwortungslos Töne hervorgebracht. Dann habe ich mir probeweise meine erste Klavierschule wieder vorgenommen und gesehen, wie einiges besser geht. Nicht gut, aber doch hörbar besser, und zwar auf all den kleinen Problemfeldern, mit denen ich mich herumgeschlagen habe.

Eigenartig, über kleine Fortschritte kann ich mich freuen, aber es macht keine Freude, sie aufzuschreiben. Sie sind auch viel schwerer zu beschreiben als Schwierigkeiten. Man müsste mehr ins Detail gehen, als ich das könnte und wollte. Und außer dass sie Freude machen, sind sie nicht interessant. Wenn die Finger mit Ratlosigkeit, Streik und Fehlern reagieren, muss ich mich damit auseinandersetzen, mit Fortschritten nicht. Und Humor oder freundliche Aufmerksamkeit wird auch nicht nötig, wenn etwas gelingt.

Es ist wie beim Schreiben. Ein gelingendes Leben in einer erfreulichen Welt ist nichts, was uns verlockt, eine Geschichte daraus zu machen. Es ist selten spannend, und zum Nachdenken regt es noch seltener an. Herausfordernd sind dagegen immer Situationen, die nicht in den Griff zu kriegen sind. Um ihretwillen nimmt man die Mühe des Schreibens auf sich. Kurz gesagt, Glück ist wunderbar, aber zum Schreiben ungeeignet.

16. Oktober

Auch wenn es unangenehm ist, ich will doch festhalten, was mir als Fortschritt vorgekommen ist: Akkorde kommen nur noch ausnahmsweise ungleichzeitig oder mit fehlenden Tönen. Etwas seltener werden auch die unfreiwilligen Abweichungen von der angestrebten Lautstärke. Einzelne Rhythmen, bei denen die Hände leicht voneinander abweichen, habe ich schon gewissermaßen dreidimensional im Sinn, bin beim nächsten aber doch wieder verwirrt. So einfache Dinge, denke ich, von denen man annehmen sollte, dass sie selbstverständlich sind und nicht gelernt und als Fortschritte betrachtet werden müssen. Aber sogar das Spielen mit Bauklötzen musste schließlich einmal gelernt werden.

An meine bunten Bauklötze und den kleinen Tisch, auf dem ich mit ihnen immer neue Kunstwerke aufgebaut habe, erinnere ich mich genau. Nicht aber daran, dass ich das lernen musste. Ein sich langsam fortentwickelndes Spielen ist nichts, was die Hirnzellen als denkwürdig speichern. Dagegen sehe ich noch vor mir, wie mein Bauwerk mit Bögen und Türmchen umgestürzt war, als wir eines Nachmittags nach einem Bombenangriff aus dem Keller heraufkamen. Wir zitterten noch vom Krachen und der Erschütterung. Ein Topf mit Milch war vom Spiralkocher gefallen. Auch sonst war einiges kaputtgegangen, zersplitterte Fensterscheiben und Rollos, die zerrissen herunterhingen, nachdem hinter dem Haus die Bombe eingeschlagen hatte. Seitdem war dort auf dem kleinen Acker, der zur benachbarten Gärtnerei gehörte, ein Bombentrichter, eine unerwartete Bereicherung der Landschaft, die sonst sehr horizontal war.

Dass die Bombe ebenso gut uns hätte treffen können und dass ein Keller dann kein Schutz, sondern eine Falle gewesen wäre, habe ich nur ansatzweise begriffen. Jedenfalls sind wir von da an bei Alarm nicht mehr in den Keller gegangen, sondern mit dem Fahrrad in den Bunker gefahren. Es gab ihn auch noch nicht lange. Und wenn das Wetter schön war, sind wir bei Tagesalarm aufs Land hinausgefahren, wo nicht bombardiert wurde. Dort kamen Tiefflieger, aber vor denen konnte man sich unter den Büschen verstecken. Darum kommen in meinen frühen Erinnerungen nur Sommerlandschaften mit schönem Wetter vor. Bei Regen waren wir im Bunker. Oder im Hause, weil es auch Tage ohne Alarm gab.

Ich besitze aus dieser Zeit ein Foto, das mich zeigt und meinen Vater in Uniform, wir sind auf dem Wäscheplatz hinter dem Vierzimmerhaus, das wir gemietet hatten. In einem Zimmer neben der Küche wohnte ein belgischer Arbeiter mit einem italienischen Namen, der mir als Herrinaldi in Erinnerung ist, ein freundlicher Mann mit dunklem Haar, der, wenn er nicht arbeiten musste, oft an unserem Küchentisch gesessen hat. Von ihm stammte der emaillierte Eimer, den meine Mutter noch nach vielen Jahren zum Kartoffelschälen benutzt hat. Er war innen weiß, außen dunkelgrün, und darauf stand in weißen Buchstaben: Aardappelen.

An dieser Stelle bin ich misstrauisch geworden gegen meine Erinnerung. Kann ich mich auf sie verlassen? Nicht was den Eimer betrifft, wohl aber den im Krieg einquartierten Untermieter. Sein Name ist für einen Belgier vielleicht nicht so ungewöhnlich, wie es scheint, er hätte aus einer der Familien stammen können, die mit der großen italienischen Auswanderungswelle in die Bergbaugebiete der nördlicheren Länder gekommen waren. Oder hat es womöglich zwei gegeben, einen italienischen und einen mit einem flämischen Namen, den ich vergessen habe, die mir zu einem zusammengeflossen sind?

Ich habe ja auch anderes vergessen, wovon meine Mutter mir später erzählt hat. Nicht weit von uns das Lager mit den ausländischen Zwangsarbeitern, von denen manchmal der eine oder andere in der freien Zeit zu uns gekommen sei, um beim Holzhacken oder anderen Arbeiten zu helfen und mit uns zu essen. Sie habe dann immer versucht, sagte sie, Fleisch zu bekommen, oder ein Kaninchen geschlachtet, um etwas Besseres aufzutragen als für uns allein. Ich habe es vergessen. Herrinaldi aber ist verbürgt, und ob er nun aus Belgien oder aus Italien stammte, er hatte es besser als die Frauen und Männer im Lager, leichtere Arbeit und größere persönliche Freiheit. Ich weiß noch, wie er aussah, bei uns in der Küche seinen Muckefuck gekocht und mit uns am Tisch gesessen hat. Er war auch darum besonders, weil er wie Herr Sliwinski Herr hieß, während ich sonst, wie es damals üblich war, Erwachsene, die nicht Verwandte oder Freunde waren, mit Onkel oder Tante und dem Nachnamen anzureden hatte.

Zurück zum Foto, das meinen Vater und mich zeigt, die Wäscheleinen über unsern Köpfen. Meine Mutter, die später nie fotografiert hat, muss das Bild gemacht haben, mit der zweiäugigen Rolleiflex des Vaters, die ich sehr bewundert habe, als ich älter wurde. Vater schaut ins Objektiv mit seinen so unterschiedlichen Augen, auch sein Lächeln hat zwei Seiten, oder richtiger sollte ich sagen, die rechte, mir zugewandte Gesichtshälfte zeigt ein Lächeln, das nach so vielen Jahren etwas traurig aussieht, während sich auf der linken trotz der Lachfältchen um das weit offene Auge kaum ein Lächeln findet. Er ist in die Hocke gegangen, damit unsere Köpfe auf gleicher Höhe sind, und wir sehen beide ein wenig glücklich aus. Halb stehe ich, halb scheine ich auf seinem Knie zu sitzen und mich leicht wegzulehnen, während er mich mit beiden Händen hält. Mein Blick geht zur Seite, vorn an meinem Vater vorbei, als wäre ich in Verlegenheit und wüsste nicht, wohin schauen, sodass dieser Blick sich auf nichts richtet und nur ganz zufällig auf die großen Steinblöcke der Steinmetzwerkstatt trifft, auf denen ich sonst herumgeklettert bin. Sie sind natürlich nicht auf dem Bild. Es muss in der kühlen Jahreszeit sein, denn ich trage den weißen Mantel mit der Kapuze und dem einen großen Knopf. Meine Mutter hat ihn mir aus einer französischen Wolldecke genäht, die der Vater in Frankreich gekauft hat. Aber sehr kalt kann es nicht sein, das Waschküchenfenster steht offen, und der Vater trägt keine Mütze. Weiß sehen auf dem Foto die beiden Streifen auf seinem Kragen aus und die Umrandung der Epauletten. Ich kann Signale auf

Uniformen noch heute nicht lesen, weiß aber inzwischen aus seinen Papieren, dass er bis Februar 1942 als Gefreiter Schreiber in Frankreich war, am 1. März zum Unteroffizier befördert und dann zum Ostfeldzug versetzt wurde, wo erst Infanteriedienst und Feldgendarmerie, dann Verkehrsregelung seine Aufgaben waren. Darum vermute ich, dass das Foto in jenem Frühling bei einem Heimaturlaub entstanden sein muss.

17. Oktober

Heute war der erste Tag, an dem ich keine Taste angefasst habe. Das heißt nicht, dass ich nicht geübt hätte, Fingerkoordinationen, Akkordwechsel, die Beweglichkeit der kleinen Finger, indem ich sie mit Ring- oder Mittelfinger trillern lasse, was ihnen noch entschieden gegen den Strich geht.

18. Oktober

Zurück zur Schneemann-Methode. Der Name bezieht sich auf die drei runden Noten des Grundakkords, weil ein Schneemann auch aus drei Kugeln gebaut wird, und die Frage, ob man das ein sinnvolles

Bild findet, wird irrelevant angesichts der Tatsache, dass es darum geht, die Kontrollinstanzen auszuschalten, um sich auf die verlässlicheren primitiven Fähigkeiten des Gehirns abzustützen.

Martha Argerich spielt jetzt Schostakowitschs erstes Klavierkonzert. Ich habe ihr schon oft mit Begeisterung zugehört, aber nachdem ich mich mit den primitivsten Voraussetzungen des Klavierspielens herumgeschlagen habe, ist mein Glück angesichts der Schönheit dieser Musik begleitet von einem kindlichen Staunen über die handwerklichen Wunder. Und ich vermute, je mehr ich dazulerne, umso größer wird dieses Staunen werden. Andererseits glaube ich nicht, dass bloßer Respekt vor dem Können etwas daran ändern wird, dass mir manche Pianisten mehr zusagen als andere.

19. Oktober

Eine halbe Stunde wollte ich üben, und als ich aufgehört habe, war dreimal so viel Zeit vergangen, erst mit einer Reihe von Übungen aus dem Kinderlehrmittel, dann mit Stücken aus meinem ersten Lehrbuch, eine Kombination, die mir inzwischen sinnvoll vorkommt. Jetzt gilt es mit der Linken den dritten Akkord zu üben, und mit dem Wechseln zwischen ihnen gibt es noch viel zu tun. Die größere Schwierigkeit ist natürlich das Zusammenspiel beider Hände mit verteilten Rollen. Auch bei Stücken, die schon mal gelungen sind, kann das wieder zum Problem werden, was mich nicht überrascht. Denn wenn ich in den letzten vier Wochen etwas über dieses Lernen gelernt habe, dann das. Der stete Tropfen braucht lange, um seine Spuren zu hinterlassen. Etwas anderes habe ich gar nicht erwartet. Ich habe sogar daran gezweifelt, dass ich auf diesem Feld mehr als ein trauriges Minimum lernen kann, und wenn ich ehrlich bin, zweifle ich immer noch daran. Aber das macht nichts. Ich kümmere mich nicht um die Zweifel.

20. Oktober

Endlich sind wir hier unten auch wieder am Wetter beteiligt. Lebhaft ist es, Wind und Regen, düstere und weiße Wolken auf Reisen, wie schön.

»Viel Spaß am Klavier!«, hat am Ende des Gesprächs der Herr zu mir gesagt, bei dem ich das Kinderklavierbuch bestellt habe. Und darauf läuft die Methode hinaus. Sie ermuntert zu Frechheiten aller Art und verbindet sie mit dem strikten Ziel, Sicherheit im Notenlesen zu erreichen. Der Wunsch, möglichst schnell möglichst schön zu spielen, kann unter diesen Bedingungen gar nicht aufkommen.

Ich habe diesen Wunsch trotzdem, obwohl ich mir vorgenommen hatte, keine Ziele zu haben. Aber es ist ein Wunsch, keine Absicht. Der Unterschied zwischen diesen beiden Dingen ist mir selten so deutlich geworden. Wünsche können unerfüllt bleiben, wie wir wissen, mit Absichten können wir scheitern. Und das ist etwas ganz anderes.

Möglichst schön spielen lernen möchte ich schon, was immer das heißen mag. Und möglichst schnell? Darüber kann ich nur lachen. In meinem Alter? Könnte ich sagen. Aber weiß ich denn, ob es früher schneller gegangen wäre?

»Viel Spaß am Klavier!« Mit diesem Satz im Ohr ziehe ich mir nun wenigstens keinen Muskelkater mehr zu an Körperteilen, die am Klavierspielen nicht unmittelbar beteiligt sind und die es mit ihrer Beteiligung eigentlich nur stören. Um sie daran zu erinnern, genügt es, ab und zu mit bettelnden Hundepfoten zu wedeln. Und der Satz hilft auch, wenn es darum geht, mir Spiele zu erfinden, wenn die Finger nicht so wollen, wie ich es von ihnen erwarte.

Der Himmel ist heute blau und alles in Bewegung. Die Sonne hebt sich mit etwas Mühe, um den gelb gewordenen Tulpenbaum zum Leuchten zu bringen. Er ist schon durchsichtig, weil die Hälfte seiner Blätter gestern heruntergeblasen wurde. Der richtige Tag, um zum letzten Mal den Rasen zu mähen, genauer, das Gras, das vor lauter Moos noch gewachsen ist.

Rasenmähen gehört zu den wenigen Dingen, die man nicht lernen muss. Entweder man ist eine sorgfältige Person, die das Kabel zu nehmen weiß, oder man ist es nicht. Es ist die einfachste, schnellste und bequemste Arbeit im Garten und lebt von einer Aura, die sie seit den Zeiten des Sensendengelns umgibt, sodass ich mich nie gewundert habe, wenn sie als Männersache gilt. Rasenmähen bleibt sich vom ersten Versuch an gleich. Das Einzige, was man dazulernt, ist, dass man sich die Arbeit erleichtert, wenn man sie nicht allzu lange hinausschiebt.

Viel zeitraubender und komplizierter ist das Unkraut. Schon der Begriff ist kompliziert und führt in die Welt der moralischen Kategorien. Es gibt Menschen, die behaupten, es gäbe kein Unkraut, nur Kraut. Sehr richtig, dachte ich, aber nur solange es nicht um einen Garten geht. Sobald man einen Garten hat, entwickelt man Vorstellungen von dem, was man sich darin wünscht. Alles andere könnte man dulden, wenn es die eigenen Vorstellungen nicht durchkreuzt. »Unkräuter« tun genau das. Als ich das noch nicht wusste, war ich großzügig mit allem, was von selber kam. Zum Beispiel kleine Grasbüschel zwischen den Steinen. Sie kamen mir sehr liebenswürdig vor, bis mir auffiel, dass ich ihretwegen mit dem Reisigbesen nicht mehr durchkam und der Tischtennisplatz sich in eine Stolperwiese verwandelt hatte. Löwenzahn im Rasen gefiel mir. Bis der Rasen aus Blattrosetten bestand, und das Gras dazwischen keinen Platz mehr fand. Warum nicht, sagt man sich, Blätter sind auch grün, aber mit der Zeit zeigt sich, dass sie ihre Nachteile haben. Wer einen Garten hat, muss unterscheiden lernen zwischen den Wünschen, auf die man zu verzichten bereit ist, und den andern. Das ist nicht so einfach, wie es klingt, auch darum, weil die Wünsche sich verändern.

Heute werden wir vor Neophyten wie den Goldruten gewarnt, die unsere regionale Biodiversität schädigen, indem sie sich erst harmlos geben und dann nicht mehr loszuwerden sind. Vor ein paar Jahrzehnten haben wir sie noch beim Gärtner gekauft. Heute sind sie verboten. Unkraut? Für sie und ihresgleichen müssten wir einen neuen Begriff einführen, vielleicht Feindkraut? Oder Fremdkraut? Die Fauna steckt voller menschlicher Fußangeln. Nennen wir sie also Neophyten. In einem Garten sind sie im Gegensatz zur freien Wildbahn zum Glück früh auszumachen, und die Solidarität verlangt, dass ich sie ausgrabe.

Ich habe Einwanderer, die ich nicht kannte, immer mit Neugier begrüßt, also abgewartet, was aus ihnen wird. Diesem Abwarten verdanke ich einige Köstlichkeiten und ein paar Landplagen. Eines Tages wuchs da etwas mit rundlich herzförmigen Blättern, von dem ich nicht wusste, was es ist. Mit freudiger Aufmerksamkeit wartete ich ab, wie es gelbe Sternblüten entfaltete. Inzwischen weiß ich, dass es kein Neophyt ist, sondern Scharbockskraut heißt, zwar essbar ist und an Wald- und Bachrändern sehr schön aussieht, einen Garten aber verwüsten kann. Dank Versamung tauchte es binnen kurzem überall auf, verschwand aber im frühen Sommer wieder. Ein Grund, es zu ignorieren? Leider nein. Denn wo immer es sein saisonales Leben lebte, erstickte es meine Lieblinge, die unter seinem Schutz von den Schnecken gefressen wurden. Unkraut, dachte ich, könnte man jäten. Nicht so das Scharbockskraut. Es breitet sich nicht nur durch Samen aus, sondern auch durch Knollenvermehrung, die einerseits unter der Erde stattfindet und andererseits oben, wo sich Ranken und in jeder Wuchsgabelung Knollen bilden, die zu Boden fallen und im nächsten Jahr neue Pflanzen hervorbringen, die sich versamen und neue Knollen bilden, sodass zeitweise mein Rasen nur noch aus Scharbockskraut zu bestehen schien. Und nicht nur der Rasen. Die Theorie, dass es kein Unkraut gäbe, erschien mir bei diesem Stand der Dinge nur noch als Hohn.

Ich habe das Laisser-faire bereut und mich schweren Herzens zur Pedanterie bekehrt. Aus Selbstverteidigungsgründen und aus Bequemlichkeit. Wer einen Garten hat, wird herrschsüchtig.

Am Unkraut lässt sich viel lernen. Mit den Jahren erkennt man die Keimblätter. Das ist wichtig, weil ich nicht alles ausreiße, was von selber kommt. Kosmeen und Spinnenblumen grabe ich mit dem Schraubenzieher aus den Ritzen, um sie für den Sommerflor zu hätscheln.

Vielversprechende Pflanzen, die sich bald als bösartig zu erkennen geben, indem sie meine Gartenvorstellungen nicht teilen, sind ein wesentlicher Teil der Lernprozesse. Sogar Pflanzen aus dem Katalog können sich als Gartenpiraten erweisen. Trittfest, hieß es da von einem gutaussehenden Bodendecker, und breitet sich schnell aus. Das schien mir eine Empfehlung, aber ich hätte hellhörig werden sollen, besonders weil er auch für schattige Lagen empfohlen wurde, der Bodendecker. In Wahrheit bedeutete es: Dieses Kraut wird sich ausbreiten und binnen kurzem überall auftauchen, wo du etwas anderes sehen möchtest, und noch nach Jahrzehnten wirst du Ausläufer oder Sämlinge entdecken, die zu einem nächsten Eroberungsfeldzug ansetzen. Günsel heißt der hübsche Bodendecker mit seinen rötlichen Blättern. Auch in diesem Jahr habe ich wieder Günsel gefunden, wie er unter anderem Gewächs seine Ausläufer treibt und sich schließlich durch seine blauen Blüten verrät. Aber dann ist es zu spät, die Samen sind unterwegs.

Wer einen Garten hat, will auch eigenes Gemüse essen. Gemüse ist in jeder Hinsicht das Gegenteil von Unkraut. Es wollte nicht wachsen. Das muss an mir gelegen haben, weil ich zu wenig darüber wusste. Ich bin auf immer neue Weise daran gescheitert, und wenn doch etwas dabei herauskam, wollten die Kinder es nicht essen, weil es sie an all das Geziefer denken ließ, das in unserem Garten lebte, und weil es auf einer abscheulichen Abfallmasse gewachsen war, die Kompost hieß. Sie hatten mehr Vertrauen zu allem, was aus dem Supermarkt kam, und belügen wollte ich sie nicht.

Der Garten ist ein Ort des Lernens, und das hört nie auf.

Im letzten Sommer, wir feierten ein Verlagsfest in einer Zürcher Badeanstalt, fragte mich die Zuständige, ob ich nicht ein Buch übers Gärtnern schreiben wolle. Ich sei doch eine Gartenfrau. Das wollten die Leute lesen, sagte sie. Ausgeschlossen, sagte ich. Das wird nichts, wenn ich mein mühseliges Treiben in einen Text fasse, den die Leute gern lesen. Soll ich schildern, wie Rittersporn von Schnecken und Lilien von Lilienkäfern gefressen werden? Wie der Birnbaum am Gitterrost stirbt und die Johannisbeere an der Kräuselkrankheit? Wohl nicht. Schon eher, wie die eingewanderten Silberlinge lila blühen in einem alljährlichen Farbenspiel mit den Glyzinien und den Schwertlilien, später die Dahlien und immerzu die Tradeskantien. Aber wie beschreibt man das?

Wie man Schwertlilien vermehrt, wäre vielleicht ein Thema. Aussäen, Pikieren und Auspflanzen wohl auch. Ganz sicher müsste ich von meinen Himbeeren erzählen, wie vor zehn Jahren die ganze Reihe auf unerklärliche Weise einging, was ich mir nur damit erklären konnte, dass der Gärtner der Nachbarn am Zaun, neben dem die Himbeeren lebten, vielleicht doch etwas Gift eingesetzt hat. Ich kaufte ein paar neue für einen andern Platz, eine Sorte, die, statt einen im Juli mit einer reichen Ernte zu überfallen, vom Sommer bis zum Herbst maßvoll trägt, was für eine allein lebende Person viel erfreulicher ist. Und Würmer hat sie auch keine. Genau das Richtige. Mit den Jahren zeigte sich noch eine andere, unerwartete Eigenart der neuen Sorte. Sie wandert. Viele Meter hat sie sich inzwischen weitergearbeitet, hat Blumenbeete aus der Welt geschafft, und nun steigen ihre

Früchte aus dem Rosenbusch und dem Rhododendron. Ein paar Steinplatten habe ich weggenommen, weil ihre Triebe so schön aus den Ritzen wuchsen. Sie ist also ein rechtes Unkraut, meine Himbeere, aber ich habe es ihr nie übel genommen und die Veränderung der Gartengestaltung akzeptiert.

Wer einen Garten hat, fügt sich. Aber nicht immer. Wer einen Garten hat, ist auch ungerecht.

Im Gegensatz zu allen andern Beeren sind die Brombeeren von selber gekommen. Vielleicht waren von den früheren Besitzern noch Wurzelstücke im Boden. Natürlich habe ich sie begrüßt. Sie schmecken gut, sind stark und müssen sich vor Krankheiten und Ungeziefer nicht fürchten. Für das Wort Ungeziefer gilt das Gleiche wie fürs Unkraut. Sosehr ich Kohlweißlinge liebe, halte ich ihre Raupen doch für Ungeziefer und sammle sie ein, leider entdecke ich sie oft erst dann, wenn sie meine Pflänzchen schon umgebracht haben. Ameisen halte ich erst dann für Ungeziefer, wenn sie in meiner Küche ihren Hausstand gründen wollen. Aber auch draußen sind Meinungsverschiedenheiten nicht zu vermeiden, vor allem über die Frage, wo der Sand hingehört, unter die Platten oder in wohnlichen Haufen auf die Platten oder in den Thymian.

Was die Brombeeren betrifft, sind auch sie keine ungetrübte Freude. Dass man beim Aufbinden und

Ernten Schutzkleidung tragen muss und es trotzdem nicht ohne blutende Wunden abgeht, ist das eine. Das andere ist, dass sie genauso wandern wie meine Himbeeren, und dagegen hilft nur Entschlossenheit und eine gute Schere.

Wer einen Garten hat, ist gezwungen, außer der Bereitschaft, sich zu bücken, eine ganze Reihe klassischer Tugenden zu entwickeln, von denen ich nur hoffen kann, dass sie sich auch im Rest des Lebens bewähren. Fleiß, Geduld, Neugier, Aufmerksamkeit, Demut, Entschlossenheit.

Und Lernbereitschaft. Den Laien, der sich ohne Ausbildung ans Gärtnern macht, erwarten außer den bekannten Freuden vor allem holprige Lernprozesse, die aus vielen stümperhaften Versuchen und Fehlern bestehen und in ihrer Uferlosigkeit dem Klavierspielen ähnlich sind.

Das wird Gartenfreunden, die wenig Geduld mitbringen, die Freude verderben. Im Gegensatz zum Klavierspielen kann man Fehler beim Boden, dem Standort, der Nachbarschaft und der Pflege machen. Du hast es mit Objekten zu tun, sage ich mir dann, die sich entschieden weigern, Objekte zu sein. Pflanzen haben ihre eigenen Vorstellungen von dem, was ihnen zusagt, und ich habe mich danach zu richten. Und wenn immer wieder von Gartenleidenschaft die Rede ist, ist vielleicht genau das gemeint.

Wer einen Garten hat, lernt auch, Niederlagen einzustecken. Ob das etwas ist, was zur Theorie der Leidenschaft passt, kann ich nicht beurteilen, weil ich mich nie und nimmer als Gärtnerin aus Leidenschaft bezeichnen würde. Meine Leidenschaft gilt eher der Politik, und in einer direkten Demokratie ist die Fähigkeit, Niederlagen einzustecken, sehr nützlich, weil man naturgemäß fast immer überstimmt wird. Der eben vergangene Gartensommer war in dieser Hinsicht ein gutes Training. Der wochenlange Regen zur falschen Zeit hat nicht nur die Bestäubung der Quitten verhindert, sondern die Stachelbeeren so mit Mehltau überfallen, dass zwar die Sträucher es mit Mühe überlebt haben, aber keine einzige Beere. Und gegen Mehltau vorgehen kann man auch nur, wenn es nicht regnet. Unterdessen ist in diesem Schneckenwetter alles Mögliche für immer verschwunden. Die Tomaten wurden vom Pilz befallen, und als das Wetter besser wurde, haben die Raupen mir den Grünkohl weggefressen, kurz, es war ein lausiger Gartensommer.

Wer Fehlschläge einsteckt, hat die Gelegenheit, noch etwas zu lernen. Wir können uns vornehmen, es das nächste Mal besser zu machen, oder die Sache aufgeben, weil die Umstände zu widrig sind, um sie zu ignorieren. Beides voneinander zu unterscheiden, kann man im Garten auch lernen, obwohl es sich

nicht ohne weiteres auf andere, wichtigere Lebens-
bereiche übertragen lässt.

Wenn ich von Jahrzehnten im Garten spreche,
meine ich auch, dass das Ausprobieren nie aufhört.
Aber vor allem meine ich Bäume. Wenn es um Eschen
geht, die in großer Zahl einzuwandern pflegen, ist
allerdings nicht mal ein Jahrzehnt nötig, um zu begreifen, warum sie bei den Germanen als Baum der
Bäume galten. Wenn man den Garten nicht in einen
Eschenwald verwandeln möchte, muss man sie fällen. Oder ausreißen, so lange das möglich ist. Unseren Nussbaum dagegen haben wir selbst gepflanzt.
Sehr klein war er, das Geschenk einer Freundin, und
sein Wachstum schien ein Segen, bis dieses Wachstum überhandnahm und in seinem Schatten nichts
mehr gedieh. Keine Beere, kein Gemüse, keine Blume.
Wenn man einen Park besitzt, ist so ein Platz unter
dem Nussbaum, an dem es nicht mal die Mücken
aushalten, ein Gewinn, in einem Garten nicht.

Es ist noch keine drei Jahrzehnte her, als mein
Ehemann drei Traumbäume in unserem Garten an-
siedelte. Einen Giant Sequoia Tree, einen Gingko biloba, die männliche Form, wie in Europa üblich, weil
die Weibchen Früchte tragen, die einen unerträglichen
Gestank verbreiten, und einen Tulpenbaum. Drei
zauberhafte, von Mythen begleitete Wesen oder, wie
man auch sagen könnte, drei Hauptdarsteller. Hier

kommt die Zeit ins Spiel. Bei der Bushaltestelle gibt es im Park eine Sequoia und einen Gingko, an denen man sehen kann, was aus ihnen mit den Jahren wird. Schüchtern stellte ich darum bei ihrer Ansiedlung die Frage, was daraus werden sollte, da wir wie gesagt keinen Park, sondern bloß einen Garten besaßen. Das erleben wir nicht mehr, war seine Antwort. Welch ein Leichtsinn. Als die Verantwortung für den Garten auf mich überging, habe ich die Sequoia fällen lassen, nachdem ich gehört hatte, wie viele Tausender die Entfernung von Flachwurzlern von einer bestimmten Größe kosten würde, und meiner war schon ziemlich groß und begann zu stören.

Nun streiten sich nur noch Gingko und Tulpenbaum um den beschränkten Platz. Ich habe beschlossen, mich um den Showdown nicht mehr zu kümmern. Beide bezaubern. Der auf archaische Weise widerstandsfähige Gingko mit seinem nadelbaumartigen Wuchs und Blättern, die an einen Nadelfächer erinnern, sanftgrün und jetzt in strahlendem Gelb, übrigens nicht einfach ein Gingko, sondern ein Drilling mit drei Stämmen. Meine Überzeugung, es müsse ein männliches Exemplar sein, wurde kürzlich infrage gestellt durch einen Fachmann, der sagte, sie würden erst mit dreißig Jahren geschlechtsreif. Es kann sich also in den nächsten Jahren herausstellen, dass er doch weiblich ist, was vermutlich sein Ende wäre, weil der Duft von frisch zertretenem Hunde-dreck, den seine Früchte unweigerlich verbreiten würden, nicht zumutbar ist.

Der Tulpenbaum tut nichts dergleichen, er be-zaubert mit seinen Juniblüten in Grün und Orange und mit Blättern, die in jedem Stadium anrühren, vor allem dann, wenn sie Regentropfen in kleine Edel-steine verwandeln. Bis heute staune ich und weiß nicht, wie sie das machen. Dass der Baum wächst, ist weniger erstaunlich, und weil er zu nahe am Haus steht, hätte er es längst beiseitegedrückt, wenn ich ihn nicht immer wieder stutzen ließe, was seiner Schönheit nicht guttut. Das Wunderbare an Bäumen ist, dass wir nur die Hälfte sehen. Die andere Hälfte geschieht naturgemäß unter dem Erdboden. Und während oben die Äste ans Haus stoßen, verstopfen unten die Wurzeln die Sickerleitung und finden den Weg in die Kanalisation und richten dort Schäden an, mit denen wir nicht gerechnet haben.

Auch unsere Birke ist nicht so schön, wie sie von Natur aus gedacht ist, nachdem sie schon in jun-gen Jahren gestutzt werden musste, weil die elektri-schen Leitungen unserer Straße damals noch über sie hin führten und nicht berührt werden durften. Ursprünglich waren es drei Birken, die sich auf zwei Quadratmetern selber angesiedelt hatten. Sie waren schon ziemlich dick, als ich fand, eine sei genug.

Den Birken trauere ich nicht nach, wohl aber den Leitungen, weil sie aussahen wie Notenlinien. Wenn man im Spätsommer aufwachte und aus dem Fenster schaute, saßen die Zugvögel wie lustige Viertelnoten auf diesen Linien. Jetzt ist das Elektrische unter dem Boden, und die Stare versammeln sich anderswo, ohne uns dies liebenswürdige Bild zu bieten. Dass sie trotzdem zum Frühstück und zum Abendessen in meinen Feigenbaum einfallen, wäre mir recht, wenn sie ein paar Früchte fressen würden. Aber der menschliche Ansatz passt nicht zur Sache. Sie picken an, was sie finden, und wissen nicht, was sie mir zerstören.

Wer einen Garten hat, hat es also mit Zeiträumen zu tun. Nicht nur mit Jahrzehnten und Jahren, sondern vor allem mit Monaten und Wochen. Wo die Pfingstrosen waren, wird bald nichts mehr sein. Auch wer keinen Garten hat, weiß, wie sich seine Schönheiten im Jahresverlauf verändern. Wer einen hat, entwickelt seinen Sinn für das Kommen und Gehen der verschiedenen Pflanzen und für ihr Zusammenspiel im Fließen der Zeit. Dieses Denken mit seiner zeitlichen Dimension war das, was ich nur mit dem Garten lernen konnte. Ein Garten mag einen Charakter haben, aber wie er sich in einem bestimmten Augenblick zeigt, ist nur ein beweglicher Teil des Ganzen. Und mit allem, was in ihm herumfliegt,

kriecht und wuselt, ist er ein vielstimmiges Theater-
stück, dessen Szenen sich entwickeln und dessen
Darsteller man immerzu neu kennenlernt. Diesen
unablässigen Wandel im Sinn zu haben und danach
zu handeln, ist das Beste, was sich im Garten lernen
lässt.

22. Oktober

Der Zufall will es, dass ich seit einer Woche Tolstois
Buch über seine Kindheit und Jugend lese. Auf Seite
358, unser Held ist inzwischen siebzehn Jahre alt,
verbringt den Sommer auf dem Landgut seiner Familie und lernt Klavierspielen, lese ich: »Nachdem
ich mit Katenkas Hilfe die Noten gelernt und meine
dicken Finger ein wenig gelenkiger gemacht hatte,
was ich übrigens zwei Monate lang mit solchem Ei-
fer tat, dass ich sogar beim Mittagessen auf dem Knie
und im Bett auf dem Kopfkissen mit dem ungehor-
samen Ringfinger arbeitete, begann ich sofort, ›Stücke‹ zu spielen, selbstverständlich mit Gefühl, avec
âme, was auch Katenka anerkannte, aber völlig ohne
Takt.« Wie bekannt mir das vorkommt, obwohl ich
mich beim »avec âme« noch sehr zurückhalten muss.
»Für mich«, schreibt Tolstoi außerdem, »war die Musik, oder, richtiger gesagt, das Klavierspiel ein Mittel,

den Mädchen durch mein tiefes Gefühl zu imponieren.« Wer Klavier spielt, hat Glück bei den Fraun, hieß das später. Was das betrifft, bin ich ganz sicher, niemandem am Klavier imponieren zu wollen. Vielleicht ist das ein Fehler, weil solche Wünsche unser Lernen enorm beflügeln können.

Aber dass der Siebzehnjährige nach zwei Monaten, aus welchen Gründen auch immer, nicht nur Romanzen spielt, sondern sich auch an Beethoven versucht, gibt mir zu denken. Vielleicht lernt man mit siebzehn doch sehr viel schneller, oder ich bin möglicherweise besonders unbegabt. Oder es ist beides der Fall.

Tolstoi stellt sich die Frage nach der Begabung auch und meint, bei all dieser Verworrenheit und Verstellung habe er doch etwas Talent, »denn die Musik machte oft einen so starken Eindruck auf mich, dass mir die Tränen in die Augen kamen«. Er hat das mit achtundzwanzig Jahren geschrieben, und ich kann mir gut vorstellen, dass er es später anders gesehen hat. Nicht vorstellen kann ich mir nämlich, dass ein für Musik offenes Herz auch bedeuten muss, dass man selbst dafür begabt sei.

Ich kann nur staunen, wie schwer es mir immer von neuem fällt, Töne zuverlässig in gleicher Stärke anzuschlagen und genau dann, wenn ich sie mir vorstelle. Sogar und besonders dann, wenn sie Teil der Tonleiter sind. Oder es fällt mir dann stärker auf. Vor einer Weile habe ich versucht, das Problem mit der Kaskaden-Erfahrung anzugehen, aber das hat wenig geholfen. Jetzt probiere ich es mit einer Stakkato-Variante, und die scheint meinem Körper eher einzuleuchten. Weiter hilft auch, wenn ich laut mitsinge und mit dem Fuß den Takt klopfe, ich übe also von Kopf bis Fuß, und tatsächlich, ich mache Fortschritte.

Wenn mir schien, was man schnell könne, müsse etwas langsamer auch gehen, war das eine Folgerung, wie wir sie aus so mancher Lebenserfahrung ableiten, aber wenn es um die Genauigkeit der Bewegung geht, wird sie zum Trugschluss. Das hätte ich wissen können.

Vor ungefähr dreißig Jahren, nachdem ich mit einem Buch schon einiges auf der Altblockflöte gelernt hatte, hat meine Nachbarin, die auch am Üben war, einen Lehrer für uns ausfindig gemacht. Er war Fagottist und ein guter Flötenlehrer. Von ihm habe ich noch manches Verblüffende in Erinnerung. Zum Beispiel, dass man langsam üben müsse, weil man das, was man langsam könne, auch schnell könne.

Das war der Satz eines Profis, der all unseren Vermutungen zuwiderlief. Und solche Sätze sind es, die uns im Gedächtnis bleiben im Gegensatz zu all dem, was wir wieder vergessen.

Es muss etwas dran sein. Also übe ich langsam und genau. Und immer wieder. Bis sich zeigt, dass es auch schneller geht.

24. Oktober

Wenn im Gehirn neue Spuren gelegt und vertieft werden müssen, stelle ich mir das so vor wie die Fahrrinnen auf der Dorfstraße, wo die Fuhrwerke immer wieder gefahren sind, bis sich die Steine gesenkt haben.

Diese Vorstellung hilft mir, nicht aufzugeben. Das klingt gut, ist aber zu pathetisch. Ich war ja noch keinen Augenblick in Versuchung, das Experiment abzubrechen. Die Enttäuschungen über meine Tollpatschigkeiten sind unbedeutend, solange ich mich zugleich darüber amüsieren kann.

Es hilft auch, dass das, was ich hier tue, in keiner Weise wichtig ist. Nichts hängt davon ab, wie gut oder wie schlecht ich Klavierspielen lerne.

Außerdem gebe ich nicht gern auf. Das heißt natürlich nicht, dass ich nie aufgegeben hätte. Das Akkordeon. Die Altblockflöte, aber erst, nachdem ich schon viel gelernt hatte und es nicht mehr ging, weil ich Schulterentzündungen bekam. Schweren Herzens habe ich meine Flöten eingepackt.

Das Turnen habe ich aufgegeben, bevor ich damit angefangen hatte. So muss ich das sagen, obwohl es eine Erfahrung war, die sich alle vierzehn Tage wiederholte, bis sie, weil mein Vater in eine andere Stadt zog, seltener wurde. Hinter Großvaters Hühnerhof führte ein kurzer Sandweg zur Turnhalle, die zu seiner Schule gehörte. Sie hatte hohe Südfenster und eine große hölzerne Tür mit zwei Flügeln, die so weit oben Fenster hatten, dass nicht einmal Erwachsene hineinschauen konnten. Wenn ich meinen Vater für ein Wochenende bei seinen Eltern traf, nahmen wir den großen Schlüssel mit und öffneten den ächzenden rechten Flügel der Tür. Er war rostig, dieser Schlüssel, und schloss uns einen zutiefst melancholischen Raum auf, der in ein anderes Leben zu gehören schien. Auf eine fremdartige Weise trocken war die Luft und voller Gerüche, die es an keinem andern Ort gab, Millionen von Staubkörnern flimmerten in den Sonnenbahnen, die zu den verstaubten Fenstern hereinkamen und je nach der Jahreszeit unterschiedliche Bilder aufs Linoleum warfen. An der rechten Wand standen ehrfurchterregend die Barren und Böcke und Kästen, und am hinteren Ende warteten in einer Grube die Reckstangen darauf, dass mein Vater seine Aufschwünge und Bauchwellen machte. Er war seit seinen Kinderjahren ein guter Turner gewesen, und das meiste konnte er immer noch, sogar die Riesenwelle. Für den Fall, dass etwas schief ging, war die Grube mit Sägespänen gefüllt, braun gewordenen zertretenen Sägespänen, die modrig rochen, nach Schweiß, nach Angst, nach Hoffnung.

Alles, was man an den Geräten hätte tun sollen, misslang mir. Am Barren trugen mich meine Arme nicht, am Reck hing ich, außerstande, irgendetwas zu unternehmen, und dass man über den Kasten, den Bock oder das Pferd springen sollte, blieb mir unbegreiflich. Ich schaffte ja nur mit Mühe, überhaupt hinaufzuklettern. Für das meiste war ich wohl noch zu klein, aber es ist so geblieben, als ich größer wurde.

Die Entmutigung muss sehr tief gesessen haben. Und sie scheint langfristige Furchen hinterlassen zu haben wie die Fuhrwerke auf der Dorfstraße.

Das Einzige, was ich »konnte«, war, an den Ringen schaukeln und auf dem Schwebebalken balancieren. Schon bei Bodenübungen habe ich versagt, obwohl ich dafür nicht zu klein war.

Warum bloß? Lag es daran, dass die Kluft zwischen Können und Nichtkönnen so groß war, dass sie unüberbrückbar schien? Ich wusste natürlich nicht, dass man mit einfachsten Dingen anfangen und dann üben musste, aber hätte es mein Vater nicht wissen können? Oder war es doch die Konstitution, die mir im Wege stand? Nicht nur in der großväterlichen Turnhalle, auch später in der Oberschule, als ich schon elf oder zwölf war und es zum ersten Mal eine Turnhalle und darum Turnunterricht gab, waren meine Arme zu schwach, um am Reck einen Aufschwung zustande zu bringen, ein Rad zu schlagen oder auch nur am Barren zu schwingen. Wehmütig habe ich den Klassenkameradinnen zugeschaut, die das fertigbrachten, als wäre nichts dabei.

Vielleicht hat mir eine Erfahrung gefehlt, die andere machen. Das Herumtoben mit andern Kindern. Keine Geschwister, keine Nachbarskinder. Mit Kindern bekam ich es erst zu tun, als ich schon in die Schule ging und wir in eine Straße zogen, wo auch andere Kinder wohnten, und da war die Zeit der frühen Rangeleien längst vorbei. Dabei hatte mein Vater vorgesorgt, um mir eine turnerische Entwicklung zu ermöglichen, und auf dem Wäscheplatz eine kleine Reckstange auf zwei in den Boden gerammten Balken montiert. Ich hatte sie ganz vergessen, aber ein Foto erinnert mich daran. Es zeigt mich als Zweijährige, wie ich mit den Armen über dieser Stange hänge. Ernst und ein wenig ratlos sehe ich aus, als wäre ich soeben für die Aufnahme da hingehängt worden.

Vielleicht war ich nach meiner Mutter geschlagen

und schlicht unbegabt. Sie hat sich nicht nur fürs Turnen nicht interessiert, sie hat auch nie schwimmen gelernt. Ihre körperliche Geschicklichkeit hat sich bei der Arbeit gezeigt, und nicht nur beim Nähen. Oder sie war gar nicht unbegabt, sondern nur in einer mit der Alltagsarbeit sehr beschäftigten Familie aufgewachsen, in der es an Zeit und Gelegenheit und infolgedessen an Interesse für solche Dinge fehlte. Heute würde der Schulunterricht die Gelegenheit zum Sport anbieten. In den Schulzeugnissen meiner Mutter sehe ich, dass es zwar die Rubrik »Turnen« gab, aber nie einen Unterricht in diesem Fach.

25. Oktober

Mit dem Schwimmen ging es mir am Anfang wie beim Turnen. Wenn ich mit der mütterlichen Verwandtschaft eine Radtour an die Weser machte, war oft jemand dabei, der mich im Wasser hielt, damit ich schwimmen lernen konnte. Ich habe mir gewünscht, dass es so gehen sollte wie beim Radfahren, auch wenn ein kleiner Verrat dazugehörte. Aber es ging nicht so. Ich konnte es nicht lernen. Als ich zehn war, wurde mir das peinlich. Ich war eben in die höhere Schule gekommen und fand, es wäre an der Zeit, endlich schwimmen zu können. Ich fuhr, noch mit dem

Fahrrad meiner Mutter, das man nicht in die Sonne stellen durfte, weil dann die Schläuche platzten, in die Flussbadeanstalt beim Weserwehr und fing für mich allein zu üben an. Nach ein paar Tagen konnte ich vier Züge schwimmen und fuhr sehr glücklich nach Hause, am folgenden Tag waren es zehn Züge, und vom nächsten Tag an konnte ich schwimmen, so lange ich wollte, Freischwimmen, Fahrtenschwimmen, und ich fragte mich, warum ich es nicht schon immer konnte, wenn es so leicht war.

Daraus schließe ich, dass es mir schwerfällt, unter Druck zu lernen, selbst wenn es sich gar nicht um Druck handelt, sondern höchstens um Erwartung. Wahrscheinlich versuche ich auch darum einstweilen, Klavierunterricht zu vermeiden. Dass ich selber überhaupt keine Erwartungen hätte, wenn ich mich ans Klavier setze, kann ich nicht behaupten, aber es ist leicht, sie tief zu halten.

In der Schule war das weniger leicht. Teilweise gab es enormen Druck, ich war so fleißig wie nötig, um nicht zu versagen, und dass es ein Vergnügen war, habe ich selten gefunden. Aber während andere, als wir älter wurden, möglichst schnell raus wollten aus der Schule, wollte ich das nicht, weil ich mir dachte, dass alles andere noch unangenehmer wäre. Außerdem wusste ich nicht, was ich werden wollte, und solange man in der Schule ist, braucht man das auch nicht zu wissen. Eigentlich konnte ich mir nichts anderes vorstellen, als Schneiderin zu werden, aber wenn man einmal das Abitur gemacht hat, muss man sich etwas anderes überlegen.

26. Oktober

Schwimmen gleicht insofern dem Radfahren, als der ganze Körper eine Grundhaltung lernen muss und auf diese dann vertrauen kann. Anders am Klavier, obwohl auch hier mehr ausgebildet werden muss als bloß die Finger. Der größte Brocken wird wohl sein, meine Hände zu Individuen zu erziehen, die sich unabhängig voneinander bewegen.

Meinem Vater hätte ich gern die Freude gemacht, von ihm das Turnen zu lernen. Er war unglücklich, aber nicht wegen meiner fehlenden Begabung fürs Geräteturnen. Irgendwann im Sommer oder Herbst 1945 war er aus dem Krieg zurückgekommen in das kleine Haus beim Friedhof mit seinem Wäscheplatz und den Kletterfelsen, die der Steinmetz hinter dem Haus für zukünftige Grabsteine deponiert hatte, aber mein Vater kam nicht nach Hause, sondern zu seiner Frau, die sich scheiden lassen wollte.

Diesen Augenblick muss meine Mutter gefürchtet haben.

Ich habe viele und auch frühe Eindrücke im Gedächtnis, aber keinerlei Erinnerung an seine Heimkehr und die Monate danach.

Mit einer Ausnahme. Und diese Erinnerung nimmt einen unverhältnismäßigen Raum in meinem Gedächtnis ein, obwohl sie sehr kurz ist. Nur Sekunden. Sie ist oft wieder aufgetaucht und ebenso oft und ebenso schnell wieder weggesteckt worden, weil das Erinnern schrecklich ist und meine Fragen nicht beantwortet. Es geschieht immer auf die gleiche Weise, und ich habe darum versucht, mich anders zu erinnern. Es nützt nichts. Jedes Mal stecke ich die Szene gleich wieder weg, als hätte ich sie verstanden. Vielleicht habe ich sie wirklich verstanden, und vielleicht gibt es daran gar nichts anderes zu verstehen als das, was mich überrumpelt hat, als ich sechs Jahre alt war.

In unserem Haus gab es außer Küche, Waschküche und dem Zimmer von Herrinaldi die gute Stube, die Kammer und die Wohnstube, und in der Mitte von all dem die große l-förmige Diele mit ihrem Steinboden und seinem diagonalen Schachbrettmuster. Licht fiel durch die verglaste Windfangtür und am andern Ende durch ein Fenster herein. Eine dunkle Treppe führte auf den Dachboden, und ihr gegenüber war zwischen den Türen zur Kammer und zur guten Stube der Platz unserer Standuhr mit ihrem schönen Londoner Zifferblatt. In dem Augenblick, an den ich mich erinnere, mache ich die Tür der Wohnstube auf und trete einen Schritt in die Diele hinaus, vermutlich weil ich ihre Stimmen gehört habe, und sehe meine Mutter, wie sie auf einem Stuhl steht, um die Uhr aufzuziehen, wie sie es immer getan hatte, und links an der Wand steht mein Vater. Kein Wort fällt mehr in die Stille. Sie starren einander nur mit vollkommen veränderten Gesichtern an. Das nackte Entsetzen stand in diesen Gesichtern.

Bis dahin hatte ich gemeint, dass Menschen, wenn sie zusammengehören, miteinander mehr oder weniger freundlich umgehen. Dass es auch etwas anderes gibt, habe ich in dem Augenblick gelernt. Aber begreifen konnte ich es nicht.

Was es bedeutete, habe ich begriffen, als meine Mutter und ich umgezogen sind in unser neues Zimmer in einer Reihenhausstraße. Vater und Mutter gehörten nicht mehr zusammen.

Ich hatte sie allerdings auch kaum zusammen erlebt.

Einen Alltag mit meinem Vater hat es nie gegeben, keine Möglichkeit, ein Zusammengehörigkeitsgefühl aufkommen zu lassen, nur diese seltenen Urlaubstage, in denen es nach der ersten Verlegenheit Augenblicke einer vorsichtigen Nähe gegeben haben muss, aber das war Jahre her. Dass es sie gegeben hat, diese Nähe, weiß ich, weil ich mich so sehr daran erinnere, wie sich sein grünwollener Pullunder angefühlt hat, als wir zusammen auf dem Sofa saßen und den Weihnachtsbaum anschauten.

Vorher hatte er, als Weihnachtsmann verkleidet, meine neue Puppenstube mit ihren zwei Zimmern hereingebracht. Auch wie es war, diese Puppenstube, die mir sehr groß vorkam, anzustaunen und zu lernen, wie man damit spielt, ist noch sonderbar gegenwärtig. Ich war zweieinhalb Jahre alt, das weiß ich heute, weil ich die Fotos vor mir habe. Die Aufnahme von 1941, sechs mal sechs, zeigt meine Mutter und mich in der warmen Stube, nicht der guten Stube. Und die Fülle der Geschenke zeigt sie auch, einen kleinen Handwagen, in den zur Feier des Tages mein großer Teddybär Klaus gesetzt wurde, eine Puppenwiege mit kariertem Bettzeug, auf jeder Seite eine von meinen Celluloidpuppen mit neuen Kleidern, und ich weiß noch, wie ich begriffen habe, warum sie vor Weihnachten eine Weile verschwunden waren. Mein geflochtener Puppenwagen war auch neu mit karierter Wäsche ausgestattet, und im Hintergrund sieht man auf einem Stuhl die Puppenstube. Diese Schätze stammten, habe ich später erfahren, von Kindern aus der Verwandtschaft, die dafür zu groß geworden waren, und zu ihren Kindern sind sie zurückgekehrt, als ich zu groß dafür war. Unsere Stehlampe ist auch zu sehen und das Radio, Schaub Lorenz stand darauf. Und ein sehr kleiner Weihnachtsbaum.

Vom Weihnachtsfest 1942 gibt es keine Aufnahmen, woraus ich schließe, dass mein Vater keinen Urlaub bekommen hat. Er war, wie ich in seinen Militärpapieren sehe, im Juni von Frankreich zum Ostheer versetzt worden. Im Sommer wurde dann wieder fotografiert. Ich habe schon richtige geflochtene Zöpfe, und der Vater scheint um Jahre älter geworden.

Danach keine Bilder mehr. Erst aus der Nachkriegszeit gibt es sie wieder, vereinzelt.

Ich begreife nicht, warum ich außer diesem Augenblick, als wir auf dem Sofa saßen und den Tannenbaum anschauten, aus den Kriegsjahren keine einzige Erinnerung an ihn habe. Und noch weniger kann ich begreifen, dass ich in meinem Gedächtnis nichts darüber finde, wie er aus dem Krieg zurückgekommen ist, obwohl ich um einiges älter und mein Erinnerungsvermögen stärker geworden war.

Im Herbst bin ich in die erste Klasse gekommen, nachdem im Nachkriegssommer die Schulen geschlossen blieben. Ein paar bunt glänzende Schultüten habe ich noch vor Augen, bin aber nicht sicher, ob ich auch eine hatte. Sicher dagegen bin ich, dass meine Mutter mich am ersten Tag in die Schule gebracht und mir erklärt hat, wie ich fortan den Weg allein gehen sollte, und wenn mein Vater in dieser Erinnerung nicht vorkommt, liegt der Gedanke nahe, dass er noch nicht zurückgekommen war.

Der Gedanke ist falsch, aber das weiß ich erst jetzt. Als meine Mutter schon gestorben war, habe ich von der zweiten Frau meines Vaters eine Kopie seiner Militärpapiere bekommen. Ich habe sie nie genau genug angesehen, weil mich lange Zeit vor allem interessiert hat, was er im Krieg gemacht und womöglich erlebt hat. Aber wie kann ich das wissen, wenn ich in den Papieren Wörter wie Schreiber lese, Feldgendarmeriedienst und Verkehrsregelung? Hat er die ganze Zeit nichts als Konvois vorbeigewinkt, Auskunft über Wege erteilt, Vorfahrten geregelt? Und der Feldgendarmeriedienst? Er kann nicht nur aus Büroarbeiten bestanden haben. Galt es nicht auch, Deserteure aufzuspüren?

Jetzt habe ich mir die Daten genauer angesehen. Seine Einheit beim Ostheer wurde aufgelöst, er wurde versetzt und im April 1945 für Verkehrsregelung eingesetzt, dann wieder versetzt, um vom 28. April bis zum 3. Mai wiederum Verkehr zu regeln. Was man sich darunter in den Zeiten eines nicht mehr geordneten Rückzugs vorstellen muss, ist eine Sache für sich. Vom 4. Mai bis zum 1. August war er in Gefangenschaft. Seine zweite Frau hat mir erzählt, wie er durchs Haff geschwommen sei, um sich vor den Russen zu retten. Ich schließe daraus, dass er in englischer Gefangenschaft war. Außerdem kamen aus russischer Gefangenschaft nicht nur höhere, sondern auch Unteroffiziere entweder gar nicht oder erst viel später zurück.

Er hat also doch nicht nur geschwiegen über das, was er im Krieg erfahren hat. Aber ich war ein Kind, und einem Kind erzählt man dergleichen nicht. Und später, als ich kein Kind mehr war? Ich habe nicht gefragt. Vielleicht ist das die Antwort. Ich hätte fragen sollen. Nur ist man als Heranwachsende mit anderen Dingen beschäftigt als mit einer schwierigen Vergangenheit. Hinzu kommt, dass ich mit meinem Vater über persönliche Dinge kaum sprechen konnte, weil sie ihn in Verlegenheit brachten und er sich schnell mit einer Floskel zu helfen suchte. Außerdem hatte ich nie gehört, dass jemand nach den Erfahrungen im Krieg oder in der Gefangenschaft gefragt hätte. Heute weiß ich, das lag nicht nur daran, dass ich ein Kind war, das geschont werden sollte, sondern auch daran, dass dieses Nichtfragen und möglicherweise Nichthörenwollen für Nachkriegszeiten bezeichnend ist, und finde es schwer erträglich. Nicht mehr daran denken wollen, das hat es bei den Heimgekehrten und bei den Zuhausegebliebenen gegeben, als ob man vergessen könnte, worüber man nicht spricht.

Auch für die Onkel und Vettern, die nicht gefallen oder vermisst, sondern nach Hause gekommen waren, waren ihre Kriegsjahre kein Thema, jedenfalls nicht, wenn ich dabei war. Das Gegenteil gab es auch. Die Freundin meiner Mutter war mit einem Mann verheiratet, der anscheinend von nichts anderem zu sprechen vermochte als von seinen Soldatenjahren, und das tat er entweder mit einem Vorwurf an die Daheimgebliebenen oder so, als sei es ein Abenteuerspiel gewesen, und manchmal beides gleichzeitig.

Als ich endlich alt genug war, um das Schweigen und die Verlegenheit durchbrechen zu können und meinen Vater nach dem zu fragen, was ich seit langem wissen wollte und worüber er von selbst nicht sprach, war er schon tot.

Seine Papiere sind am 15. Oktober 1945 von der Militärregierung ausgefertigt, und darin steht, dass er bis zum 1. August in Gefangenschaft und seit dem 4. August bei den Stadtwerken Bremen als Hilfsarbeiter mit Aufräumungsarbeiten beschäftigt war. An einem der beiden dazwischenliegenden Tage muss er zurückgekommen sein.

Das Gehen auf dem Schulweg ist noch lebendig, und wie erwachsen man sich fühlt, wenn man es allein tut. Mit dem klappernden Ranzen auf dem Rücken eine halbe Stunde nach Osten, auf dem Fußweg neben der Heerstraße, daneben eine Reihe alter Eichen, in denen die Krähen nisteten, die sich auf den Feldern zu beiden Seiten der Straße zu schaffen machten. Der Metallglanz auf den gepflügten Erdschollen. Hinter den Feldern auf der andern Seite gab es die von alten Bäumen gesäumten schattigen Zufahrten zu den Bauernhöfen, eine nach der andern, deren Großartigkeit unübersehbar war, wenn ich beim Gehen hinüberschaute.

Angesichts dieser Erinnerungen kann ich mich nur wundern, dass gewichtigere wie die Heimkehr des Vaters nicht vorhanden sind. Es kann an diesem Gewicht gelegen haben, dass ich sie nicht behalten wollte.

Als ich meine Mutter in späteren Jahren gefragt habe, wann der Vater zurückgekommen ist, versuchte sie nach Kräften, sich zu erinnern, aber es gelang nicht. Sie hatte all die Monate, bevor das zweite Schuljahr anfing und wir in die neue Wohnung zogen, aus ihrem Gedächtnis gelöscht. Sie müssen qualvoll gewesen sein.

Und nun zu wissen, dass er Anfang August wieder zu uns gestoßen ist, beantwortet die wichtigen Fragen nicht. Es gab acht gemeinsame Monate, es gab die besondere Wahrnehmung, dass neben meinem weißen Kinderbett mit seinen Wänden aus feinem Maschendraht nicht nur meine Mutter, sondern neben ihr auch mein Vater im Ehebett schlief. An ein weiteres Weihnachtsfest, nun ohne Krieg, erinnere ich mich. An ein kleines Puppenhaus mit zwei Etagen, einer Treppe und einem rot lackierten Dach, von dem ich mir nur schwer vorstellen konnte, dass mein Vater es wirklich selbst gebaut hatte. Aber er hatte schließlich auch ein reizendes kleines Köfferchen mitgebracht, das er in der Gefangenschaft aus Lederresten gemacht hatte, sodass ich mir Gefangenschaft als einen freundlichen Ort mit viel freier Zeit vorgestellt habe.

Aber wann hat meine Mutter es übers Herz gebracht, ihm die Wahrheit zu sagen? Wie macht man das? Sagt man es gleich? Ist das nicht zu schrecklich? Wartet man auf einen besseren Augenblick? Gibt es einen besseren Augenblick? Wenn man es nicht sofort tut, muss man lügen, und lügen ist schwer. Lügen würde es schlimmer machen. Oder hat sie es womöglich lange hinausgezögert, weil sie hoffte, in ihre Ehe zurückfinden zu können? Das kann ich mir schlecht vorstellen.

Wie kommt ein Mann nach Hause, am dritten oder vierten August? Zu Fuß, nehme ich an, von irgendeinem Sammelplatz her. Steht er plötzlich vor der Tür? Kommt vorher eine Benachrichtigung? Eine Postkarte? Ruft er in der Gärtnerei an, um sich anzumelden? Er wird erschöpft sein und erleichtert, weil das Schlimmste vorbei ist. Er wird auf eine Zukunft hoffen, keine leichte, aber eine Zukunft, in der man wieder zu Hause ist, bei seiner Frau und seinem kleinen Mädchen, und die leichter werden wird, als es die Vergangenheit war.

Die Frau, die sich von ihrem Mann trennen will, weiß das alles. Wie bereitet sie sich vor? Sie versucht sich vorzustellen, wie es dann gehen wird, etwas, was sie noch nie erlebt, geschweige denn getan hat. Vielleicht hat sie mich zu ihrer Schwester oder ihrer Schwägerin gebracht, um die bittere Wahrheit gleich auszusprechen.

Acht Monate mussten sie dann noch zusammenleben, bis mein neues Schuljahr anfing und wir ausziehen konnten.

27. Oktober

Es war im späten Sommer 1945, als ich aus dem Schlaf aufgewacht und aus meinem weißen Gitterbett geklettert bin, weil ich aufs Klo musste. In der Stube war niemand, in der Küche auch nicht, alles dunkel, das war zwar ungewöhnlich, aber kein Grund zur Sorge. Ich machte das Licht an, ging in die Waschküche, wo das Klo war, und nachher durch den Windfang nach draußen. Lange blieb ich in meinem Nachthemd vor der Haustür stehen und wunderte mich, dass ich so allein dort stehen konnte in der stillen warmen Nachtluft. Ich schaute die schwarze Hecke hinter den aufgetürmten Steinen an und dann zum Himmel hinauf. Ich kannte den Himmel mit seiner Milchstraße und den ungezählten Sternen von unseren vielen nächtlichen Fahrten in den Bunker. Aber jetzt war alles anders und so, als hätte ich es nie gesehen. Ich sah die Tiefe des Himmels. Und ich sah die ungemeine Ferne der Welt. Weil keine Flieger mehr kamen, sah ich, dass es unendlich viel mehr Sterne gab, als ich gedacht hatte. Und meine Augen fuhren in die Sternenräume hinein, so weit sie nur konnten. Erst als ich merkte, dass mir kalt geworden war von der Nacht, hörte ich auf zu schauen und ging aus dem Dunkeln ins hell erleuchtete Haus zurück und ins Bett. Ich war noch nicht wieder eingeschlafen, als ich hörte, wie die Eltern zurückkamen, und zog mir die Decke über den Kopf, um mich zu verstecken. Das Versteckspiel gelang überraschend gut, sie fanden mich nicht, als sie in die Kammer kamen, und begannen mich zu suchen. Weil ich die Lichter nicht ausgemacht und die Haustür offen gelassen hatte, suchten sie mich draußen. Und weil es beim Verstecken immer darum geht, dass man am Ende gefunden wird und alle lachen, rief ich nach ihnen. Aber als sie in die Kammer stürzten, begriff ich, dass sie es nicht lustig fanden. Die Angst stand noch in ihren Gesichtern. In diesem Augenblick wusste ich, dass ich mich hätte schämen sollen, aber ich schämte mich nicht, weil es das alte Spiel war, das die Erwachsenen mit Kindern spielten, so weit ich zurückdenken konnte und noch weiter. Ich konnte nicht begreifen, dass sie das nicht begreifen konnten. Vielleicht war ich inzwischen zu groß geworden für dieses Spiel und spielte es zu gut. Oder ich hatte die Spielregeln nicht begriffen.

Wenn ich in diesen Tagen die Haustür aufmache, liegen immer neue Tulpenbaumblätter zu meinen Füßen. Im Gegensatz zu den Blüten im Juni, die in Grün und Orange die Größe gewöhnlicher Tulpen haben, sind die Blätter mit ihrer stilisierten Tulpenform riesengroß und fallen in vielerlei Schattierungen von Grün und Gelb herunter, während der Baum noch leuchtet im Herbstlicht. Und wenn ich die Stufen hinuntergehe zum Briefkasten, kommen die Gingko-Blätter dazu mit ihrer symbolschweren und trotzdem bezaubernden Form. Sie haben alle das gleiche Gelb, und ich vermute, dass dieser Verzicht auf Farbvarianten damit zu tun hat, dass der Baum den Nadelbäumen, also vielleicht der laubabwerfenden Lärche, so nahe steht. Die Äste wachsen wie bei einem Nadelbaum, und die Blätter gleichen auseinandergespreizten Nadeln. Es gab diesen Baum schon vor 270 Millionen Jahren, also vor den Blütenpflanzen, anscheinend hat von den vielen Arten nur unsere überlebt, und zwar in einem kleinen Landstrich in China. Ich nehme an, dass er dort Ging Ko hieß, und so schreibe ich ihn auch, was die Konsonanten betrifft, seit ich gehört habe, dass unsere kapriziöse Schreibweise Ginkgo auf einem Schreibfehler beruhe, der sich vor langer Zeit eingeschlichen habe und dann beibehalten wurde. Lectio difficilior heißt das bei Altphilologen und bedeutet, dass die schwierigere Version die Wahrscheinlichkeit auf ihrer Seite hat. In diesem Fall offenbar nicht. Goethe schreibt im Brief an Marianne von Willemer Ginkho und in der ersten Fassung seines berühmten Gedichts über Liebe und Freundschaft Gingo, bevor er sich dann doch für Ginkgo biloba entscheidet.

Heute ist der erste Tag der sechsten Klavierwoche.

Und gestern habe ich beim Zahnarzt, um an etwas anderes zu denken, auf dem Oberschenkel die Wechsel zwischen meinen ersten drei Akkorden geübt. Mit der Linken, die für die Akkorde zuständig ist. Dann habe ich das Gleiche mit der rechten Hand versucht und festgestellt, dass sie, die sich auf ihre Überlegenheit so viel zugutehält, versagte. Das hat mich überrascht, obwohl ich hätte wissen sollen, dass das Können wenig mit natürlicher Begabung zu tun hat und vielmehr auf Einübung angewiesen ist. Was mir dazu in den Sinn kommt, ist uferlos, und darum möchte ich es lieber nicht aufschreiben.

Ach, meine zwei Hände. Wie nützlich haben sie sich gemacht in all den Jahren, jede auf ihre Art. Und beide mit einer Vorstellung von dem, was das gemeinsame Ziel ist. Jetzt soll die Rechte lauter spielen als die Linke. Das, dachte ich, müsste zu den einfacheren Dingen gehören, aber sie weigern sich. Es scheint nicht zu ihren Vorstellungen vom gemeinsamen Ziel zu passen. Manchmal kommt mir der Zufall zu Hilfe, aber ist das ein erster Schritt zur Besserung? Wohl kaum. Eher ein Zeichen dafür, dass ich mich irre, wenn ich denke, unterschiedliche Kraftanwendung müsste einfacher sein als unterschiedliche Bewegungen oder Rhythmen. Vielleicht denke ich das nur, weil es so einfach zu denken ist. Das Gegenteil ist richtig. Bei all dem, was die Hände gemeinsam erledigen, wenn der Tag lang ist, haben sie zwar unterschiedliche Aufgaben, aber die Kraft, die sie anwenden müssen, wenn ich zum Beispiel einen Schraubdeckel öffne, ist gleich. Wenn ich eine Kartoffel schäle, muss die eine so kräftig halten, wie die andere schält. Dafür dass die Linke etwas sanft tut, während die Rechte sich kräftig ins Zeug legt, finde ich keine Beispiele. Ich will die Augen offen halten, um zu sehen, ob es das vielleicht doch gibt.

Es ist übrigens nicht nur die Rückkehr meines Vaters aus der Gefangenschaft, über die ich in meinem

Gedächtnis nichts finde. Es gibt auch keine Erinnerung ans große Aufatmen, weil die Sirenen nicht mehr heulten, nicht einmal an den Einmarsch der Engländer. An unserem Haus sind sie vorbeigezogen mit ihren Panzern auf die Stadt zu. Das hätte ich wohl kaum vergessen, wenn ich es gesehen hätte. Wahrscheinlich war ich vorsichtshalber bei Verwandten untergebracht, die abseits der Heerstraße wohnten. Aber meine Mutter hat sie gesehen, sie hat mit Vergnügen davon erzählt und davon, wie auf einem der Panzer ein Deserteur aus der Nachbarschaft gesessen habe, von dem man seit langem vermutet hatte, dass er sich auf seinem Hof in einem Kellerloch versteckt hielt. Seine Frau bekam Kinder. Nun saß er, aus seinem Versteck befreit, auf dem Panzer und winkte. Applaus habe der Mann bekommen.

Lebhaft erinnere ich mich dagegen an die Veränderungen in der Fliegerschule. Hinter unserem Wäscheplatz, den großen Steinen und dem Fahrweg zur Bude des Steinmetzen lag noch ein Acker, der zur Gärtnerei gehörte und vor allem aus einem Bombentrichter bestand. Dahinter ein sehr hoher eiserner Zaun, hinter dem das Gelände der Fliegerschule anfing. Sie war ein langgestrecktes Gebäude mit mehreren Stockwerken, dessen Giebelseite mit ihren Fenstern uns zugewandt war. Sonderbarerweise hatte ich dort nie Menschen bemerkt, bis sich eines Tages

Amerikaner in ihren ungewohnten Uniformen und seltsamen Kopfbedeckungen aus den Fenstern lehnten und mir zuwinkten, wenn ich auf dem Acker stand. Sie waren auch sonst sehr ungewöhnlich, wenn sie sich auf den Höfen neben dem Gebäude bewegten oder aus ihren Jeeps stiegen. Sie gingen anders als die Männer, die ich kannte. Das Ungewöhnlichste war aber, dass sie fröhlich waren und lachten, sodass ich kaum glauben konnte, dass es sich wirklich um Soldaten handelte. Zu mehreren standen sie am Fenster und warfen Bonbons zu mir herüber, sie konnten weit werfen, und ich kletterte die Schräge des Bombentrichters hinunter, wo schon Unkräuter wuchsen, und sammelte sie ein, quadratische Bonbons in leuchtenden Farben, die von ganz durchsichtigem Papier umhüllt waren wie Gegenstände aus einer anderen Welt. Ich bedankte mich und trug die Bonbons ins Haus, um sie in unsere kleine nie gebrauchte Bonbonniere mit den vergoldeten Stacheln zu legen und nach und nach ganz langsam zu genießen, die schönsten Farben am Schluss.

In diesem Sommer bin ich sechs geworden und habe meine ersten schiefen Buchstaben gelernt. Meine Mutter zeigte mir, mit welchen Zeichen mein Name zu schreiben war, ich wiederholte sie und achtete darauf, es nicht zu oft zu tun, um nicht mehr Papier zu verbrauchen, als unbedingt nötig war. Ich erinnere mich nicht, dass ich je vorher gezeichnet hätte, sehe aber dieses Papier vor mir, als wäre es erst gestern gewesen. Meine ersten Zeichen habe ich auf ein ganz besonderes Papier gesetzt, es war fest und kleinformatig, und ich erinnere mich auch an das einzigartige Gefühl in den Fingern, wenn ich einen Bleistift darüberzog, auf der großporigen, zugleich glatten und rauen Seite, die diese Karten hatten, von denen es einen kleinen Stapel gab. Sie waren von einer nie zuvor gesehenen Farbe, eigentlich verfärbt, nicht aber vergilbt, eher aus der gewohnten Farbskala umgeschlagen in einen andern, geheimnisvollen Farbton, der ins Graubraungrünliche spielte. Die Rückseiten dagegen waren glatt, weißlich und mit ein paar Linien und Markierungen versehen, die sie als Postkarten auswiesen. Ein wenig gewölbt waren sie, weil sich vom Alter ihre Ränder aufgebogen hatten, ein ganzer Stapel mit gleichermaßen aufgebogenen Rändern. Auf diese Karten zeichnete ich auch rote, grüne und blaue Konturen zu den Buchstaben, ein Haus, einen Baum, eine Blume mit hellgrünen Blättern darstellend, denn etwas anderes zu zeichnen ist mir nie in den Sinn gekommen, außer vielleicht eine Sonne und eine Regenwolke und ein paar in der Ferne fliegende Vogelhieroglyphen, und ich tat es mit einem Gefühl für das Besondere dieser Blätter, die, wie man mir sagte, für Fotos gedacht und ursprünglich für Belichtungen empfindlich, jetzt aber unbrauchbar geworden seien. Das wusste ich und versuchte mir einen Reim darauf zu machen, wusste auch, dass mein Vater eine Kamera besessen und in Zeiten, da man Filme kaufen konnte, gern fotografiert hatte, wusste aber, wenn ich mich so meinen ehrfurchtsvollen Kritzeleien überließ, nicht, wie Fotos aus einer Kamera, die man vor dem Bauch hielt, auf diese Papiere kommen konnten. Noch weniger wusste ich, dass ich wenige Jahre später selber fotografieren würde, aber nicht mit einer Zweiäugigen, sondern mit einer Agfa Box vor dem Bauch, geschweige denn, dass ich noch viel später viele schnell vergehende Stunden in meiner eigenen Dunkelkammer hantieren würde.

Wenn ich auf diesen Karten das Schreiben geübt habe, saß ich nicht mehr an meinem kleinen Kindertisch, sondern auf einem richtigen Stuhl vor dem richtigen Stubentisch, vor mir meine Buntstiftschachtel von A. W. Faber Castell mit zwei kämpfenden Rittern auf dem Deckel. Im Hintergrund eine bergige Landschaft, wie ich sie noch nie gesehen hatte, eine Burg mit spitzen Türmen und rosafarbene Bewölkung. Links weicht auf seinem gelb umhüllten, sich aufbäumenden Rappen ein geharnischter Ritter zurück, während von rechts der andere auf seinem rot gekleideten, heftig attackierenden Braunen ihn mit seiner Lanze abzuwerfen droht. Man kann sich fragen, wer auf so einem Bild Freund und wer Feind ist, aber wer tut das schon. Wir geben uns zufrieden mit dem Gedanken, dass auch mit dieser Buntstiftschachtel aus den dreißiger Jahren auf einen der ungezählten und nie endenden männlichen Zweikämpfe angespielt wird, in denen wir unsere kulturelle Überlegenheit wiedererkennen und verstehen sollen. Heute sehe ich in dem roten Ritter, der von rechts kommt und den gelben links aus dem Bild kippt, die Rote Armee, früher nicht. Jetzt ist dieses Bild teilweise zerstört, weil es beim Basteln den Alleskleber nicht vertragen hat, aber das Prinzip bleibt unübersehbar. Diese Schachtel war von einer längeren Reise ins Baltikum zu mir zurückgekehrt, bevor die Russen dort einrückten. Sie hatte einer Geografiestudentin bei ihrer Abschlussarbeit helfen müssen, der Tochter der Gärtnerfamilie von nebenan.

Ich saß also am Tisch, wo die Beine baumelten, und malte ein Haus, einen Baum und eine Blume mit diesen Stiften, ich liebte sie, und am meisten liebte ich den hellgrünen. Lindgrün sei er, sagte meine Mutter. Das ist meine Lieblingsfarbe, sagte ich.

Ich glaube, ich weiß warum. Wahrscheinlich hat der Stift mich an mein hellgrünes Lieblingskleid erinnert, von dem ich drei Jahre früher Abschied nehmen musste. Ich weiß noch, wie es sich angefühlt hat, ein Strickkleid, weich und schön und mit zwei bunten Häkelblümchen verziert, das mein Vater aus Frankreich mitgebracht hatte. Als ich zwei war, saß es mir schon ziemlich eng auf dem Leib, sehe ich auf den Fotos. Und ich erinnere mich an den Frühling, als ich es nicht mehr anziehen konnte. Wir haben es probiert, meine Mutter und ich, weil ich nicht glauben wollte, dass es vorbei war mit diesem Kleid. Aber es war vorbei, und ich habe das Wachsen zum Teufel gewünscht.

29. Oktober

Die Dreizimmerwohnung, in die ich im Frühjahr 1946 mit meiner Mutter gezogen bin, hatte drei Mietparteien, Herrn Bürger, der nie da und dessen Zimmer verschlossen war, das Ehepaar Grell mit seiner Tochter Renate und uns. Der Flur zwischen diesen Zimmern war ganz dunkel, weil die Glastür, die aus dem vorderen Zimmer Licht hätte hereinlassen sollen, zugenagelt war. Dunkel war auch die Holztreppe, die mit zwei Biegungen nach unten führte in den Souterrain, wo die gemeinsame Küche war, die Waschküche mit ihren Kesseln und Körben, der Badewanne und der Toilette, die sogar eine Wasserspülung besaß, und ein Vorratskeller mit dem Eingemachten und den Kartoffelkisten. Außerdem gab es eine dunkle Nische mit Zähluhren, die geheimnisvolle Geräusche machten, vor denen ich mich anfangs gefürchtet habe, wenn ich in den Keller gehen und Kartoffeln heraufholen musste. Dann habe ich mir Mühe gegeben zu lernen, dass es dabei mit rechten Dingen zuging und weder Gespenster noch andere Bösewichter darin wohnten.

Aus der Waschküche konnte man hinten ein paar Stufen hinauf auf den gekiesten Wäscheplatz gehen, wo ich schon bald das Stelzenlaufen geübt habe, und weiter in den langen schmalen Garten, der mit Maschendraht von den Nachbargärten abgetrennt war. In der Mitte führte ein Weg zwischen den Beeten nach hinten, auf denen Herr Siemer sein Gemüse und ein paar Blumen pflegte, ein freundlicher Mensch mit ergrauendem Schnurrbart, der mit seiner Schwester die Wohnung im ersten Stock bewohnte. Oft habe ich ihm bei der Arbeit zugesehen, ohne etwas über diese Arbeit zu lernen. Aber daran, wie die rötlichen Sprossen der Pfingstrosen im Frühjahr aus dem Boden stießen, denke ich jedes Jahr wieder, wenn meine es genauso machen. Weiter hinten gab es eine Laube, wo ich mit meiner neuen Freundin Linda spielen konnte. Unter dieser Laube muss man sich keine richtige Laube vorstellen, wie man sie in Schrebergärten hatte, oder wie die im Garten von Mutters zweitältestem Bruder, der den achteckigen Pavillon ohne Zweifel eigenhändig gebaut hatte. Unsere Laube hieß bloß so und war ein von einer mannshohen Hainbuchenhecke eingefasstes kleines Viereck, in dem ein Gartentisch und ein paar Stühle Platz hatten. Durch eine schmale Lücke in der Hecke ging man hinein und war in einer Welt, in der vieles möglich war und alles zum Geheimnis wurde.

Und ganz am hinteren Ende des Gartens stand neben einer Bank die große schwarze Wassertonne vor dem mit weißblühenden Winden überwucherten Maschendraht. Er hatte eine Tür, durch die man, wenn man den Schlüssel mitnahm, über einen Graben hinausgehen konnte auf den sandigen Fahrweg. Der führte weit durchs Kleingartengelände und zwischen die Bahndämme der sich verzweigenden Bahnlinien nach Hamburg und Hannover in eine Art Niemandsland, das nur so aussah, weil es keine Häuser gab und alles im Gestrüpp und Unkraut unterzugehen schien, in Wahrheit aber von zahllosen Kleingärtnern parzelliert war und wie schon im Krieg erst recht in der ersten Nachkriegszeit viel mehr Menschen ernährte, als ihm anzusehen war. Ein überzeugendes Ziel für Abendspaziergänge, weil es auch einen Tümpel mit Kaulquappen gab, der für mich immer ein Tümpel mit Kaulquappen geblieben ist, obwohl es sie nur für eine kurze Zeitspanne im Frühling gegeben haben kann. In einem Marmeladenglas nahm ich ein paar von ihnen mit nach Hause, um ihre Verwandlung in Frösche zu sehen, aber bevor sie damit fertig waren, bekam ich ein schlechtes Gewissen und brachte sie in ihren Tümpel zurück.

Unser Zimmer lag nach vorne zur Straße, war mit vergilbten Tapeten ausgestattet und hatte zwei Fenster, ein großes und ein kleines. Das war praktisch, weil sich so ein kleiner Raum für die Schränke abtrennen ließ, wo ich in einem wackligen Bett schlafen und meine Hausaufgaben machen konnte, auf unserem alten Rauchtisch, der früher in der guten Stube gestanden hatte. Die aus gehäkelten Sechsecken zusammengesetzte Decke lag noch immer darauf. Beim Einschlafen konnte ich die Stimmen der Erwachsenen von nebenan hören, wie ich sie, wenn auch leiser, früher in meinem Kinderbett im kleinen Haus beim Friedhof gehört hatte. Meine Mutter schlief im Raum mit dem großen Fenster, der mit der Adler-Nähmaschine und dem abgewetzten Arbeitstisch zur Werkstatt geworden war. Auf unserem Sessel oder auf dem tagsüber zusammengerollten Bett nahmen die Kundinnen Platz und wählten aus immer neuen Modezeitschriften ihre Modelle und später aus Büchern mit Stoffproben das Material aus, wenn sie es nicht selber mitgebracht hatten.

Die Trennwand mit ihrer schmalen Tür wurde aus Latten gezimmert und mit Sackleinen verkleidet. Ich sehe noch vor mir, wie weiße Farbe auf den Stoff und die andern drei Wände gerollt wurde, und als sie getrocknet war, wurde eine Rolle in grüne Farbe getaucht, um das Ganze mit einem Blattmuster zu überziehen. Es sah sehr schön aus. Meine Mutter hat das nicht allein gemacht, sondern zusammen mit dem Mann, um dessentwillen sie ihre Ehe aufgelöst hatte.

An dem Tag, als wir zum ersten Mal in diese Wohnung kamen, ging Renate, die im andern Zimmer wohnte, sie war ein Jahr älter als ich und hatte dunklere Haare, mit mir in den Garten hinaus bis ganz nach hinten, wo der Maschendraht ihn abschloss. Es wurde Frühling, der Tag leuchtete frisch und sonnig, wir hatten unsere Strickjacken an, standen an der Regentonne, die Arme auf ihren Rand gestützt, und schauten ins Wasser, in dem sich unsere beiden Gesichter spiegelten. Sie sagte zu mir: »Ihr bleibt ja jetzt hier.« Ich war vollkommen überrascht und wusste, dass diese Überraschung verborgen werden sollte, schaute weiter ins dunkle Wasser und sagte: »Ja.«

Später habe ich mich oft gefragt, warum ich so überrascht war. Es ist auch das falsche Wort. Erschrocken wäre schon besser, aber eigentlich war es so, dass etwas Entsetzliches mich ergriff, das keinen Namen hat, und ich erinnere mich gut, wie es sich anfühlte. Als ein bohrendes Nichtvorbereitetsein würde ich das heute beschreiben. Und weil es sich nicht ändern ließ, war es zugleich auch eine ganz neue Wirklichkeit, auf die man sich einstellen musste. Vor allem aber habe ich mich geschämt, nicht zu wissen, dass wir dableiben würden. Hatte ich etwas nicht verstanden? Hatte man zu Recht von mir erwartet, das Nötige zu begreifen, und darum nichts gesagt? Weil es überflüssig war und sich von selbst verstand?

Ich habe mich natürlich auch gefragt, warum meine Mutter mich nicht auf das vorbereitet hatte, was uns bevorstand. Weil es ihr zu schwerfiel, war immer meine Antwort. Vielleicht ist das falsch. Denn dass meine Mutter mir diesen Umzug verschwiegen hat, kann ich mir nicht mehr vorstellen. Sie muss es mir gesagt haben, so schwer ihr das auch fallen mochte, alles andere passt nicht zu ihr. Ich sollte mich eher fragen, warum ich es nicht gehört habe. Oder ich habe es gehört, aber nicht begriffen, was das bedeutete. Oder ich wollte es nicht begreifen und habe es darum sogleich vergessen.

Der Einschnitt war tief, aber das andere Leben hat mir bald gefallen. Alles war so neu. Auch darum, weil es auf der Straße Kinder gab, mit denen man spielen konnte, Ballspiele und alte Gruppenspiele, die heute vermutlich ausgestorben und durch andere ersetzt sind, Hüpfspiele, die mit Kreide auf die Platten des Trottoirs geschrieben wurden. Solche Platten hatte es bei unserm früheren Haus nicht gegeben, nur festgetretenen Sand. Die neue Straße war auch nicht mit den schwärzlichen Katzenkopfsteinen gepflastert, wie ich sie kannte, sondern asphaltiert, was mir trotz der Schlaglöcher sehr luxuriös vorkam. Mit unseren Rollschuhen fuhren wir um die Löcher herum. Die Straße war ein großer Spielplatz und Autos eine Seltenheit. Das Beste war, ein paar Nummern weiter in unserer Häuserreihe wohnte meine neue Freundin Linda. Sie hatte eine Mutter, die ihr Kleider strickte, einen Vater und eine ganze Wohnung im ersten Stock für sich, sogar mit einem kleinen Badezimmer, während die Parterrewohnungen in unserer Straße in den Souterrain hinunterreichten und ihre Badewanne in der Waschküche hatten, die aber nicht benutzt wurde, weil das Wärmen des Wassers im Waschkessel und das Hinüberschöpfen zu aufwendig war.

Nicht alles Neue war schön. Schrecklich war, dass ich, kaum waren wir eingezogen, in einer großen Backsteinschule in die zweite Klasse kam. Schrecklich darum, weil das alte Fräulein Teerkorn eine schreckliche Lehrerin war, eine hagere Person im Großmutteralter, etwas gebeugt, ihre grauen Haare zu einem dünnen Zopf geflochten und im Nacken aufgewickelt. In fast jeder Schulstunde musste jemand, meistens ein Junge, nach vorne kommen, die Hände ausstrecken und bekam mit einem Lineal

Schläge auf die Handflächen. Ich nicht, aber das Zuschauen war so schrecklich, dass ich ständig mit den Tränen zu kämpfen hatte. Die Tränen hätte ich wohl vergessen, wenn diese Lehrerin mir nicht einmal auf dem Korridor begegnet wäre und »Na, wie geht's, Heulhanna« zu mir gesagt hätte. Heute denke ich mir, dass sie das womöglich für eine freundliche Geste hielt. Nur wenige Tage hat das gedauert, dann ging die Tür des Klassenzimmers auf, und eine freundliche junge Frau mit einer schwarzen Lockenfrisur kam herein. »Wer zu Fräulein Stöxen in die Klasse will, soll nach vorne kommen«, sagte unsere Lehrerin. Ein Satz, den ich nie vergessen werde. Ich konnte es kaum glauben, aber als ich sah, dass die ersten Kinder aufstanden, habe ich meine Sachen genommen und bin so schnell wie möglich nach vorne gegangen, ohne dass es geradezu nach Rennen aussah. In Zweierreihen gingen wir zur Tür hinaus, und das Schlimmste war überstanden.

31. Oktober

Die Sonne hat wieder Mühe durchzukommen. Aber es ist trocken, und die Blätter rascheln auf der Treppe, wenn ich zum Briefkasten gehe.

Gestern kein Klavier, weil der ganze Tag ausgefüllt war. Gäste vom Frühstück bis zum Abendessen. Danach hätte es noch eine halbe Stunde gegeben, aber mein Kopf war so voll von all dem, was ein langer Tag mit Gesprächen bringt, dass ich mich lieber damit beschäftigt habe.

Heute habe ich in meinem Lehrbuch noch einmal weit vorne angefangen, bei »Frère Jacques« und »Hänschen klein«, und mich daran erinnert, wie viel größer die Schwierigkeiten vor ein paar Wochen noch waren. Ich war schon fast im Begriff, das zu vergessen angesichts der immer neuen Hürden. Als Nächstes wird G-Dur das Thema sein, aber vorher will ich noch sicherer werden bei den C-Dur-Stücken, wo es darum geht, die Finger auch auf anderen als den heimatlichen Tasten spielen zu lassen.

Inzwischen ist mir, als käme ich mit der alten Methode doch besser zurecht als mit dem Schneemann, und zwar darum, weil der seine Stärken wohl wirklich besser mit einer Lehrkraft entfalten kann. Ich benutze ihn aber immer wieder als Anregung. Statt es immer möglichst gut zu machen und dabei zu stolpern, leiste ich mir mutwillige Varianten in allen Tonhöhen, und manchmal gönne ich mir ein unbedachtes Draufhauen. Das klingt nicht schön, soll es aber auch nicht. Sonderbarerweise scheint es der Feinarbeit zu dienen.

1. November

Übrigens sind meine Hände durchaus imstande, mit unterschiedlicher Kraftanwendung und in verschiedenem Zeitmaß gleichzeitig ganz unabhängige Dinge zu tun. Beim Autofahren. Lenken und schalten, dazu mit den Füßen bremsen, kuppeln, Gas geben und dabei den Verkehr im Auge behalten. Wie konnte ich das vergessen. Wenn mir diese Koordination so in Fleisch und Blut übergegangen ist, sollte ich dann nicht irgendwann auch mit zwei Notenzeilen zurechtkommen können?

2. November

Auch das Zugfahren habe ich gelernt. Ich war sieben Jahre alt und musste es lernen, weil ich alle zwei Wochen zu den Großeltern gefahren bin, um dort meinen Vater zu treffen oder sie zu besuchen oder beides. Erst vier Haltestellen mit der Straßenbahn fahren, Deichbruchstraße, Malerstraße, Föhrenstraße, bis zu dem kleinen Vorstadtbahnhof neben dem Sebaldsbrücker Bunker, der sehr viel größer war als der, in dem wir Schutz gesucht hatten, als noch Krieg war. Dann durch die geheimnisvolle Unterführung zum Bahnhof gehen und mit dem Zug bis zur nächsten Station fahren. In den Abteilen der dritten Klasse standen quer zur Fahrtrichtung zwei lange Bänke aus lackierten Holzlatten einander gegenüber, auf denen saß ich mit meinem Täschchen und fühlte mit den Fingern nach den Schrauben, mit denen die abgewetzten Latten befestigt waren. An den Seiten gab es Türen, schmal und schwer, und außen steile Stufen, um hinein- und hinauszuklettern. Meine Mutter wird mir beim ersten Mal gezeigt haben, wie man den Weg findet, die Fahrkarte kauft, auf den Zug wartet und einsteigt, ich erinnere mich nicht daran, wohl aber an das Gefühl, wenn ich es später allein gemacht habe. Es war das ernste und beglückende Gefühl einer gewissen Erwachsenheit, wie ich es nie wieder erlebt habe. Am ähnlichsten war noch, als ich am Flughafen mich zum ersten Mal nicht in die Schlange gestellt, sondern das automatische Einchecken probiert und gelernt habe.

Der Zug fuhr erst durch bescheidene Wohngebiete, in denen auch kleine Manufakturen und die Hemelinger Brauerei ihren Platz hatten, dann durchs Grüne, Felder, Weiden, Büsche und kleine Baumgruppen um die Gehöfte, an Arbergen vorbei mit seiner Kirche, und dann kam schon bald Mahndorf. Ich meine noch zu hören, wie meine Mutter mir den Weg vom Aussteigebahnhof zu Großvaters Schule beschrieben hat. Er war nicht weit, erst an Seekamps Wirtschaft vorbei, wo Tante Marie wohnte, die mit drei Silben gesprochen wurde und eine Cousine meiner Großmutter war, dann weiter der Straße nach, bis man die rote Schule sieht mit den zwei Giebeln und der Sirene auf dem Dach. Durch einen schmalen Gang, der links abzweigte, konnte man den Weg um ein paar Schritte verkürzen, aber das war für den Anfang zu kompliziert.

Vor dem Zugfahren hatte ich schon das Straßenbahnfahren gelernt, weil ich in der ersten Zeit nach dem Umzug meinen Vater in unserem alten Haus besucht habe. Eine halbe Stunde mit der Zwei nach Osten, dann mit der Zwölf bis zum Friedhof. Bei der Haltestelle übers Fleet, und ich war da. Zu Hause? Nein, nicht mehr.

An zwei Dinge erinnere ich mich. Die Sonne schien, wir waren auf dem Wäscheplatz, wo meine Mutter uns ein paar Jahre früher fotografiert hatte, mein Vater zeigt mir seine Tomaten, die er unter den Fenstern gepflanzt hatte, und erklärt mir, dass er ihnen Mist gibt, weil sie besonders gute Erde brauchen. Die andere Erinnerung führt auf einen kleinen Acker, den er in der Nähe gepachtet hatte, gleich neben meinem alten Schulweg. Er arbeitet in den Beeten, während ich Erbsen pflücke und entdecke, dass man nicht nur die Erbsen essen kann, sondern auch die Schoten, und zwar am besten, nachdem man die Haut abgezogen hat. Und während wir zum Haus zurückgingen, habe ich von der Schule erzählt, und dann auch etwas über unser Leben in dem neuen zweigeteilten Zimmer und wie Onkel Johann geholfen hatte, alles neu anzumalen, und mitten im Satz kam mir in den Sinn, dass ich das wohl nicht tun sollte, und wünschte, ich könnte es zurücknehmen. Mir blieb die Luft weg, denn in diesem Augenblick wusste ich plötzlich, wie unglücklich mein Vater sein musste. Von da an hat mich der Gedanke begleitet, ich müsse mir Mühe geben, ihn gewissermaßen zu trösten, obwohl ich zugleich wusste, dass ich damit nichts ausrichten und sein Leben nicht ändern konnte. Darum war ich froh, wenn der Abend näher kam und ich zu meiner Mutter zurückfahren konnte.

Als ich ihn dann in seinem Elternhaus besucht habe, wurde mir ein Teil dieser unlösbaren Aufgabe dadurch abgenommen, dass wir nicht allein waren. Was die Erwachsenen taten oder sagten, bildete den Vordergrund, und ich konnte mich zurückziehen. Außer natürlich, wenn mein Vater mit mir in die Turnhalle ging. Ich wusste nie recht, ob ich mich darauf freute oder mich davor fürchtete. Vielleicht beides, wenn das möglich ist. Wie gern hätte ich ihn an den Geräten nicht enttäuscht, aber es ging nicht anders. Zumindest versuchte ich, ihn meine eigene Enttäuschung nicht merken zu lassen und so an den Ringen zu schaukeln, als würde es mir Vergnügen machen.

Ein paar Jahre später zog mein Vater nach Bremerhaven. Bei einer kleineren Reederei war er für die Ausrüstung der Schiffe zuständig. Da musste ich lernen, mit der Straßenbahn zum Hauptbahnhof zu fahren und in den richtigen Zug zu steigen. Vor dem Einsteigen habe ich jedes Mal gefragt, ob der Zug wirklich nach Bremerhaven fuhr, wie meine Mutter mir geraten hatte. Und er fuhr jedes Mal nach Bremerhaven.

Wer im Zug sitzt und darauf wartet, dass er abfährt, kann etwas lernen. Wenn auf dem Nachbargleis ein Zug sich in Bewegung setzte, war mir, als wäre es unser Zug, der fuhr. Ich musste auf etwas Drittes schauen, um die Lage zu klären, und habe auf diese Weise zum ersten Mal meinen Aberglauben aufgegeben, dass Bewegung eine Sache an sich sei, während sie tatsächlich den Bewegungsunterschied zwischen mindestens zwei Beteiligten angibt. Man muss diesen Aberglauben aber immer von Neuem aufgeben, weil er eine so zweckmäßige Vereinfachung ist für die Einschätzung von komplizierten Verhältnissen.

Eine Dreiviertelstunde dauerte die Fahrt, ich wurde am Bahnhof abgeholt, und dann ging es durch die fremde Stadt, in der oft die Sonne schien und immer ein Wind wehte. Mit der Straßenbahn vorbei an den vielen noch vom Krieg her leeren Grundstücken und dann zu Fuß weiter, bis wir mitten im Hafen angekommen waren, wo man oft warten musste, weil Brücken hochgezogen wurden, wenn ein Schiff passieren wollte. Mein Vater wohnte im Reedereigebäude zwischen Hafenbecken und Deich, in seinem Wohnzimmer fanden sich in einer neuen Anordnung die dunklen Holzmöbel aus unserer alten guten Stube. Die Anrichte, darauf die liegende Frauenfigur aus grünem Stein, das Büffet mit seinen Verzierungen in Gelsenkirchener Barock, von denen die verkohlten Stellen, die eine Brandbombe hinterlassen hatte, inzwischen entfernt waren, und hinter Glas unsere Weingläser, genauer, die Hälfte unserer Weingläser und die Hälfte des Geschirrs mit dem Goldrand. In der Mitte stand der Esstisch, mit den geschnitzten Stühlen, die früher auf der Diele gestanden hatten und mir darum sehr vertraut waren mit ihrem hölzernen Blättergerank, das man im Rücken fühlen konnte, und den Löchern, die von den Pflanzenmustern auf jeder Lehne anders ausgearbeitet waren. Einzig ein Sessel, die Stehlampe und der kleine runde Rauchtisch fehlten, weil der bei uns in meiner Kammer stand und ich darauf meine Hausaufgaben machte. Ich sah, dass sie es waren, die alten Möbel, und doch waren sie es nicht. Sie hatten ihre Bedeutung geändert. Hatten sie früher etwas Sonntägliches ausgestrahlt, so wirkten sie jetzt düster und auf eine unerfreuliche Art altmodisch mit ihrem Schnitz-werk. In nur wenigen Jahren hatte sich meine Vor-stellung von schönen Möbeln verändert, und das Schnörkellose gefiel mir besser.

An diesen Tagen habe ich viel über die Hochseefi-scherei gelernt, die die Reederei betrieb. Damals ging es noch vor allem um die Heringe, deren Bestände in naher Zukunft zusammenbrechen sollten und mit ihnen die Heringsfischerei. Auch über Netze und wie man sie flickt habe ich viel erfahren, weil ein paar hundert Meter weiter unter dem Deich ein Netzma-cher seine Werkstatt hatte, mit dem mein Vater be-freundet war.

Wenn es darum ging, diese Besuche zu verabre-den, wurde ich von Herrn Siemer nach oben in seine Wohnung ans Telefon gerufen. Das waren die ersten und für lange Zeit die letzten Telefongespräche in meinem Leben. Ich habe diese Reisen einerseits gern und andererseits mit einer gewissen Bangigkeit ge-macht, die nicht mit der Zugreise zusammenhing, es hat mir im Gegenteil sehr gefallen, aus dem Fenster zu schauen und über die wechselnden Landschaften zu staunen, und wenn mir jemand gesagt hätte, in der Ebene bliebe sich die Landschaft immer gleich, hätte ich widersprochen und auf immer neue Wei-den, Knicks und Gehölze und gelegentliche Geest-hügel hingewiesen, die sich außerdem mit den Jahreszeiten veränderten und die Reise spannend machten. Die Bangigkeit kam daher, dass ich nie richtig gelernt habe, wie ich mit meinem Vater sprechen sollte. Unablässig war ich auf der Suche nach Dingen, wie sie in der Umgebung auftauchen, über die man sprechen und zu denen man Fragen stellen könnte.

Einfacher war es, wenn wir ins Walfangmuseum gingen, in dem es viel Ungewöhnliches zu sehen gab. Auch für ihn muss es einfacher gewesen sein, weil er sich mit diesen Dingen auskannte und mir die Ausstellung erklären konnte, ohne dass meine kindliche Abwehr gegen Erklärungen auf den Plan gerufen wurde. Ich erinnere mich gut an diese Abwehr und wie ich sie unterdrückt habe, weil ich begriffen hatte, dass es für uns in dieser Besuchssituation, die von keinem gemeinsamen Alltag getragen war, kaum eine andere Art und Weise gab, wie wir miteinander sprechen konnten.

Einen Satz Postkarten hat er mir gekauft mit dramatischen Schwarzweißzeichnungen über die schwere Arbeit des Walfangs, erst die ferne Fontäne, dann die Riesenhaftigkeit des Wals, der Kampf der Harpuniere in ihren winzigen Booten und die Schwere der See. Ölzeug und Südwester. Das Aufbäumen und die langsam fortschreitende Verwundung des Tiers, die Harpunen, die in ihm stecken blieben, bis die Männer in den Booten es zum Mutterschiff mit seinen

Masten ziehen und an seiner Seite festmachen konnten. Sehr klein kletterten die Männer dann in dem Kadaver herum, um ihn auszuweiden.

Das Beste aber waren die Tiergrotten. Sie lagen auch am Deich, ein gutes Stück nördlich von den Hafenanlagen, und wenn wir uns auf den Weg machten, war ich voller Vorfreude auf die Eisbären und Seelöwen. Von der Weser her, die sich hier schon zu einem weiten Trichter geöffnet hatte, der das Meer vorwegnahm, blies ein oft stürmischer Wind, und rasch zogen die Wolken, die die Sonne schnell wieder freigaben. In den Tiergrotten war schon das Gelände eine Sensation, aus echten und künstlichen Felsen war es gebaut, die sich aus den Wasserbecken erhoben und mir sehr Eindruck machten, weil ich noch nie einen Felsen gesehen hatte. Nur die Findlinge des Hünengrabs in Wildeshausen kannte ich von einem Schulausflug. Den Tieren konnte ich stundenlang zuschauen, den Eisbären, die keineswegs immer schläfrig auf ihren Steinen lagen, sondern auch bei wilden Spielen im Wasser zu sehen waren. Und wie sie ihre dichten Pelze schüttelten, wenn sie wieder an Land kletterten. Bei den Seehunden und Seelöwen gab es unerhörte Schwimmkünste, von denen ich nur träumen konnte, und wenn ihnen der Wärter Fische zuwarf, schnappten sie sie im Flug. Aber niemand ist vollkommen, dachte ich, wenn sie sich aus dem Wasser hievten und an Land statt Eleganz nur noch Toll-patschigkeit zeigten. Nebenan wohnte das Walross, dessen unsägliche Gestalt mich jedes Mal von Neuem entzückte. Auch die allerungewöhnlichsten Vögel gab es und zum Schluss das Aquarium, ein schummriger Höhepunkt, zu dem man zwischen Felsen eine gewundene Treppe hinunterstieg.

Wo es so viel zu sehen gab, spielte die Verlegenheit bei der Suche nach gemeinsamen Themen keine Rolle mehr. Sie tauchte vielleicht wieder auf, wenn wir im Restaurant nebenan zu Mittag aßen, etwas für mich höchst Ungewöhnliches zwar, also einerseits ein Vergnügen und andererseits etwas Neues, das es zu lernen galt, aber zum Essen gehören immer auch Pausen, die man füllen sollte.

4. November

Als Kind habe ich versucht zu verstehen, woher diese Verlegenheit kam, die mir mit andern Menschen nie begegnet war. Einmal, als ich mit meinem Vater an seinem Esstisch saß und nichts zu sagen wusste, ging mir ein Gedanke durch den Kopf, den mein Gedächtnis sich sogleich und für immer eingeprägt hat. Er hatte etwas gesagt, das ich inzwischen vergessen habe, es muss etwas von der Art gewesen sein, die wir eine allgemeine Lebensweisheit nennen. Und ich habe mit einem inneren Kopfschütteln gedacht, jetzt will er mich erziehen. Es war ein von Mitleid begleitetes Kopfschütteln. Man braucht mich doch nicht zu erziehen, dachte ich dann an diesem Tisch, das kommt ganz von allein. Gemeint habe ich damit, dass sich aus dem Miteinander, das der Alltag bringt, von selbst ergibt, wie man sich richtig verhält. Und dass es lächerlich wird, sobald man es als Botschaft formuliert.

Heute vermute ich, dass es bei seiner Botschaft auch um etwas gegangen sein könnte, das ihn im Innern beschäftigte, aber natürlich sprach er nicht über sein Inneres, sondern über etwas Allgemeines, und so viel ein Kind auch versteht, das konnte ich nicht durchschauen. Und dass nicht meine Verlegenheit, sondern die seine das Problem war, vermute ich heute auch.

Als ich erwachsen geworden war, hat meine Mutter mir von ihrer Ehe erzählt. Dazu gehört, dass sie mit sechs älteren Brüdern und einer jüngeren Schwester aufgewachsen ist und darum ein überaus arbeitsreiches, aber immer wieder auch sehr vergnügtes Leben hatte, als der Erste Weltkrieg und die Inflation überstanden waren und sie in die Lehre ging. Sie hatte Freiheiten, die andere Mädchen nicht hatten, konnte zum Beispiel auf die zahllosen Schützenfeste und Bälle gehen, die auf den Dörfern und in der Stadt veranstaltet wurden, ohne dass die Eltern sich Sorgen machten. Die größeren Brüder waren ja immer dabei. Was braune Horden sind, sagte sie, habe sie auch bei diesen Dorffesten gelernt, lange bevor diese Horden die Gelegenheit hatten, an die Macht zu kommen. Irgendwann, sie arbeitete schon als Gesellin, lernte sie bei einem dieser Feste meinen Vater kennen, es könnte vielleicht der Kostümball des Turnvereins Mahndorf gewesen sein. Er war ein netter junger Mensch, der sich der Geschwistergruppe anschloss. Sie habe keine besonderen Gefühle für ihn gehabt, sagte meine Mutter, wenn er bei den gemeinsamen Unternehmungen dabei war, und sei schon gar nicht verliebt gewesen, habe auch nichts mit ihm allein unternommen, aber weil er als ihr Freund galt, habe sie keine anderen Männer mehr kennengelernt und war darum nach sieben Jahren einverstanden zu heiraten, als sie fünfundzwanzig wurde. Ihre Brüder hatten aber nicht nur Dorffeste im Kopf, sie waren an vielem interessiert, im sozialdemokratischen Denken tief verankert und gewöhnt, nicht nur über die Dinge des Alltagslebens, sondern auch über politische Entwicklungen zu diskutieren. Und politische Entwicklungen der schrecklichen Art gab es mehr als genug in den Jahren von 1928 bis 1935, als die Hochzeit stattfand.

Es war schönes Wetter, die Bäume trugen viel Laub, also Sommer. Genauer, es war der 21. August. Im März hatte Hitler über alle Reichssender die Wiedereinführung der allgemeinen Wehrpflicht verkündet, was einen Bruch des Versailler Vertrags darstellte, meine Mutter aber nicht überraschte. Sie habe, sagte sie später, vom Augenblick der Machtergreifung an gewusst, dass das Krieg bedeute. Im Juni wurde der bisher freiwillige Arbeitsdienst zur Pflicht. Und im September wurden die Nürnberger Gesetze verkündet, »zum Schutz des deutschen Blutes und der deutschen Ehre«. Aber das war erst nach der Hochzeit.

Es gibt die üblichen Fotos von dieser Hochzeit, die wie üblich nichts über die Beteiligten verraten. Oder vielleicht doch. Zwei junge Menschen in der Verkleidung, die die Gelegenheit verlangte. Er, siebenundzwanzig Jahre alt, ernsthaft mit schwarzem Anzug und weißer Fliege, eine weiße Blüte im Knopfloch, mit Lackschuhen und Zylinder und weißen Handschuhen, die er auf allen Fotos in seinen Händen hält. Sie zwei Jahre jünger, nachdenklich in Weiß mit einem schlichten, überaus schön geschnittenen Kleid und einem Rosengebinde, das vermutlich aus der Hand von Herrn Sliwinski stammte, der seit den zwanziger Jahren in der Binderei unserer Nachbarn arbeitete. Ein Mädchen und ein Junge gehen zum

Blumenstreuen voraus, die ich beim besten Willen der Verwandtschaft nicht zuordnen kann, denn die Kinder der Geschwister waren entweder älter oder jünger. Aber drei Brautjungfern mit Sträußen in den Armen kenne ich, die beiden Schwestern des Bräutigams und Anna, die Schwester der Braut. Sie trägt den Schleier. Die vierte Brautjungfer ist erstaunlicherweise nicht ihre Freundin Hertha, sondern eine junge, mir unbekannte Frau. Im Hintergrund noch ein Zylinder, der väterliche Großvater, während die Männer mütterlicherseits ohne Kopfbedeckung folgen. Seinen älteren Bruder erkenne ich auf keinem der Fotos, vermute aber, dass es der Mann mit dem schwarzen Hut ist, der ein einziges Mal neben der Mutter und dem Vater des Bräutigams sichtbar wird.

Alle tragen ihre festlichsten Sommerkleider, aber das Brautkleid scheint in seiner Einfachheit aus einer andern Welt zu kommen, wie es zu diesem Tag passt. Dass sie es selbst entworfen und selbst genäht hat, ist selbstverständlich. Es strahlt die gleiche innere Klarheit aus wie ein ganz anderes Kleid, das ich aus ihren jungen Jahren kenne, das atmete den Geist der zwanziger Jahre, ihr Gesellenstück, das sie aus grauer und rosa Seide genäht und lange aufbewahrt hat. Es war kurz, wie es in die Zeit passte, nicht aber ins Dorf, und hatte einen perfekt genähten Saum mit regelmäßigen kleinen Bögen. Manchmal habe ich mir gewünscht, ein solches Kleid zu besitzen. Ich kann auch gar nicht daran denken, ohne dass mir die verschiedenen Zeitebenen ihres Lebens in den Sinn kommen und sich mit meinem Leben verschränken, denn wann immer ich Vorstellungen von einem neuen Kleid hatte, war sie dabei beim Mitdenken und vor allem beim Umsetzen, sodass ich am Ende immer das Gefühl hatte, etwas zwar Einfaches, aber Besonderes zu besitzen, was es nicht zu kaufen gab.

Auf den Hochzeitsfotos sehe ich jetzt wieder meinen Vater an mit seinem Zylinder und den weißen Handschuhen. Wenn ich mich nicht irre, war das in jenen Jahren nicht mehr ganz so üblich wie bei der vorangegangenen Generation und hätte wohl schon operettenhaft wirken können, wenn mein Vater nicht in jeder Hinsicht das Gegenteil eines solchen Rollenfachs verkörpert hätte. Liebenswürdig schaut sein Gesicht unter dem glänzenden Zylinder und ein wenig ängstlich, könnte man meinen, aber ich würde es lieber befangen nennen. Kein Wunder, bei so viel Zeremoniell? Vielleicht. Aber diesen Ausdruck finde ich auf fast allen Aufnahmen, die ich von ihm habe. Ein erstaunlich kindliches Gesicht würde jemand, der ihn nicht kannte, das wohl nennen. Noch schmerzlicher wirkt diese Kindlichkeit später auf den ersten Fotos in der Wehrmachtsuniform.

Die Hochzeitsfotos zeigen das Umfeld einer neugotischen Kirche aus Backstein in Oberneuland. Es war, eine Dreiviertelstunde von ihrem Elternhaus entfernt, auch die Konfirmationskirche meiner Mutter gewesen. Wie mag der Hochzeitszug den langen Weg von dort zur zukünftigen Wohnung beim Osterholzer Friedhof zurückgelegt haben? In Pferdewagen? Wie auch immer, das letzte Bild zeigt einen Teil der Gesellschaft, immer noch oder wieder mit den Blumen streuenden Kindern im Vorfeld einen Hochzeitszug andeutend, wie sie auf dem Sandweg neben dem Fleet dem Eingang mit seinen beiden Kastanien zuschreitet.

Das Paar zog in das kleine Haus beim Friedhof. Und meine Mutter fand heraus, dass sie mit ihrem Mann nicht reden konnte. Sie war es gewohnt, nicht nur die Politik, sondern auch den Alltag genau zu beobachten, von verschiedenen Seiten zu betrachten und zu diskutieren, bevor sie sich ein Urteil bildete. Oder umgekehrt ein Urteil, das schon gebildet war, weiter zu befragen. Mein Vater nicht. Ihn schien das zu überfordern, und wenn eine schwierige Frage auftauchte, fand er eine Formel, mit der man die Frage vom Tisch wischen konnte. Heute würde man das wohl als einen typischen Geschlechterunterschied bezeichnen und sagen, dass Frauen naturgemäß reden wollen und Männer Ergebnisse sehen. Aber das war es nicht. Davon bin ich aus zwei Gründen überzeugt. Erstens war meine Mutter wohl eine in ihrer Zeit untypische Frau, und zweitens verdankte sie das unter anderem ihren Brüdern.

Wie war das nur möglich, dass du einen Mann geheiratet hast, mit dem du nicht reden konntest, habe ich sie gefragt. Ich habe es nicht gewusst, sagte sie. Sie waren nie länger miteinander allein gewesen und kannten sich vor allem aus der gemeinsamen Stimmung in der größeren Gruppe, und meine Mutter konnte sich nicht vorstellen, dass ein Mann in dieser Hinsicht anders sein konnte, als sie es von ihren Brüdern kannte.

Mein Vater hatte die »mittlere Reife«, also eine Schulstufe mehr absolviert als sie, Unterricht in Englisch und Französisch gehabt, arbeitete als kaufmännischer Angestellter in einer Bank und nahm eine Fortbildung in Angriff. Dieses Lernen muss meine Mutter interessiert haben, jedenfalls hat sie mir erzählt, wie sie ihm geholfen hat, den theoretischen Lernstoff zu begreifen und die Buchhalterprüfung zu bestehen. Wenn ich mir diese Situation heute vorstelle, denke ich, dass sie in keiner Weise ungewöhnlich und doch für beide schmerzlich war. Für meine Mutter, weil ihr Mann es ohne sie ganz offensichtlich nicht schaffen konnte, und für meinen Vater aus dem gleichen Grund.

Freitag. Die Sonne scheint, und solange es nicht regnet, raschelt es jeden Tag mehr vor meiner Haustür. Der Wind hat jetzt auch vom wilden Wein die Blätter heruntergeblasen, in diesem Herbst hatten sie keine Zeit, erst rot zu werden. Nur die Blätter liegen am Boden, die gelben Stengel stehen noch von der Wand ab, ein fröhliches Stoppelfeld für eine Weile.

Jetzt bin ich schon in der siebten Klavierwoche. Inzwischen ist mir der Sinn der Basszeilen aufgegangen, sie sind nichts anderes als eine Fortschreibung vom unteren C aus. Das hätte mir eine Lehrerin schon in der ersten Stunde erklärt. Verstehen ist gut, hilft aber nicht beim Spielen.

Spielerisch habe ich gestern endlich zu lernen versucht, mit der linken Hand sanft und mit der rechten kräftig zu spielen, auf dem Tisch und auf der Klaviatur. Im Experiment ist es kein Problem, im Notenzusammenhang bleibt es schwierig. Vielleicht war der Vergleich mit dem Autofahren, wo sich das Tun der Hände so mühelos trennt, doch ein Fehlgriff. Aber warum? Weil in meiner Vorstellung von der Musik, die hervorgebracht werden soll, das Gemeinsame noch zu stark oder zu vage im Vordergrund steht? Denken kann ich es anders, aber bei der Umsetzung mischen sich die Teile des Gehirns ein, wo kein Denken stattfindet, weil bei der Steuerung von so viel gleichzeitigem Tun das Denken allein naturgemäß überfordert ist.

Also üben, üben, üben. Wenn mir nur nicht dieser Satz meines Flötenlehrers in den Sinn käme, dass die meisten nicht zu wenig, sondern zu viel übten. Immer wieder meine ich das Paradox verstanden zu haben, dann entwischt es mir wieder. Vom steten Tropfen bin ich überzeugt, aber auch vom genauen Anschauen und Bearbeiten des Details. Vielleicht ist es nicht sinnvoll, dass ich gestern alle Stücke einfach von Anfang an durchgespielt habe, um dabei auf leise und laut zu achten. Es hat einfach Spaß gemacht, erst »Hänschen klein«, das in meinem Buch das einzige deutsche Lied zu sein scheint, dann all die schönen englischen Lieder, von »Merrily we roll along«, »Old Woman« und »When the Saints« über »Down in the Valley« und »Mary Ann« bis »Clementine«, »Lavender's Blue« und dem guten alten »Jolly Good Fellow«. Bei denen werde ich noch ein wenig bleiben und mich dann an den Abschnitt 4 machen, wo es um G-Dur gehen soll, also um die ersten Vorzeichen.

Gestern habe ich mich nicht ans Klavier gesetzt.
Lässt das Interesse nach? Vielleicht. Vor allem lässt
die Dringlichkeit nach, weil ich mich an mein Unver-
mögen gewöhnt habe, weil Überraschungen selten
geworden sind und weil sich das, was ich Fortschritte
nennen könnte, nur ungenau fassen lässt. Aber noch
immer fühle ich in den Händen etwas Neues, etwas,
das im gesamten Gewebe lebendige Spuren des Ungewohnten hinterlässt. Und einen Tag nicht zu üben,
erscheint mir als Ausnahme, nicht als Anzeichen dafür, dass mein Wunsch nachließe, Klavier spielen zu
lernen.

Gegen die Nachlässigkeit empfehlen sich feste Regeln. In jüngeren Jahren konnte ich diszipliniert sein,
wenn es nötig war, und weise Rentner empfehlen, dabei zu bleiben, weil man sich dann weniger alt fühle.
Mir ist es trotzdem lieber, keinen genauen Stunden-
plan fürs Üben einzuführen und es weiter dann zu
tun, wenn es mir passt. Zum Beispiel jetzt.

Eine Stunde ist dabei vergangen. Das Bisherige
noch mal durchgehen und dann vorwärts ins G-Dur.
Natürlich ist dieser Schritt zu früh, solange es bei
den älteren Sachen noch Probleme gibt. Sie werden
zwar weniger, die Probleme, aber beschäftigen muss
ich mich mit ihnen schon noch. Das Vorpreschen gefällt mir, auch wenn ich nicht sicher bin, ob das der

richtige Weg ist. Die Erfahrung, die ich damit mache, kenne ich: Wie soll ich das wohl lernen?, lautet sie. Und die Antwort kenne ich auch: Mit Geduld und Spucke. Das heißt: Genauigkeit und Wiederholung.

Bis jetzt hatte ich gelernt, bestimmte Noten mit bestimmten Fingern gleichzusetzen. Das muss ich jetzt aufgeben. Auf der Flöte war es einfacher, denn welche Tonart auch immer, die Finger blieben da, wo sie hingehörten. Auf dem Klavier haben sie keinen Heimathafen, sie müssen sich auf immer neuen Plätzen zurechtfinden, manchmal jetzt von Takt zu Takt, und das heißt, mein armer Kopf muss eine Gewohnheit, sobald er sie einigermaßen eingerichtet hat, schon wieder aufgeben. Aber das war es wohl, was ich wollte.

Geduld, Genauigkeit und Wiederholung sind eine gute Sache. Aber etwas fehlt. Die Freiheit. Zu sehr an dem zu kleben, was richtig ist, behindert das Lernen. Das habe ich schon aus meinen Erfahrungen mit der Schneemann-Methode gelernt, die außer Präzision auch waghalsige Bewegungen auf der gesamten Tastatur erwartet. Es geht darum, eine ängstliche Fixierung aufs Lernen gar nicht erst aufkommen zu lassen. Und wenn ich jetzt darüber nachdenken würde, kämen mir eine Menge Felder in unserem Leben in den Sinn, für die das auch gilt.

7. November

Sonntag. Gestern war ich in der Tonhalle im Konzert mit Chormusik und Solisten, das *Berliner Requiem* von Kurt Weill und Brahms' *Deutsches Requiem*. Weills Orchester war nur mit Bläsern und einer Gitarre oder einem Banjo besetzt, was mir sehr plausibel schien, denn in Berlin grassierte seit 1925 das Jazzfieber. Und als ich nachher im Programmheft gelesen habe, dass die Besetzung den technischen Beschränkungen in der Frühzeit des Rundfunks geschuldet sei, der den scharfen Bläserklang am besten aufnehmen konnte, schien mir das interessant, aber vielleicht doch zu kurz gegriffen. Der Jazz mit seinem wilden Tanzstil und dem, was noch dazugehörte, war damals schließlich der Inbegriff der Auflehnung gegen alles, was aus dem wilhelminischen Deutschland übrig geblieben war. Dass ein Komponist, der mit Brechts Texten arbeitet, diesen Bezugsrahmen benutzt, scheint mir nicht nur plausibel, sondern notwendig. Wie sonst sollte man die alten Eliten bloßstellen, die den Weltkrieg verbrochen hatten?

Unser Krieg bestand aus dem vertrauensvollen Alltag zu zweit in einer Umgebung, die sich mir als feindlich eingeprägt hat, weil ein Kind sehr wohl begreifen kann, warum nur das Allernötigste gesprochen werden durfte, wenn man unter andern als den vertrautesten Menschen war. Ein Kind begreift auch, dass auf nicht genau durchschaubare Weise diese andern Menschen dafür verantwortlich waren, wenn englische oder amerikanische Flugzeuge kamen, um Bomben abzuwerfen. Den Gedanken, dass diese Flugzeuge auf ebenso undurchschaubare Weise im Grunde unsere Verbündeten waren, muss meine Mutter mir, wenn auch mit anderen Worten, eingegeben haben.

Zuerst saß ich in einem Korbsessel am Fahrradlenker, wenn wir in den Bunker fuhren, und eines Tages war ich endlich groß genug und durfte umsteigen auf den Gepäckträgersitz, die Füße nicht mehr im Fußkörbchen, sondern auf eisernen Stützen und meine Arme um den Bauch der Mutter geschlungen, damit wir uns beide ganz sicher fühlen konnten. Wie viel Angst sie jedes Mal gehabt hat, nicht rechtzeitig anzukommen und vor verschlossener Tür zu stehen, hat sie mich nicht fühlen lassen, nur dass wir uns beeilen müssen und dass es gefährlich ist, wenn die Vernebelungsfässer am Straßenrand rauchen, und man nicht in ihre Nähe kommen darf, und dass wir tun, was wir können.

Vor ein paar Jahren habe ich unseren Bunker wiedergesehen. Er war von Efeu begrünt und überraschte mich mit seiner vollkommen undämonischen Kleinheit. Im Krieg war er sehr, sehr groß. Er war bedrohlich, und er war unsere Zuflucht, und das war kein Widerspruch. Die schwere eiserne Tür stand offen, wir gingen hinein in die muffige Luft. Es war, als ob man die ganze Zeit Angst einatmen müsste. Wir stiegen die Treppe hinauf und gingen durch ein paar Räume, die schon voller Menschen waren, bis in unseren Raum. In seiner Trostlosigkeit habe ich dann mit dem Gefühl gesessen, in Sicherheit zu sein, was nicht ganz berechtigt und auch nicht immer einfach war, wenn Abwürfe ganz in der Nähe die Räume erschütterten und wenn die Glühbirne flackerte oder ausging. Ich saß an meine Mutter gelehnt und wusste, dass wir alles getan hatten, was wir tun können, und an die Angst nicht zu denken brauchten. Sie muss diese Ruhe im Bewusstsein von Gefahr auf mich übertragen haben. Mit großer Klarheit erinnere ich mich an einen Augenblick im Bunker, ein Junge in meinem Alter saß uns mit seiner Mutter gegenüber, ich sah, wie aus dieser Mutter die nackte Angst unbezwinglich herausbrach, und dachte, wie mir diese Mutter in ihrer Verzweiflung und dieser Junge leidtaten und wie froh ich war, dass ich meine Mutter hatte und nicht jene.

Im letzten Kriegsjahr mit seinen allnächtlichen Angriffen sind wir mit Kleidern ins Bett gegangen, um schneller zum Losfahren bereit zu sein, wenn die Sirene auf der Fliegerschule heulte, und das Gefühl, im Halbschlaf auf einem Stuhl im Schlafzimmer zu stehen, während meine Mutter mir den Mantel und die Schuhe anzieht, habe ich nie vergessen.

Wie wunderbar der schwarze Himmel über uns ist mit seinen Sternen und seiner Milchstraße, das konnte ich bei unseren nächtlichen Fahrten sehen und zugleich wissen, dass über genau diesen Himmel in wenigen Minuten die Bombenflugzeuge ziehen werden, ein Zwiespalt, der besonders deutlich wurde in den zauberhaften bunten Lichtern zwischen den Sternen, die als »Tannenbäume« dort standen, um zu markieren, wo bombardiert werden sollte. Bei uns standen sie, weil das Borgward-Gelände mit seiner Kriegsindustrie gleich nebenan war. Im Sommer hielt ich, auf dem Gepäckträger sitzend, Ausschau nach Sternschnuppen, die über den Himmel zuckten, und wünschte mir, es sollte zu Ende sein.

Wir wohnten im Osten einer Stadt, in deren Westen fast kein Stein auf dem andern blieb. Und jedes Mal, wenn wir nach der Entwarnung zu unserm Haus zurückkamen, war es noch da. Ich wusste, dass das nicht selbstverständlich war und dass wir wieder Glück gehabt hatten, aber ich wusste nicht, dass es nach einem Angriff oft zehntausend neue Obdachlose gab. Und wie viele Tote, das wusste ich auch nicht.

Wenn ich heute von amerikanischen Präzisionsangriffen in den gegenwärtigen Kriegen lese, muss ich daran denken, dass es diese Luftkriegstheorie im Zweiten Weltkrieg auch schon gab und dass sie genauso wenig funktioniert, vielmehr statt der strategischen Ziele großräumig Wohnviertel getroffen hat.

Im Sommer fuhren wir bei Tagesalarm stadtauswärts in die Felder, die Wiesen oder ins Moor, wo keine Bomben fielen. Wenn man vom Friedhof aus nach Osten fuhr, kam man nach einer Weile links zu der Schule, die später für ein halbes Jahr meine Schule werden sollte, dort bog rechts die Straße nach Mahndorf ab und danach kam schon bald die Autobahn. Sie führte über unsere Heerstraße, deren Name aus den napoleonischen Zeiten stammte, aber aktuell geblieben war, was wir an den riesigen gerundeten Betonklötzen sehen konnten, die neben der Unterführung darauf warteten, als Panzersperren auf die Heerstraße gerollt zu werden, wenn der Feind von dort käme. Als ich fünf war, kam mir das sonderbar wirklichkeitsfremd vor, und nicht nur, weil ich mir nicht vorstellen konnte, wie man etwas so Großes rollen wollte. Aber ich irrte mich, im nächsten Jahr kamen die Engländer wirklich von dort, nur hatte sich niemand die Mühe gemacht, die Panzersperren vor die Unterführung zu rollen. Wir fuhren jedenfalls unter der Autobahn durch, lehnten dann bald das Rad an einen Baum und setzten uns unter die Büsche. Hoch über den Kornfeldern flatterten die Lerchen und schraubten sich mit ihrem Singen immer weiter in die Höhe. Oder wir fuhren noch weiter bis ins Moor, setzten uns an den Grabenrand und schauten den Störchen zu. Im fernen Gehölz rief der Kuckuck. Wo die Gräben sich zu kleinen Tümpeln erweiterten, quakten die Frösche. Das hat sich mir mit all den Wiesenblumen und summenden Insekten und dem ganzen Ausflugszauber eingeprägt, aber auch mit den Tieffliegern, die ganz in die Nähe kamen auf der Suche nach Feinden. Eines Tages sah ich, dass lebendige Menschen in diesen Fliegern saßen. Damit hatte ich nicht gerechnet, und ich dachte mir, dass wir uns eigentlich gar nicht verstecken müssten, weil die Piloten so aus der Nähe doch hätten sehen können, dass wir nicht feindliche Soldaten waren, sondern bloß eine Mutter und ihr Kind.

8. November

Auch in Kriegsjahren besteht der Alltag nicht nur aus Angriffen.

Kaninchen gab es. Nur eine Zeitlang wohnten sie in ein paar übereinandergestapelten Ställen hinten bei den Büschen. Und später hatte meine Mutter einen neuen schwarzen Pelzmantel, dessen wunder-

same Weichheit sich so in meine Erinnerung einge-
nistet hat, dass ich sie noch heute wachrufen kann. In
den Händen und im Gesicht und an den Ohren, wie
sie sich an diese Weichheit schmiegen. Ich kann dann
nicht nur die Weichheit des Fells fühlen, sondern
auch meine Hand in dieser Weichheit. Diesen Pelzmantel trug meine Mutter, als ich ihr zum ersten Mal,
wenn wir zusammen gingen, nicht die Hand gegeben, sondern mich probeweise bei ihr eingehakt
habe, wie es die Erwachsenen tun, wozu ich meinen
Arm sehr in die Höhe heben musste. Einen Zusammenhang zwischen dem Pelzmantel und den Kaninchen konnte ich erst viel später herstellen, als ich
erfahren habe, dass es in jenen Jahren üblich war,
aus Kaninchenfellen durch Färben und Stutzen Seal-
mäntel machen zu lassen.

Dann war da die Maus. Mein Teddybär Klaus saß
im Puppenwagen auf dem Flur, und sie saß auf seinem Kopf, zwischen den Ohren. Meine Mutter holte
mich aus der Stube. Pst!, sagte sie und schob meinen Puppenwagen samt Teddybär und Maus ganz
langsam durch den Flur und den Windfang und die
Haustür ins Freie. Dort schaute die Maus sich vorsichtig um, sprang dann in plötzlicher Entschlossenheit auf die Erde und verschwand, so schnell
sie konnte, zwischen den Steinblöcken, die darauf
warteten, zu Grabsteinen zu werden. Ich war trau-

rig, weil ich sie gern behalten hätte. Die Maus gefiel mir sehr, sie war so klein und hatte kluge Augen, aber ich wusste schon, dass Mäuse nicht ins Haus gehören und dass man von Glück sagen kann, wenn sie uns besuchen.

Und immer gab es Arbeit. Erwachsene arbeiten. Vor allem in der Gärtnerei. Aber auch bei uns. Der große Flur mit seinem steinernen Schachbrettfußboden wurde zuweilen in eine Manufaktur verwandelt, wenn wir mit der Gärtnerfamilie zusammen Rübensirup kochten. Oder wenn die Rapspresse aufgestellt wurde. Das Öl tropfte in eine große Zinkwanne, die nach getaner Arbeit in die gute Stube getragen und vor das Büffet gestellt wurde. An einem Nachmittag wird das gewesen sein, denn es gab Alarm, und als wir vom Bunker zurückkamen, war es noch hell. Es roch verbrannt. Die Zinkwanne, hat meine Mutter erzählt, habe unser Haus gerettet. Eine Brandbombe war durch den Dachboden genau in das Rapsöl gefallen, viel Qualm hatte es gegeben, und die auf ihren Fahrrädern vorbeifahrenden Männer von der Brandwache hatten ihn zum Fenster herausquellen sehen und das Feuer gelöscht, bevor es die Stube entzünden konnte. Nur das Büffet mit seinen Schnitzereien zeigte Brandspuren. Glück gehabt haben wir. Unglaubliches Glück. Immer.

Wenn der Raps ganz ausgepresst war, wurden aus

den Rückständen Rapsbriketts gemacht. Meine Erinnerung an diese Betriebsamkeit ist vage, genauer erinnere ich mich, wie ich dem Steinmetz hinten im Schuppen zugeschaut habe, wenn er seine auf Papier vorgezeichneten Wörter auf die Steine übertragen und dann die Buchstaben herausgemeißelt hat. Auf den Meißel schlug er vorsichtig mit einem Hammer, der mit weichem Leder überzogen war. Oder wie ich im Haus an meinem kleinen Tisch gespielt habe oder draußen auf den Steinblöcken neben dem Wäscheplatz herumgeklettert bin. Spielen war, weil es keine Kinder in der Nachbarschaft gab, etwas, das man allein tut, geduldig und neugierig, aber nicht ohne sich mit der Mutter immer wieder über das zu verständigen, was man gemacht hatte.

Daran fühle ich mich oft erinnert, wenn ich heute in meiner Zimmerecke sitze und schreibe, nur dass ich die mütterliche Aufmerksamkeit jetzt selber leisten muss, was nicht immer gleich gut gelingt.

Dass es keine andern Kinder gab, stimmt nicht ganz. In einer Friedhofsgärtnerei schräg gegenüber wohnten ein Junge und ein Mädchen. Ein paarmal habe ich mit ihnen gespielt, dann nicht mehr, und heute weiß ich, dass die Gründe dafür in der politischen Haltung ihrer Eltern zu suchen sind.

Aber wenn ich die Fotos aus dieser Zeit durchsehe, sieht es aus, als wäre ich ständig mit andern

Kindern beschäftigt gewesen. Zwei Cousinen vom fünften Bruder meiner Mutter, deren Mutter schon von der Tuberkulose gezeichnet war, Cousins vom sechsten Bruder, die Tochter ihrer Freundin. Warum erinnere ich mich nicht daran? Weil wir nur Ereignisse fotografieren, die selten sind?

Jedenfalls habe ich mich nicht gelangweilt. Nur ein einziges Mal. Ich saß auf der Schaukel unter dem Holunder. Holunder stinkt, dachte ich, und er ist voller Ohrwürmer, die ich nicht mochte, weil ich fürchtete, sie würden mir in die Ohren kriechen. Die Sonne schien, die Fenster standen offen, meine Mutter kam mit der Wäsche heraus, und ich habe gefragt: »Was soll ich mal machen?« Es war genau dieser Satz, den ich mir offenbar darum gemerkt habe, weil ich gleichzeitig dachte, dass ich das noch nie erlebt hatte, nicht wissen, was ich machen soll. Ziemlich seltsam ist mir das vorgekommen, und so weit ich weiß, habe ich das seitdem nie wieder erlebt. Meine Mutter hat mir ein paar Vorschläge gemacht, sie haben mir nicht eingeleuchtet, obwohl es lauter Dinge waren, die mir sonst Spaß gemacht hatten. Auch das ist mir als seltsam in Erinnerung geblieben.

Dass vor allem gearbeitet wurde, kann nicht ganz stimmen. Die Fotoalben erzählen das Gegenteil, ein Leben, das aus verwandtschaftlichen Besuchen, reizenden Kindern, lächelnden Erwachsenen, Ausflügen und Maskenbällen zu bestehen schien. Eine Kamera diente dazu, die Höhepunkte des Lebens zu bezeichnen, als würden wir sonst vergessen, dass es sie gab. Krankheit, Krieg und Begräbnisse kommen nicht vor. Aus den Briefen ihres fünften Bruders, die meine Mutter aufbewahrt hat, obwohl sie sich als Kind dagegen aufgelehnt hat, immer mit ihm zusammen Geburtstag haben zu müssen, und dann doch der Grippe von 1918 drei Wochen lang an seiner Seite trotzen musste, weiß ich, wie seine Frau auf den Tod zugegangen ist. Und früher, wenn von Feen die Rede war, habe ich sie mir immer so vorgestellt wie diese Tante. Fotos lügen. Es wurde gearbeitet, und das zeigen sie nicht.

Sie erwecken den Eindruck, unser Leben in den ersten Kriegsjahren hätte aus besonderen Gelegenheiten bestanden, ein ständiges Besuchen und Besuchtwerden. Als wären die Männer gar nicht im Krieg oder ständig mit frisch gereinigten Uniformen auf Urlaub gewesen. Aber nur bis zum Sommer 1942. Von da an gibt es keine Rolleiflex-Fotos mehr, also keinen Urlaub mehr aus dem Feldzug im Osten.

Aber was die Fotos zeigen, ist auch wahr. All diese Ausflüge in den dreißiger Jahren haben stattgefunden. Es gab sie auch in den Kriegsjahren noch, nur in anderer Besetzung und in Zeiten ohne Angriffe, ganz anders als die Fahrten zu zweit, wenn wir bei Alarm aufs Land fuhren, die mir so lebhaft in Erinnerung sind. Am Rand eines Grabens unter den Büschen sitzen. Das stille Ziehen der Wolken. Wollgras wiegt sich im Wind. Lichtnelken und Kuckucksblumen. Radtouren mit der Verwandtschaft führten über Heidewege und die knorrigen Wurzeln der Kiefern. Und als sich im Westen ein Gewitter ankündigte, fuhren wir auf die stille Autobahn, um schneller nach Hause zu kommen. Der Regen begann mit ein paar großen Tropfen und brach dann mit aller Kraft los, ich war vier oder fünf und saß, die Arme um den Bauch meiner Mutter geschlungen, hinter ihr, als die Erwachsenen versuchten, die Schutz verheißende Brücke über die Autobahn zu erreichen, die wir vor uns schon sehen konnten. Das herabströmende Wasser sprang vom Asphalt wieder in die Höhe, und dieser ungeheure Regen wurde, gegen jedes Vorstellungsvermögen, noch stärker, sodass wir die Brücke vor uns nicht mehr sehen konnten. Das Radfahren ging nicht mehr. Wir stiegen ab und drückten uns an die Böschung, die sich neben der Fahrbahn erhob. In all dem strömenden Wasser und Blitzen und Donnern sagte ich: »Lieber möchte ich sterben.« Wo auch immer ich diesen Satz aufgeschnappt haben mochte, es war einer von denen, die später gern als Anekdote erzählt werden. Aber er eignet sich nicht als Beispiel dafür, dass wir uns häufig an die Erlebnisse selber nicht erinnern und das nur glauben, weil sie so oft erzählt worden sind. In diesem Fall erinnere ich mich wirklich und weiß noch, wie sich mein nasser Mund angefühlt hat, als ich ihn sagte, diesen Satz, und wie ich ihn als etwas Erwachsenes sagte, weil ich nicht weinen wollte, aber vielleicht doch geweint habe, was man in dem Platzregen nicht unterscheiden konnte. Und wie das kalte Wasser die Böschung hinunterströmte unter meinem Hosenboden, habe ich auch nicht vergessen.

9. November

Heute ist ein ganz gewöhnlicher Dienstag, der letzte Tag meiner siebten Klavierwoche. Aber was für ein Datum. 1848. 1918 Novemberrevolution, 1923 Hitlers Putsch, 1938 Reichspogromnacht, damals Reichskristallnacht genannt, und schließlich der Mauerfall, der dieses Datum auch denen eingeprägt hat, die bis dahin nichts damit anzufangen wussten.

10. November

In den letzten Kriegsjahren war ich oft bei unseren Nachbarn in der Friedhofsgärtnerei, und ich nehme an, dass ich nicht nur dort war, wenn meine Mutter einen Babysitter brauchte, sondern oft auch, weil sie dort mitgeholfen hat, wenn es viel Arbeit gab, und das ist in einem solchen Betrieb häufig. Vor allem nach den großen Bombenangriffen mit ihren vielen Toten war die Arbeit kaum zu schaffen. Manchmal sind wir zum Abendbrot dageblieben, was mir heute selbstverständlich vorkommt, zu der Zeit aber eine große Ausnahme war. Man aß zu Hause. Ich kann mir diese Ausnahmen nur mit der Arbeit erklären. Abendbrot ist kein bloßes Wort, wir saßen im schönen Esszimmer der Familie, das mit einem großen Schreibtisch und dem schwarzen Telefon auch das Büro war, aßen Brote und tranken sehr dünnen schwarzen Tee dazu.

Nachmittags saß ich bei der strickenden Hausfrau im Wintergarten, sie arbeitete an einer Strickjacke aus grüner Wolle, an einem Ärmel zum Beispiel, und wenn der Ärmel nicht die richtige Form hatte, ribbelte sie ihn wieder auf, wickelte die Wolle auf ein Knäuel und fing von vorne an, und ich konnte nicht begreifen, dass sie die viele Arbeit ganz umsonst gemacht hatte.

Oder ich saß bei Agnes in der Küche, sie war das Hausmädchen und hantierte am Spülstein oder am riesigen eisernen Herd mit seinen Feuerstellen und wechselte mit verblüffender Geschicklichkeit die Ringe, damit Töpfe und Bratpfannen in die Löcher passten. Agnes sang bei der Arbeit und kannte Lieder, die ich noch nie gehört hatte, und heute frage ich mich, ob sie womöglich nur darum gesungen hat, weil ich bei ihr in der Küche war.

Oder ich schaute vorne im Laden zu, wenn die Ladentür geklingelt hatte und Tante Hanne ihr Strickzeug weglegte, um die Kundinnen zu bedienen. Der Laden war eine andere Welt voller Blumen, wo es auch im Sommer kühl war und duftete.

Oder ich ging zu Herrn Sliwinski in die Binderei hinter dem Wohnhaus, wo die Düfte ganz anders waren, moosig und grün roch es nach bitteren Reisern und ein wenig nach kostbaren Blumen. Ich saß auf dem steinernen Bindetisch und sah zu, wie Herr Sliwinski mit seiner dicken Schere Reiser und Blüten zurechtschnitt und andrahtete, Gestecke band und Kränze schmückte. Die fertigen Kränze mit ihren bedruckten Schleifen hingen auf ihren Gestellen, und oft waren nicht genug Gestelle da, um sie alle aufzuhängen. Mit einem Reisigbesen fegte er die Abfälle unter den Tisch, bevor sie in die riesigen Kompostfächer am hinteren Ende der Gärtnerei gebracht wurden. Herr Sliwinski hatte es gern, wenn ich auf seinem Tisch saß, und ich auch. Er habe keine Kinder gehabt, sagte meine Mutter später.

Oder ich ging durch die Verbindungstür ins feuchtwarme Gewächshaus, wo es wieder ganz anders duftete, und heller war es auch. Endlose Reihen von immer gleichen und doch immer anderen eingetopften Pflanzen standen auf den Tischen, zwischen denen zwei Gänge nach hinten führten. Aber ich bin doch meistens bald wieder zu Herrn Sliwinski zurückgegangen. Viel gesprochen haben wir nicht, umso wichtiger waren die wenigen Dinge, die gesagt wurden, und damit meine ich Dinge, an die ich mich nicht erinnern kann. An einen tönernen Menschenkopf aber erinnere ich mich, der Rillen hatte, wo die Haare sein sollten, und Herr Sliwinski erklärte mir, dass man in diese Rillen Grassamen setzen und dann grüne Haare wachsen lassen konnte. Es wurden allerdings keine Grassamen eingesät, und ich dachte mir, das müsse wie so vieles andere am Krieg liegen. Ich versuchte, mir eine Zeit ohne Krieg vorzustellen, mit grünen Haaren auf diesem Kopf.

Er war ein Pole, der in der Krise der zwanziger Jahre mit seiner Frau nach Bremen gekommen war und seitdem in der Gärtnerei gearbeitet hatte. Meine Erinnerungen an ihn sind intensiv und ganz und gar undeutlich, groß und mager schien er mir mit seinen dunklen Haaren. Und weil ich mich kaum erinnern konnte, habe ich ihn vor Jahren für eine Erzählung, in der er eine wichtige Person sein sollte, ganz neu erfunden. Meine Mutter hat die Erzählung gelesen und sich gewundert, wie genau ich mich an ihn zu erinnern vermochte. Seitdem glaube ich, dass Erfinden einen geheimen Zugang zu verschütteten Erinnerungen öffnen kann.

11. November

Eine einzige Reise habe ich mit meiner Mutter gemacht, 1943, als ich vier Jahre alt war, nach Timmendorf an der Ostsee, und dass wir sie gemacht haben, ist unseren Nachbarn, der Gärtnerfamilie, zu verdanken. Es war, wie die meiner Mutter, eine sehr große Familie, nur dass es bei ihnen sechs Schwestern und einen Bruder gab. Drei von diesen Schmalenbruch-Schwestern hatten Friedhofsgärtner geheiratet, und Hertha, die jüngste, war die lebenslange Freundin meiner Mutter. Ihre Tochter Metta war ein halbes Jahr jünger als ich, und darum fuhren wir zusammen an die Ostsee, obwohl meine Mutter das Reisen nicht gewohnt war. Sie kannte nur Ausflüge. Wir wohnten in einem weißen Hotel mit einer Eingangshalle, die mir sehr groß vorkam. Zwei flache Kästen standen in dieser Halle, in die ich schon hineinschauen konnte, große Kästen, mit schwarzem Samt ausgeschlagen, auf dem unter einer Glasbedeckung Schmetterlinge aufgespießt waren. Ich kannte nur die kleinen, vergleichsweise alltäglichen Schmetterlinge von unseren

Wiesen und Mooren, diese waren viel größer und prächtiger, und außerdem hielten sie still, sodass man sie in Ruhe ansehen konnte, jeden Tag.

Und als die große Familie die Ankunft eines halbwüchsigen Neffen erwartete, gingen wir alle zum Bahnhof im Nachbarort, um ihn abzuholen. Durch einen hellen Wald mit sandigem Boden gingen wir, und es war der erste Wald, durch den ich gegangen bin. Er duftete. Und er schien das genaue Gegenteil der Wälder zu sein, die ich aus dem Märchenbuch kannte.

Auch an das Essen zu viert erinnere ich mich, an einem weiß gedeckten Tisch in weißen Räumen. Und ans Meer. Das große graue Wasser, das sich am Ufer langsam bewegte. Kostbare kleine Muscheln lagen am Strand. In der Ferne löste sich das Ufer im Dunst fast auf, aber nicht ganz. Andeutungsweise sah man im Osten eine Landzunge, von der es hieß, sie sei militärisches Sperrgebiet. Mir war unheimlich, dass der Krieg auch an einem solchen Ort zu Hause war, während er doch sonst in diesen zwei Wochen ohne Sirenen und Bombengeschwader in weiter Ferne zu sein schien. Also war der Krieg auch im flachen Uferwasser, in dem wir herumplanschten. Aber das konnten wir vergessen. Wir hatten viel zu tun, Metta und ich, während unsere Mütter im Strandkorb saßen und uns zuschauten, wie wir Muscheln auf kleine

Sandburgen drückten oder mit unseren Förmchen Sandkuchen machten und immer wieder Wasser holten in unseren Gießkannen, um den Kuchenteig zu rühren.

Einmal ging ich Wasser im Meer holen, aber bevor ich es schöpfen konnte, kam ein kleiner Junge, nahm mir die Gießkanne aus der Hand und wollte sie nicht zurückgeben. Ich war entsetzt über das Unrecht, hatte aber keine Ahnung, was man in einem solchen Fall tun muss. Ich versuchte es mit Wörtern, wie ich es gelernt hatte, aber das half nichts. Handgreiflichkeiten kannte ich nicht, aber ich versuchte es und griff nach der Gießkanne, um sie ihm wieder wegzunehmen, ohne Erfolg, weil er sie verteidigte und mich in die Hand biss. Weil ich auch das noch nie erlebt hatte, lief ich vor Empörung weinend zu den Müttern, um ihnen zu zeigen, wie man seine Zähne auf meiner Hand sehen konnte. Die Mütter haben das Problem mit ihrer Autorität gelöst, was tröstlich war, aber auch beunruhigend, weil es meine Hilflosigkeit noch deutlicher machte.

Seit dieser Reise liebe ich Strandkörbe und grusele mich vor Quallen, wie sie das Meer an Land spült. Das Verblüffendste, was ich an diesem Strand gelernt habe, war aber etwas ganz anderes. Es hatte auch mit einem kleinen Jungen zu tun. Er hatte keine Badehose an und pinkelte, ohne sich hinzuhocken, in seine Sandburg. Ich hatte Jungen immer von Mädchen unterscheiden können, aber keine Ahnung, dass es noch einen unter den Kleidern verborgenen Unterschied geben könnte. Ich schaute mir diesen sonderbaren Körperanhang an und fand ihn sehr überflüssig. Er erschien mir mit meinen heutigen Worten als eine nicht nur sonderbare, sondern auch sinnlose Laune der Natur, während ich damals zu mir sagte: Wie unpraktisch! Ohne geht es doch viel einfacher. Von da an wusste ich etwas Wesentliches über das männliche Geschlecht, was mich nicht weiter beschäftigt hat, bis ich eines Tages, mit den Fahrtenschwimmer-Vorbereitungen im Stadionbad beschäftigt, am Beckenrand ausruhte und nach oben schaute, wo ein Mann in einer zu weiten Badehose stand und meine Vorstellung, Männer wären so gebaut wie dieser kleine Junge an der Ostsee, über den Haufen warf. Was ich unfreiwillig in dieser Badehose sah, könnte ich kaum beschreiben, wenn mir nicht einfiele, was Donald Barthelme in einem Text, den ich vor Jahren übersetzt habe, als Dreck um die Wurzeln bezeichnet hat. Gestrüpp wäre vielleicht das passendere Wort. Aber auch dieses monströse Bild konnte ich später korrigieren, weil es mit dem wirklichen Leben zum Glück sehr wenig zu tun hatte.

Als der Krieg endlich zu Ende war, fürchteten die Erwachsenen sich vor Krankheiten. Diphtherie und Scharlach, an denen man zu dieser Zeit sterben konnte, schienen sich auszubreiten, Impfstationen wurden eingerichtet. Es war ein frühsommerlicher Tag, Herthas Familie hatte ein Pferdefuhrwerk besorgt, die große Verwandtschaft saß schon auf den Holzbänken, als sie meine Mutter und mich abholten, wir konnten kaum noch Platz finden. Ein Ausflug, wie ich noch keinen erlebt hatte, mit so vielen gut gelaunten Erwachsenen, und ich wusste nicht, ob ich lachen oder weinen sollte. Beim Impfen werde man mit einer Spritze gepiekt, hieß es, und es täte gar nicht weh. Das konnte ich mir beim besten Willen nicht vorstellen, und ich war sicher, sie sagten das nur, damit Metta und ich keine Angst hätten. Wir hatten also Angst. Ans Impfen erinnere ich mich nicht, wohl aber an den Geruch in diesem Saal, wo Schlangen von halb ausgezogenen Kindern tapfer darauf warteten, dass sie an die Reihe kämen. Und mir schien, es seien die gleichen Amtsräume, in denen ich früher mit Tante Mariechen auf die Ausgabe von Gasmasken gewartet hatte.

Hertha und ihre Familie hatten immer einen wichtigen Platz in unserem Leben. Aber wie die beiden Frauen sich kennengelernt hatten, habe ich erst viel später erfahren. Als Kinder nehmen wir die Beziehungen zwischen unseren Nächsten als gegeben hin, ohne uns zu fragen, woher sie kommen.

Es war 1927, im letzten der guten Jahre zwischen den Katastrophen. Siebzehn Jahre waren die beiden Frauen. Meine Mutter fuhr in ihrem letzten Lehrjahr jeden Morgen mit dem Fahrrad auf der Heerstraße von ihrem Dorf in die Vorstadt zu ihrer Meisterin, immer am Osterholzer Friedhof vorbei. Auf der andern Straßenseite war die Gärtnerei Weber. Dort diente Hertha, die jüngste der sechs Schmalenbruch-Schwestern, ihrer älteren Schwester als Hausmädchen. Ich sage das so, weil sie es selbst mit diesen bitteren Worten beschrieben hat. Und als meine Mutter mir davon erzählt hat, musste ich mein Bild von der in ihrem Wintergarten an einer grünen Jacke strickenden Tante Hanne korrigieren, weil sie nicht nur eine liebe ältere Dame mit einer golden gerahmten Brille und feinen roten Äderchen im Gesicht war, sondern andere durchaus ihre Überlegenheit fühlen lassen konnte.

Hertha lebte dort, seit ihre Mutter gestorben war, und fühlte sich nicht nur ausgebeutet, sondern auch einsam, und wenn sie jeden Morgen diese junge Frau, die meine Mutter werden sollte, vorbeifahren sah, wünschte sie sich, sie kennenzulernen. Die Gärtnerei florierte in den späten zwanziger Jahren, und man beschloss zu bauen. Mein Großvater, Maurer und Baumeister, erhielt den Auftrag. Ich vermute, dass es um einen Umbau des zweistöckigen Klinkerhauses ging mit seinem Laden zur Straße hin oder um die Binderei, ein kleineres Backsteinhaus dahinter, an das sich das Gewächshaus anschloss. Jedenfalls war er es, der der jungen Hertha sagte, dass die Radfahrerin seine Tochter war, und der es dann eingerichtet hat, dass die beiden Mädchen zusammenfanden. Sie waren sehr unterschiedlich in ihren Einstellungen und im Temperament, die beiden Frauen, und doch bis zum Ende verbunden. Die letzten Jahre vor diesem Ende hat meine Mutter in einer Wohnung gelebt, die der von Hertha gegenüberlag im zweiten Stock eines Hauses, das deren Tochter geerbt hatte. Nicht von Hertha, sondern von deren ältester Schwester, die keine Kinder bekommen konnte. Sie war durch die Landverkäufe des Bauern, den sie geheiratet hatte, reich geworden und hatte Herthas Tochter adoptiert. Wenn ich das so beschreibe, kommt es mir überaus fremd vor, weil in meiner Familie die Kinder bei ihren Eltern blieben und ein Reichwerden weder vorkam noch vermisst wurde. Eine Ausnahme war vielleicht der älteste der sechs Brüder, aber dessen »Reichtum« hatte nicht zum Besitz von ganzen Häuserblocks geführt.

13. November

Nach zwei stürmischen Nächten ist die große Birke vor meinem Schreibtischfenster kahl.

Heute ist der Todestag meiner Mutter, seit sechzehn Jahren gehört das immer auch zu diesem Datum, während der 10. Mai, an dem mein Vater gestorben ist, viel früher, mich jedes Mal von Neuem erschrecken lässt. Meine Mutter hatte in ihren fünfziger Jahren zweimal Brustkrebs mit viel Glück überstanden, ihre späteren Jahre waren von Parkinson und einer zerfallenden Wirbelsäule beschwert. Als der Tod kam, war sie ein gutes Vierteljahr krank gewesen, und am Ende konnten wir nicht anders, als mit dem Sterben einverstanden zu sein, einfach darum, weil sie keine Lebensmöglichkeit mehr hatte. Mit sehr wenigen Worten haben wir uns darüber verständigt. Wenn es zu lange dauert, sagte sie, kann man aufhören zu essen. Angesichts des bevorstehenden Todes besinnen sich Menschen auf den Glauben, hört man oft. Sie nicht. Sie hatte den Glauben nie gelernt, auch nicht in der Kirche, die sie in der Konfirmationszeit besucht hatte, denn was der Pastor erzählte, sei ihr immer genau so vorgekommen wie andere Märchen. Und dass sie mich in den Kriegsjahren mit Kindergebeten ins Bett gebracht hat, hat mit dem Weitergeben von Tradition zu tun, nicht mit Religion.

Sie war vierundachtzig. Nach einer sinnlosen Operation war sie eine Weile zu Hause, dann, als die Unruhe zu groß wurde, wieder im Krankenhaus. Wenn der Darm zuerst durchbricht, sagten die Ärzte, wird es schmerzhaft, wenn die Leber vorher aufgibt, kommt ein stilles Ende. Ihr Darm hielt. Heute denke ich, das passte zu ihr, und sie hat es verdient. Sie hatte keine Schmerzen, ihr Körper wurde kälter, und an der Wand sah sie Gespenster. Wilde Hunde sah sie dort rennen, wenn es nicht doch menschliche Horden waren. Kettenfahrzeuge. Sie war in einem freundlichen Krankenhaus mit freundlichen Schwestern, nur die Ärzte wurden immer fremder. Sie hatte Angst, aber nicht vor dem Tod, sondern vor der Vergangenheit. Oder eine vage Angst rief die alten Ängste wach. Ich hielt ihre Hand, und sie sagte: Können wir hier denn reden? Ja, sagte ich, wir können reden. Wir sind sicher. Wir waren nicht im Bunker und nicht unter Denunzianten. Wir konnten nicht wirklich reden, weil sie kaum noch reden konnte, aber darum ging es nicht. Es ging darum, ob wir Angst haben mussten.

In ihren letzten Tagen kam manchmal der Atem ins Stocken, bevor sie dann doch wieder Luft holen konnte. Am dreizehnten, es war ein Sonntag, war ich bei ihr, während ihre Freundin Hertha gesagt hatte, sie käme am Nachmittag, und mein Sohn, der mit mir in Bremen geblieben war, ausnahmsweise erst nach mir ins Krankenhaus kommen wollte. Ich saß an ihrem Bett, die Hand auf ihrer Stirn, und war glücklich, dass sie in der Nacht noch nicht gestorben war. Es ging nicht mehr ums Reden, nur noch ums Atmen. Immer wieder hatte ihr Atem aufgehört und dann doch wieder eingesetzt. Bis der Atemzug kam, nach dem sie aufhörte zu atmen. Ich erinnere mich an Tränen des Einverständnisses. Dann ging ich zum Fenster und öffnete es, als glaubte ich an eine Seele, die den Körper verlässt und einen Ausweg sucht. Dann habe ich lange zu ihr gesprochen, bis eine Schwester hereinkam, um zu fragen, ob wir etwas brauchten. Nein, danke, sagte ich.

Warum haben Sie uns nicht gerufen, sagte die Krankenschwester. Weil es gut war, sagte ich.

Dann kam ihre Jugendfreundin mit meinem Sohn. Ich war glücklich, dass sie gekommen sind, und auch darüber, dass sie nicht früher gekommen sind. Eine Weile sind wir bei ihr geblieben, schweigend, mit unseren drei ganz eigenen Geschichten im Kopf. Still sind wir nach Hause gegangen, in der November-sonne einen langen Weg durch Vorstadtstraßen, auf denen das Laub raschelte.

Danach kommt eine Zeit, in der das Herz wehtut und sehr viel zu tun ist. Eine kleine Abschiedsfeier habe ich vorbereitet. Klaviermusik. Chopins letzte Mazurken. Meine Mutter kannte sie nicht, und weil sie keine Musikvorlieben hatte, habe ich die meinen ausgewählt, weil ich sie mir, wenn ich keine Zeit zum Überlegen hätte, als meine eigene Begräbnismusik wünschen würde, so wie Benedetti Michelangeli sie spielt. Ich hatte nie Zweifel, ob ihr das gefallen hätte. Ihre Freundin Hertha, die diese Musik auch nicht kannte, sagte, sie passe zu ihr.

Dann habe ich versucht, für die materiellen Dinge, die zu ihrem Leben gehört hatten, Menschen zu finden, die sie brauchen konnten, damit ich nicht alles in Müll verwandeln musste. All die Gegenstände mit ihren Geschichten, denen das Leben abhandengekommen war. Wie der kleine Schrank mit den Schubladen, das Gesellenstück ihres Cousins aus den zwanziger Jahren, der dann im Krieg fiel, in einer ausgeklügelten Farbgebung bemalt von ihrem Bruder, der Maler geworden war. Meine Mutter hat ihn neu gestrichen, jetzt steht er in meiner Wohnung, nochmals neu lackiert, aber der ursprüngliche Stilwille mit seinen Pastellfarben spricht immer noch zu mir. Dass ausgerechnet dieser, ihr vierter Bruder, mit dem sie am besten reden konnte, aus dem Zweiten Weltkrieg nicht zurückgekommen ist, erzählt dieses Möbel, solange es jemanden gibt, diese Geschichte zu hören.

Und dann, ihre Wohnung war leergeräumt, der Dezember fortgeschritten, die Kremierung nach einer Wartezeit erfolgt, galt es, die Urne zu begraben. Meine Mutter hatte sich eine anonyme Bestattung gewünscht, und wir haben ihren Wunsch nicht erfüllt. Ihre Freundin sagte mit der Entschiedenheit, die sie sich erkämpft hatte: Sie kommt in unser Familiengrab, und ich war sicher, dass sie nichts dagegen gehabt hätte. Es war ein Tag mit norddeutschem Dezemberwetter, als die Zeremonie stattfand, ich ging hinter dem Friedhofsangestellten her, der die Urne respektvoll in seinen Händen hielt, und mir schien, es könnte nichts Besseres geben, als in diesem Augenblick allein hinter ihm herzugehen, nachdem meine Mutter und ich so vieles ebenso zu zweit durchgestanden hatten. Dritte hätten diese Wahrheit nur verfälscht. Im Schmalenbruch'schen Grab war ein Loch, in das der Mann die Urne senkte. Eine Weile schauten wir hinunter. Dann legte ich noch einen Stein hinein, den ich seit langem in meiner Manteltasche mit mir herumgetragen hatte. Nasskalter Wind hat uns begleitet auf dem Rückweg.

14. November

Sehr liebevoll hat meine Mutter von ihren Eltern gesprochen, besonders von ihrer Mutter, Metta hieß sie, die so viel gearbeitet hat und so warmherzig war.

Die Familie wohnte im Erdgeschoss des Hauses, das der Vater gebaut hatte. Das Dachgeschoss war vermietet.

Als alle Kinder aus dem Haus waren, zogen die Eltern ins obere Stockwerk, und der älteste Sohn, auf dem Weg, Direktor der Bremer Silberwarenfabrik zu werden, richtete sich mit seiner Familie unten ein. Zwei Söhne hatte er, die im Zweiten Weltkrieg eingezogen wurden. Nur einer ist zurückgekommen.

Wenn wir die Großeltern besuchten, musste man klingeln, die Haustür aufmachen und stand dann am Fuß einer dunklen, steilen Treppe, an deren oberem Ende sich die Tür öffnete und Licht herunterfallen ließ. Im Gegenlicht stand meine Großmutter und rief: Ja, wer kommt denn da? Wer kommt denn da? Ich, sagte ich, und natürlich wusste ich, dass sie es wusste. Und wenn sie es nicht gewusst hätte, hätte sie mich sehen können im Licht. Und wenn wir endlich oben waren, nahm sie mich in den Arm und drückte mich. Außer diesen Augenblicken ist mir von ihr nichts in Erinnerung geblieben, weil sie gestorben ist, als ich vier Jahre alt war.

Sie hätte nicht sterben müssen, sagte meine Mutter später. Noch keine siebzig Jahre alt. Sie war mit der Schiebkarre und einem Sack Mehl von der Mühle zurückgekommen und musste sich mitten am Tag hinlegen. »Oh, min Been«, sagte sie. Es dauerte sehr lange, bis man einen Arzt rufen konnte, im Dorf gab es keinen, und noch länger, bis er kam, und da war es für ihr Herz schon zu spät. Der Großvater hat noch ein paar Jahre gelebt und sah nie wirklich alt aus mit seinen dunklen Haaren.

Acht Kinder erziehen, sagte ich, wie hat sie das geschafft? Meine Erfahrung war, dass schon zwei einen ziemlich auf Trab halten können. Meine Mutter lachte. Erziehen war nicht das Problem, sagte sie. Das machen die Geschwister.

Das Elternhaus stand am Osterholzer Möhlendamm in einem Dorf, das sich an einigen wenigen Straßen entlangzog, hinter denen die größeren und kleineren Bauernhöfe sich ausbreiteten mit ihren Fachwerkhäusern, Äckern, Weiden, Wiesen und Baumgruppen. Aber die Familie meiner Mutter stammte nicht von Bauern ab. Die Vorfahren waren Taglöhner, das heißt, Männer und Frauen haben den Bauern beim Pflanzen und bei der Ernte geholfen, beim Heuen, Mähen und Dreschen, und wenn die Männer außer Haus berufstätig waren, halfen nur die Frauen. Im Übrigen lebte man von der Selbstversorgung mit einem kleinen Stück Land und Kleinvieh, Ziegen, Schweinen und Hühnern, später auch Kaninchen, Gänsen und Enten. Hunde und Katzen waren wichtig, zum Aufpassen und Mäusefangen, und wo Brennholz oder Bauholz gestapelt wurde, gab es auch Ratten, den Iltis und den Marder. Man wohnte in Katen, die Bohren genannt wurden, ein Name, der mir bis heute rätselhaft geblieben ist. Jedenfalls erinnerte sich meine Mutter lebhaft an die Bohre, in der ihre Oma gewohnt hat, die väterliche. Ein niedriges Haus war das, mit Lehmdiele, geradeaus die Stube mit einem Alkoven, außerdem eine Kellerkammer und darunter der Keller. Ein Ziegenstall war unter dem gleichen Dach, aber mit einem eigenen Ausgang, der Schweinestall angebaut. Den Opa hat sie nicht gekannt, er war Hilfsgärtner auf dem Riensberger Friedhof gewesen, wo wir nun ihre Urne versenkt haben, und ist früh an einer Lungenentzündung gestorben. Die Oma blieb mit sechs Kindern allein und hat die Schule geputzt. Die Schule, in der ich mein erstes halbes Schuljahr erlebt habe.

Auf ihrer mütterlichen Seite war es die Oma, die früh starb, 1888 in ihren Dreißigern an der galoppierenden Schwindsucht, und das heißt, meine Großmutter kam mit vierzehn Jahren als Kleinmagd zum Bauern Lampe, während ihre kleine Schwester noch lange zur Schule ging. Zwischen den beiden Mädchen gab es einen Bruder, der später im Ersten Weltkrieg fiel. Als sie einundzwanzig war, heiratete die Großmutter, ihr Mann war zwei Jahre älter.

Das Paar, meine Großeltern, hatte nicht nur die acht Kinder, die ich kenne, nach 1912 kamen noch

Zwillinge und ein weiteres Kind, die sehr früh gestorben sind. Der Vater musste in den Ersten Weltkrieg, die beiden ältesten Söhne auch, und die Sorgen der Familie zu Hause waren groß. Meine Mutter war vier Jahre alt, als der Krieg begann, und hatte viele Erinnerungen an diese Sorgen. Das Lebensnotwendigste baute man auf dem Acker hinter dem Haus an, und bei allem, was darüber hinausging, herrschte Not. Während des Krieges waren nur vier Kinder zu Hause, der dritte Bruder war in der Lehre und der vierte zuerst ein Jahr beim Bauern, weil es dort zu essen gab, und dann auch in der Lehre. Am Anfang des Krieges kamen die Siegesmeldungen, die Glocken im Altenheimpark läuteten, und die Kinder liefen dorthin, wo auf dem Anschlagbrett beim Eingang die Neuigkeiten standen. Die Brüder lasen sie vor. Der Krieg kam nicht bis zu ihnen in Gestalt von Bombenangriffen, er war in der Ferne, aber von Jahr zu Jahr nahm die Angst zu, dass die Männer aus dieser Ferne nicht zurückkommen würden. Oft sei sie, hat meine Mutter erzählt, dann wieder mit den Brüdern zum Altenheim gegangen, wo die Gefallenenlisten angeschlagen wurden, um zu sehen, ob der Vater oder ein Bruder dabei waren, und habe bei dieser Gelegenheit lesen gelernt. Groß war das Glück, als wie durch ein Wunder alle zurückkehrten.

Später, im Zweiten Weltkrieg, wurden alle Söhne

eingezogen und deren Söhne auch, und es sind nicht alle zurückgekommen.

Der erste Krieg war zu Ende, aber die Grippe war da. Meine Mutter lag mit ihrem zweitjüngsten Bruder im Bett, drei Wochen lang kam der Arzt und wusste nicht, ob sie leben oder sterben würden. Dann kam der Tag, als er eine Tafel Schokolade aus seiner Tasche zog, weil sie ins Leben zurückkehren konnten. Eine ganze Schokoladentafel. Und ich denke an die Feinheit der Fäden, welche in alten Zeiten die Parzen in ihren Händen hielten und abschneiden oder nicht abschneiden konnten. Und dass ich das denken und Klavier spielen lernen kann, verdanke ich der Tatsache, dass sie nicht abgeschnitten haben.

Die Jahre nach dem Krieg waren unfriedlich und schwierig bis zu den hektischen Kalamitäten der Inflation.

Aber nicht nur. Außer dass es viel Arbeit gab, an der die Kinder nach Kräften beteiligt waren, hatte meine Mutter auch vergnügliche Erinnerungen. An ihren großen Lieblingsbruder, der die beiden Mädchen auf die Schiebkarre nahm, wenn er aufs Land musste, ans Abtrocknen, wenn der jüngste Bruder abgewaschen hat, an die Kästen, die alle Kinder in einem Schrank hatten, um ihre Schätze aufzubewahren, und die niemand anrühren durfte, an die menschenähnliche Ziege, die die Schwestern in den

Puppenwagen gesteckt haben, an die Spielzeuge, die sie aus dem gebastelt haben, was draußen wuchs, aus den Strünken vom Grünkohl Puppen für die Puppenstube, woran sich auch die jüngsten Brüder beteiligten, obwohl sie sonst eher mit Bleisoldaten kämpften und aus Pappe eine Burg besaßen mit Treppen und Ziehbrücke. Dann gab es die Erinnerung ans Spielen im Altenheimpark und wie sie sich dort mit einer alten Frau angefreundet hat, die aus England stammte, von ihr englische Wörter gelernt und ihr ledernes Nähkästchen mit silbernen Beschlägen und rotem Seidenfutter bewundert hat, das die wunderbarsten Dinge enthielt, einen langen Fadenzieher aus Horn, einen Pfriem und zauberhafte Knöpfe.

Und noch eine Erinnerung verband sie mit diesem Park, in den sie auch mit ihrem Opa gegangen war. Der Vater ihrer Mutter lebte im Sommer bei ihnen, im Winter bei seiner jüngeren Tochter. In jungen Jahren war er Arbeiter in der Silberwarenfabrik gewesen, in der auch der älteste Bruder meiner Mutter als Lehrling angefangen hatte. Inzwischen war auch des Opas zweite Frau gestorben, und er fühlte sich alt und nutzlos. Wenn er in den Park ging, wurden ihm meine Mutter und ihre Schwester mitgegeben, damit er auf die Kleinen aufpasste, während in Wahrheit sie auf ihn aufpassen mussten. Er saß dann schweigsam auf einer Bank und malte mit seinem Handstock Halbkreise in den Sand. Aber nicht jedes Mal waren die Kinder dabei, wenn er spazieren ging. Manchmal ging er so aus dem Haus, dass es niemand merkte. Und eines Abends kam er nicht zurück. Er musste gesucht werden. Es war Krieg, die Männer nicht da, darum nahm der Mann, der in der oberen Wohnung lebte, die Suche in die Hand. Es war dunkel, die Suche schwierig, aber schließlich wurde der Großvater an der Weser gefunden, dort, wo er früher gewohnt hatte, angespült in der Nähe des Wehrs.

Auf dieses Wehr fiel später mein Blick, als ich das Schwimmen gelernt habe.

In dem Haus, das mein Großvater eigenhändig gebaut hatte, kam man erst in die Diele, von der rechts die Stube und links die Kammer abging, und geradeaus war mit weiteren Zimmern an der Seite die Küche, hinter der wiederum die Waschküche mit dem Waschkessel, der Kupferpumpe, der Holzmangel und dem Kasten mit seinen Fächern für die Schultornister. Der hölzerne Wäschetrog hing an der Wand und wurde sonnabends zum Baden in die Küche geholt, das Wasser auf dem Herd heiß gemacht und nachher im Eimer nach draußen getragen.

Hinter der Waschküche gab es noch den Stall für das Schwein und eine Räucherkammer für Würste und Schinken. Und als dann dort eine Ecke abgeteilt wurde für ein Bad, aus dem man das Wasser einfach ablaufen lassen konnte in den Graben, der hinter dem Grundstück durchfloss, war das eine große Erleichterung, obwohl man es trotzdem noch mit Eimern von der Pumpe in den Kessel und von dort in die Wanne schöpfen musste. Und eine neue Waschmaschine gab es dann auch, mit einem Schwengel, der von einer Person bewegt werden konnte, während vorher zwei Personen die Griffe auf dem Deckbrett hin- und herbewegen mussten, um die Holzwülste im Innern in Gang zu setzen. Die Moderne setzte ein und wurde mit Freude begrüßt, auch als Sil zum Nachkochen auf den Markt kam, mit dem sich die Seife leichter entfernen ließ.

Als die Kinder noch klein waren, war jeden Montag Waschtag. Das Aufhängen der Wäsche besorgten die Mädchen, sobald sie groß genug waren, und im Winter musste man sie, wenn sie noch nicht trocken war, für die Nacht hereinholen, weil viel gestohlen wurde, und die Mädchen amüsierten sich, indem sie des Vaters gefrorene Unterhosen mit beiden Händen aufrecht ins Haus trugen.

Gefragt, was ihr Freude gemacht habe, sagte meine Mutter: Am Waschbrett die Strümpfe rubbeln, wozu sie anfangs noch auf einer Fußbank stehen musste, um an den Trog heranzukommen. Und Gartenarbeit. Und beim Schlachten helfen.

Das alljährliche Schlachten fand auch in der Waschküche statt. Ob ihr der Abschied vom Schwein nicht schwergefallen sei, habe ich gefragt, nachdem man es so lange gefüttert hatte. Nein, sagte sie zu meiner Überraschung. Ein Schwein war nicht wie andere Tiere, man habe es von klein an als Nahrung angesehen, als bittere Notwendigkeit fürs Überleben.

Gestochen wurde das Schwein am Tag vorher, draußen, und, nachdem die Großmutter das Blut aufgefangen und gerührt hatte, in einen langen Trog gelegt, mit heißem Wasser überbrüht, und wenn es sauber abgeschabt war, auf eine Leiter hochgezogen. Dabei mussten zwei Brüder dem Schlachter helfen. Ich habe ein Foto vor mir, auf dem die drei Männer neben dem an seinen Hinterfüßen hängenden Schwein stehen. Das einzige Bild vom Alltag, dachte ich, aber das ist ein Missverständnis. Der Schlachttag war einer von den großen Tagen. Der Schlachter hat seine Rechte mit dem Messer schon angesetzt, um im nächsten Augenblick den Bauch aufzuschneiden. Dann wird der Inhalt herausgenommen und unter Verwendung von großen Wassermengen aus der Pumpe im Trog ausgespült.

Die ganz große Arbeit kam am nächsten Tag. Ich habe mich oft gewundert, dass meine Mutter an dieser Arbeit so große Freude hatte. Man brauchte viel Kraft. Vielleicht war das der Grund. Um drei Uhr musste sie aufstehen, während ihre Schwester im Bett blieb. Dann kam der Schlachter, ein sehniger, gutmütiger Mann, der im Sommer als Maurer arbeitete. Weiße Jacke, blaue Schürze mit weißen Streifen, breiter Ledergürtel mit einem Köcher an der Seite, in dem seine Messer steckten. Zerteilt wurde das Schwein in der Waschküche, wo es nicht kalt war wie im Schlachterladen, in dem rohes Fleisch hängt, sondern im Gegenteil warm wie beim Kochen, weil der Waschkessel angefeuert war. Meine Mutter, ihre Mutter und der Schlachter, der sagte, was zu tun war. Speck durchrühren, Zwiebeln schneiden für die Leberwurst, Grütze kochen und rühren fürs Knipp. Es war eine konzentrierte Arbeit, Flomen zu Schmalz auslassen, Mettwursthüllen nähen aus der zugeschnittenen Blase, Stoffhüllen bereitmachen, Schinken und Speckseiten in Salz legen, Würste einfüllen, Würste kochen. In den Pausen goss der Schlachter seinen Kaffee von der Tasse in die Untertasse, um aus dieser zu trinken. Aus Fleisch und Speck Sülze kochen und in den Magen füllen, Schinken in weiße Stoffbeutel füllen wegen der Fliegen. Und die Gerüche?, habe ich gefragt, weil ich die Luft in einer Schlachterei schlecht vertrage. Das Rohe geht schnell vorüber, sagte sie, dann riecht es wie beim Kochen. Die fertigen Portionen werden in Gläsern eingemacht und zum größeren Teil in der niedrigen Räucherkammer in mehreren Schichten übereinander geräuchert. Mehrere Wochen lang musste man täglich nachsehen, ob alles in Ordnung war. Und wenn der Kuckuck ruft, darf man den Schinken anschneiden.

15. November

Gestern war ich im Theater. Unter den Papierlosen und Immigranten, die ihre Geschichten gespielt haben, war auch ein Akkordeonspieler. Er unterhielt sich lange vor seinem Auftritt am Bühnenrand mit andern, indem er sein Instrument sprechen ließ, leise und ausdrucksvoll. Sein eigentlicher Auftritt mit einem Sänger war von derselben Art, und ich wusste auf einmal, warum ich früher Akkordeon spielen lernen wollte.

Schriftsteller-Kolleginnen haben einen politischen Abend vorbereitet über das, was uns zur Zeit bewegt. Ausschaffungs-Initiative heißt es, und dabei geht es darum, dass Nichtschweizer, wenn sie gegen Gesetze verstoßen, also kriminell werden, nicht nur wie jeder andere gerichtlich verurteilt, sondern dann über die bereits geltenden Gesetze hinaus sogleich und ohne Beachtung der Umstände in das Land expediert werden, dessen Pass sie besitzen oder besitzen sollten. Dass sie dort möglicherweise niemanden kennen, weil sie hier aufgewachsen oder gar geboren sind, oder dass sie aufgrund der politischen Natur dieses Landes dort Repressalien zu befürchten haben, darf keine Rolle spielen. Und was heißt »kriminell werden«? Die Vorstellungen, die hinter einem solchen Vorschlag stecken, erscheinen mir teils falsch und teils verwerflich, darum wünsche ich mir nichts mehr, als dem ein klares Nein entgegenzusetzen. Und fürchte, dass es nichts nützen wird, weil gegen die vereinfachende Stimme des Volkes wohl auch diesmal nicht anzukommen sein wird.

Demokratischer als bei uns kann es kaum zugehen. Man darf sagen, was man denkt. Man darf abstimmen. Auf dem Stimmzettel ist das einfach, aber wie schwer es sein kann, bei einer Gemeindeversammlung die Hand dann zu heben, wenn die andern es nicht tun, habe ich erlebt. Ich war überrascht angesichts meiner Ängstlichkeit, denn ich hatte nichts zu befürchten. Wie aber jemand, der von einem Arbeitgeber oder wegen der Familie von der Stimmung im Dorf abhängig ist, öffentlich zu einer abweichenden Meinung stehen kann, erscheint mir schwierig. Dass eine abweichende Meinung katastrophale Folgen haben kann, dafür gibt es auch in der direktesten Demokratie aus der Zeit des Kalten Kriegs Beispiele.

Können wir hier denn reden? Das hatte meine Mutter ein paar Tage vor ihrem Tod gefragt. Und dann, soweit sie es noch konnte, von den wilden Hunden gesprochen, die vor ihr auf der weißen Wand hinter den Menschen herhetzten. Es ist jetzt gut, sagte ich. Wir sind sicher.

16. November

Die lähmende Atmosphäre in einer Diktatur kann ein Kind nur ungenau begreifen, aber dass man Menschen, die man nicht gut kennt, höflich grüßt und dann schweigt, lernt es schnell. Und auch wenn es ungenau begreift, begreift es gründlich.

Später habe ich mich oft gefragt, warum die gar nicht so wenigen Menschen, die gegen diese Diktatur waren, sich ihre Ohnmacht haben gefallen lassen. Irgendwann habe ich begriffen, dass es dafür zwei Gründe gab. Zum einen waren alle Organisationen, in denen sich ein Widerstand hätte sammeln können, innerhalb weniger Monate nach der Machtergreifung zerschlagen, und zum andern war da die Angst. Menschen wurden abgeholt. Meine Mutter hat erzählt, wie es sich herumgesprochen hat, wenn ein Mann in der Nachbarschaft abgeholt worden war, und dass diese Männer entweder nie zurückkamen oder, wenn sie zurückkamen, kein Wort sagten über das, was sie erlebt hatten. Davon und von all den andern Verbrechen, die begangen wurden, wusste ich nichts. Meine Mutter schon, obwohl sie nichts Genaues wusste. Wer wollte, konnte sich das zusammenreimen. Genau genug. Denen ist alles zuzutrauen, hat sie gesagt, und das konnte man von Anfang an wissen.

Dass in Schrebergartenlauben Flugblätter hergestellt wurden, die nichts zu ändern vermochten, wusste sie natürlich auch. Und sie war immer sehr stolz darauf, dass Hitler keinen Führerbesuch in Bremen machen wollte, weil man ihm nicht genug Jubler garantieren konnte. Besuche für Schiffstaufen in der Vulkan-Werft hatte es gegeben, und ob die Legende stimmt, er sei dort mit Schrauben beworfen worden, kann ich nicht beurteilen, sicher scheint aber, dass die Werftarbeiter sich beim Absingen der einschlägigen Hymne weggedreht haben. Im Juli 1939 wurde die Stadt dann doch zwei Wochen lang für einen solchen Besuch geschmückt, der dann aber aus außenpolitischen Gründen abgesagt wurde.

Es gab nicht nur die Bedrohungen, sondern auch sanfteren Druck. In den Kriegsjahren, hat sie erzählt, klingelten immer wieder Frauen von der NS-Frauenschaft, um sie davon zu überzeugen, endlich diesem Verein beizutreten und sich nützlich zu machen. Höflich erklärte sie jedes Mal, dass sie leider keine Zeit dafür habe, weil sie ein kleines Kind versorgen und außerdem in der Friedhofsgärtnerei aushelfen müsse, und mich freut es heute noch, dass ich so nützlich war, ihr als Ausrede zu dienen. Dass es lebensbedrohend sein kann, zu seiner Meinung zu stehen, können wir uns zum Glück heute kaum noch vorstellen. Das ist ein Allgemeinplatz, aber ich bin in meinem Leben immer wieder glücklich gewesen, dass ich nie in eine solche Lage gekommen bin.

Die eigene Meinung war dem Umgang mit den Nächsten vorbehalten, und das hieß vor allem mit der eigenen Familie. Der mütterlichen. Bei der väterlichen Familie war dagegen Vorsicht geboten. Offener war der Umgang mit der großen Familie, zu der ihre Freundin gehörte, darunter auch Linke, während die uns benachbarten Friedhofsgärtner, wie meine Mutter später erzählt hat, politisch eher deutschnational dachten, aber was vor allem zählte, war, dass sie gegen die Nazis waren. Diese Familie war auch überzeugt, dass in ihrem Wahlkreis die Stimmen gefälscht wurden, weil sie allein schon die ihren in den Wahlergebnissen nicht wiedergefunden hat.

Politisches Einvernehmen gab es außer mit den eigenen Verwandten auch mit einer Familie, die in den letzten Kriegsjahren zu uns gestoßen ist. Sie wohnten im ersten Stock eines Hauses, an dem wir auf unserem Weg zum Bunker vorbeikamen, und waren gewissermaßen eine Ausnahmefamilie, weil der Mann, noch keine vierzig, nicht im Krieg war. Der Grund ist nicht darin zu suchen, dass er ein Nazi gewesen wäre, ganz im Gegenteil, er war Gewerkschaftler und ist es nach dem Krieg wieder gewesen. Aber er hatte einen kriegswichtigen Beruf, er war Dreher bei Borgward, wo es in jenen Jahren weniger um Autos als um Kriegsmaterial ging. Ich habe immer gemeint, ich wäre nur ein Mal bei dieser Familie gewesen, das sich mir dadurch eingeprägt hat, dass ihr um einiges älterer Sohn eine elektrische Eisenbahn besaß, und ich durfte nicht nur zuschauen, sondern auch mitspielen. Eine phantastische Welt, wie ich sie noch nie gesehen hatte.

Aber die Fotos von 1943 zeigen, dass meine Erinnerung unvollständig ist. Sie hatten auch eine Tochter in meinem Alter, und wir haben gemeinsame Ausflüge gemacht, mit dem Fahrrad, manchmal sieht man die Räder, wie sie an einem Gebüsch lehnen. Umgeben von Gras, im Hintergrund ein Knick, genießen wir auf einer Wolldecke den schönen Tag. Die Frau, ziemlich rundlich, was in diesen Jahren ungewöhnlich ist, sitzt mit ihrem hellen stoffreichen Sommerkleid hinten und schaut in die Ferne, während wir Mädchen und der Mann in Badekleidern vorne auf dem Bauch liegen und in die Kamera schauen. Meine Mutter hat also fotografiert. Wenn er fotografiert, sitzen wir Kinder und meine Mutter im Vordergrund, und so, wie sie hier ins Gegenlicht lacht, ist sie auf keinem andern Bild zu sehen. Es gibt noch zwei Fotos mit einer etwas anderen Landschaft und einer anderen Wolldecke, auf denen die Frau und das andere Mädchen nicht zu sehen sind. Sie sind nicht datiert, aber weil meine Zöpfe eine Spanne länger sind als auf Bildern von 1943, müssen sie aus dem Sommer 1944 stammen.

Meine Mutter war vierunddreißig und er vier Jahre älter. Dass zwischen ihnen etwas entstand, das über Freundschaft hinausging, habe ich erst gemerkt, als wir in unser neues Zimmer zogen und er an den Feierabenden zu uns gehörte.

Jetzt war das Zusammenreimen an mir.

17. November

Das Zusammenreimen klingt einfacher, als es ist. Heute würde ich sagen: Zwei verheiratete Menschen finden ihre erste Liebe. Aber mein Gedächtnis sagt mir nichts darüber, ob ich schon in diesen letzten Kriegsjahren etwas von dem Konflikt bemerkt habe, in den meine Mutter geraten ist. Ich glaube nicht, weil ich inzwischen weiß, wie wenig Kinder von den Erwachsenen wahrnehmen können, obwohl ich zugleich weiß, wie wenig Kinder sich täuschen lassen.

Ich nehme aber an, dass ich in dem Augenblick, als ich bei der Regentonne von Renate hörte, dass wir jetzt dableiben würden, in Sekundenschnelle versucht habe, alles Bisherige zu verstehen und einen Sinn darin zu finden. Dass ich ihn gefunden habe, beweist mir mein Erschrecken, als ich ein paar Wochen später meinem Vater gegenüber etwas über dieses Leben zu dritt gesagt und im gleichen Augenblick gewünscht habe, ich könnte es ungesagt machen, weil ich begriff, dass ihm das wehtun musste.

Eine Scheidung fand damals nach drei Jahren statt. Mehr weiß ich darüber nicht. 1948 war ich in der dritten Klasse, meine Mutter habe ich in Erinnerung, wie sie sich auf die Meisterprüfung vorbereitete. Von der Scheidung hat sie nichts erzählt. Ich habe sie auch später nicht gefragt, weil ich immer dachte, ich hätte alles Wesentliche begriffen. Heute habe ich viele Fragen, die ich als Kind längst beantwortet glaubte. Vielleicht hat die Scheidung auch erst 1949 stattgefunden, weil wir 1946 ausgezogen sind, als mein zweites Schuljahr anfing. Meine Mutter hat einiges aufbewahrt, sogar unsere letzten Lebensmittelmarken aus dem Jahre 1950, und dass über die Scheidung nichts dabei ist, kann nur bedeuten, dass es zu schmerzlich war.

Fragen habe ich umso mehr, seit ich von der zweiten Frau meines Vaters weiß, dass er um das Sorgerecht für mich gekämpft hat. Meine Mutter war schon tot, als ich das erfahren habe und gern mit ihr über diese Zeit gesprochen hätte. Aber dass ich glücklich war, bei ihr aufzuwachsen, brauchte ich ihr nicht zu sagen.

Meine Eltern haben nie wieder ein Wort miteinander gesprochen. Und dass meine Mutter über die schmerzhafte Scheidung nicht gesprochen hat, als ich ein Kind war, leuchtet mir ein. Ich bin dankbar dafür, weil es bedeutet, dass ich mehr Geborgenheit erleben konnte, als in Wirklichkeit vorhanden war. Als ich älter war, wurde mir ihr Schmerz sehr bewusst, und ich habe nicht nur darum nicht danach gefragt, weil ich dachte, ich hätte genug verstanden, sondern auch, um sie zu schonen und die hässlichen Erinnerungen nicht wieder heraufzubeschwören. Heute scheint mir aber, dass das ein Fehler war. Ich bin sicher, dass sie diese Schonung gar nicht gebraucht hat und vielleicht froh gewesen wäre zu erzählen, wie es ihr in dieser schlimmen Zeit voller Schuldgefühle und harter Auseinandersetzungen gegangen ist.

Tagelang hat es geregnet, hier bei uns, während sich die Berge gut sichtbar mit Schnee bedeckt haben. Dass das Wetter nicht wie früher ist, wie es ist, sondern eine vertikale Dimension hat, überrascht mich immer wieder. Früher konnte es in Bremen regnen und in Hamburg nicht, aber dass sich die Temperaturen grundsätzlich unterschieden hätten, war im Flachland undenkbar. Auf- und absteigende Schneefallgrenzen wären uns exotisch vorgekommen.

Mit den Regentagen hat das Rascheln der Blätter auf der Treppe aufgehört. In diesem Rascheln verstecken sich viele Erinnerungen, die Entdeckung des Übermuts und das Einverständnis mit dem Tod. Das gemeinsame Nachhausegehen aus dem Sterbezimmer. Gestern habe ich den kleinen Rechen geholt und fünf Körbe mit zusammengepresstem Laub unter die Büsche geschüttet in der Hoffnung, dass es Tiere gibt, denen das im Winter Freude macht.

Vom Klavierspielen sollte mein Tagebuch handeln, das habe ich nicht vergessen, aber es gibt nichts Neues. Jeden Tag übe ich, die neuen Bewegungen mit schwarzen Tasten, als Vorbereitung für den nächsten Abschnitt, G-Dur. Immer noch, seit mehr als einer Woche. Aber es fehlt das energische Vorwärtsstreben wie in den ersten Wochen, vielleicht darum, weil mich der Rest des Lebens sehr beschäftigt hat.

Und darum, weil es in der Natur dieses Lernens liegt, sehr viel Zeit zu brauchen, und das ungeduldige Vorauseilen, wie ich es mir manchmal leiste, mit Lernen nichts zu tun hat. Ich muss auf die Wirkung des Wiederholens setzen. Manchmal spiele ich die früheren Seiten wieder durch und genieße es, wie die Schwierigkeiten, die ich damit hatte, geringer geworden sind.

Wenn ich so vor meinem Lehrbuch am Keyboard sitze, denke ich oft an Großvaters Klavier und an die Noten, mit denen ich nichts anzufangen wusste. Dann denke ich auch an sein Leben mit meiner Großmutter, die er nicht um die Milch für den Kaffee gebeten hat und mit der er nicht sprechen konnte, als sie noch ein junges Ehepaar waren.

Was mag er gedacht haben, als seine geliebte Schwiegertochter seinen Sohn verlassen hat? Ich habe versäumt, meine Mutter zu fragen, ob sie mit ihm darüber gesprochen hat, weil ich erst jetzt darüber nachdenke, und jetzt ist es zu spät. Hat er wissen oder ahnen können, dass meine Mutter in ihrer Ehe nicht finden konnte, was für sie lebenswichtig war?

Mir scheint, dass kaum jemand so wie er ein Gefühl für diesen Konflikt hätte haben müssen. Andererseits hatte er aus seinem eigenen Konflikt die Konsequenz gezogen, nichts zu unternehmen und sich zu verschließen. Und es ist nicht sicher, ob das in einem Menschen das Verständnis fördert für andere, die das tun, was er gern hatte tun wollen. Anders seine vier Kinder. Alle haben Scheidungen erlebt, außer der älteren Tochter, deren Mann fiel, als die Ehe schon zerrüttet war.

Erst heute frage ich mich, ob ich etwas daraus folgern darf, dass dieser Mann, der sich so verschlossen hatte, mich in seinen Hühnerhof mitgenommen hat und in die Hühnerausstellungen und in seine in den Ferientagen verwaiste Schulstube. Auch dann war er nicht redselig, strahlte aber Zufriedenheit aus.

Obwohl ich nie genau wusste, ob es ihm Freude machte, wenn er mit mir in seine Schule ging, bin ich heute sicher, dass es so war. Dass wir in eine andere Welt eintraten, war unübersehbar, wenn wir erst die gewöhnliche Tür aufmachen mussten, um in eine winzige finstere Schleuse zu gelangen, von der aus die Treppe in den Vorratskeller führte und eine verschlossene dick gepolsterte Tür, wie es sie nur hier gab, ins Klassenzimmer mit seinen großen Fenstern zur Linken und den hölzernen Bänken mit ihren rätselhaften und zugleich deutlichen Spuren generationenlangen Gebrauchs und Missbrauchs. Was mochten das für Kinder sein, die so in Bänken herumschnitzen und kritzeln, als wären sie ihr Eigentum und nicht auch noch für viele andere da, die nach ihnen kommen? Vielleicht verlockte sie gerade das? Es lag immer etwas Abgestorbenes, fast Dämmriges in der Luft, obwohl von Norden viel Licht hereinkam. Dass hier Kinder saßen und mein Großvater Unterricht gab, vorne beim Pult stand, saß oder herumging und die Fähigkeit besaß, an der Wandtafel zu schreiben auf eine Art, die allen anderen überlegen war, wie ich es von meinen Lehrern kannte, das und noch mehr versuchte ich mir vorzustellen, kam aber über den bloßen Gedanken nicht hinaus. Besonders unlösbar schien mir die Frage, ob die Kinder ihn fürchteten, weil man vor Lehrern immer auch Angst hatte, während ich mir nicht vorzustellen vermochte, heute noch nicht, dass je etwas Beängstigendes von ihm ausgehen könnte. Er war eher ein Mann, der mit ausgetretenen Schuhen den Eisenhebel der Pforte sorgfältig zuschnappen ließ, damit die Hühner nicht doch wieder in den Gemüsegarten liefen, und dann durch den grauen Sand des Hühnerhofs auf den Schuppen zuging, wo man nicht vergessen durfte, abends die Tür zuzumachen. Er besaß aber einen Rohrstock, der lehnte in der Ecke vorne wie in anderen Klassenzimmern auch. Er brauche ihn nur, sagte er, als ich ihn endlich doch einmal gefragt hatte, wenn es unbedingt nötig sei. Es sei ein Stock zum Zeigen. Und er zeigte mir, wie er mit dem Zeigestock zeigte, entrollte eine sehr alte Landkarte, von der die Papierseite schon abblätterte, hängte sie auf und zeigte Meere und Länder.

Es gab noch ein paar Reste von farbigen Kreiden, mit denen man sparsam umgehen musste. Sie sahen auf der schwarzen Wandtafel sehr schön aus, und wenn ich genug hatte vom Malen und alles wieder sauber gewischt hatte, gingen wir durch die hintere Tür in den Schulflur hinaus, wo uns die Lautlosigkeit der Luft, die zu dieser Schule gehörte, mit neuer Kraft entgegenschlug und wo es hinten noch ein Klassenzimmer gab, das genauso aussah wie das vordere, mir aber trotzdem fremd geblieben ist, vermutlich weil das Licht von der anderen Seite kam. Und dann die breiten, ganz schwarzen Stufen der hölzernen Treppe hinauf bis zum Absatz mit dem großen Fenster, von dem aus wir unten den Hühnerhof und weiter hinten die Turnhalle sehen konnten, und weiter zu den beiden oberen Klassenzimmern, die den unteren ebenso ähnlich waren, mir aber noch fremder vorgekommen sind.

Es herrschte eine zwar makellose, aber doch muffige Sauberkeit, die keinen Winkel dieser Schule auszulassen schien und mit ihren Gerüchen von scharfen Putzmitteln und stinkendem Bohnerwachs die Stille vertiefte und die Luft so verdarb, dass ich sie kaum einzuatmen wagte. Und es war, als hätte man hier außerordentliche Kräfte und Entschlossenheit aufwenden müssen, da alles schon so alt und verbraucht war und nahe daran, in Fasern, Krümeln und Staub davonzufliegen, wenn man nicht mit Essenzen und Bohnerwachs alles durchtränkt und in einer unwirklichen Gegenwart festgeklebt hätte. Niemand hat mir je gesagt, wer diese Schule so sauber machte. Mich verblüfft von Jahr zu Jahr mehr, wie viel man hinnimmt, ohne nachzufragen, wenn man ein Kind ist. Dabei sind Kinder bekannt dafür, unablässig zu fragen. Vielleicht gibt es auf dieser Welt einfach zu vieles, sodass man als Kind gar nicht nach allem fragen kann. Heute denke ich, dass diese Schule nur an den Wochenenden und in den Ferien so sauber war, wenn ich zu Besuch kam. Damals dachte ich das nicht. Für mich war diese Schule einfach so und nicht anders. Vor allem war sie ohne Kinder. Kinder passten nicht dazu, obwohl sich alles um sie drehte.

Rätselhafte Kinder waren das, die wer weiß wo wer weiß was taten und den Rest der Zeit, wenn ich nicht in Mahndorf war, in diese Schule kamen und vielleicht auch, wenn sie noch über den Schulhof rannten, von der Schulglocke überrascht wurden und atemlos hofften, durch irgendeinen glücklichen Umstand der Strafe, die auf Zuspätkommen stand, auszuweichen, und die dann, wenn die Stunden nicht aufhören wollten, diese Bänke, an denen ich meine Ferienspiele spielte, zerkratzten und mit Tinte verzierten und mit ihren klobigen Schuhen das weicher werdende Holz der Stufen zum Ächzen brachten und zertraten, bis es sich in seine Fasern aufzulösen begann, und Kinderschuhe waren immer klobig. Es gab keine andern. Keine leisen Sohlen. Ich gab mir, wenn ich hinaufstieg, Mühe, keinen unnützen Lärm zu machen, und nicht nur, weil es mir kein Vergnügen war, Lärm zu machen, ein wenig fürchtete ich auch, es könnte außer meinem Großvater, der als Schulleiter und Hauptlehrer über das alles Herr war, noch eine andere, unsichtbare Instanz geben, die über die Unberührtheit der aufgeräumten Schule wachte und mir mein Eindringen, obwohl es ausdrücklich erlaubt und sogar ermutigt wurde, verübeln konnte. Damit war nicht etwa ein lieber oder erzürnbarer Gott gemeint, eher etwas Diffuses, Mächtiges, ein den großen Dingen innewohnender Geist. Mir schien manchmal, es sei die Macht meines Großvaters etwas Zufälliges, das seine Gültigkeit unter bestimmten Umständen verlieren konnte, wie er auch bei Tisch nie um etwas bat, das nicht in seiner Reichweite bereitstand, sondern sich aus seinem Sessel hochstemmte und um den halben Tisch herumging, um es selber zu holen, das Salz, die Sauce, die Milch für den Kaffee.

Er sprach etwas mehr als sonst, wenn seine beiden Söhne kamen. Das war selten, und bei diesen seltenen Gelegenheiten ging die Autorität, die ihn sonst umgab, jedes Mal sogleich auf die Söhne über, genauer gesagt auf den, den ich nicht leiden konnte. Er schien jeweils alle Aufmerksamkeit, die sich in den stillen Zimmern verborgen hielt, zusammenzutreiben und auf sich selbst zu lenken, ungebührlich viel Aufmerksamkeit, wollte mir scheinen, einfach darum, weil er sich als eine so ausladende Persönlichkeit gab. Und sein Anspruch auf eine tonangebende Rolle wurde ihm bereitwillig zuerkannt. Heute frage ich mich, woher er seine Großspurigkeit hatte. Man wird nicht so geboren. Ist er als Erstgeborener von seinen Eltern verwöhnt und mit Vorschusslorbeeren bedacht worden? Das scheint mir einleuchtend, vor allem wenn ich bedenke, dass er auch etwas Weinerliches an sich hatte, das sich meist als Rührseligkeit bemerkbar gemacht hat. Mir gefiel das jedenfalls nicht, wie es mir nicht gefiel, wenn er sich ans Klavier setzte und, statt aus dem schön lackierten Möbel eine schöne Musik zu zaubern, wie ich es so gern gekonnt hätte, aber nie gelernt habe, etwas Dröhnendes unter seinen Händen und Füßen hervorbrausen ließ, etwas, das imposant und scheußlich war und von den andern bewundert wurde. Und ich kann nicht ausschließen, dass auch ich ihn wider Willen bewundert habe. Ich habe die andern Erwachsenen nie gefragt, ob ihre Bewunderung gelogen war, weil ich immer geglaubt habe, was die Menschen sagten.

Aber ich war froh, wenn wir wieder allein waren und die Stille zurückkam.

Am Klavier endlich weiter zu neuen Schwierigkeiten. Die drei G-Dur-Akkorde. Das ist neu, aber keine Hexerei. Sollte man meinen. Bloß das Wechseln zwischen dem zweiten und dem dritten Akkord geht schlicht nicht. In meinem Kopf verknotet sich etwas und streikt. Nichts zu machen. Ist dieser Kopf überhaupt zuständig? Wer sonst? Ich? Ich muss mir anschauen, was genau die Finger da tun sollten.

Aha. Der Zeigefinger bleibt an Ort und Stelle, und die Hand muss sich um ihn herum im Gelenk etwas drehen, damit der kleine Finger aufs Fis kommt und der Daumen aufs D. Mehr ist gar nicht nötig. Nach einigem Wiederholen geht es auf diese Weise ganz leicht, auch ohne hinzusehen.

Zwischendurch schaue ich aus dem Fenster, auf die Büsche vor dem Nachbargrundstück. Dann sehe ich auch die, die gar nicht mehr da sind, den Perückenstrauch, den Goldregen, den Flieder und die Magnolie. Sie alle hatten wir gepflanzt, sie haben sich gut entwickelt, aber als sie älter wurden und ihre Wurzeln tiefer reichten, begannen sie zu kränkeln, bis sie am Ende starben. Wahrscheinlich ist eine unterirdische Wasserader schuld daran, die sich dort bergab zieht. Oder, sagen andere, die nicht an Wasseradern glauben, es sei dort früher mit giftigem Bauschutt aufgefüllt worden. Wie auch immer, das Sterben geht weiter, alle paar Jahre ein Hibiskus, was nicht schlimm ist, weil sie sich großzügig versamt haben und ein ganzer Hibiskuswald entstanden ist. Nur die Felsenbirne und der Jasmin scheinen sich dort auf die Dauer wohlzufühlen. Und das Schilf.

Der Quittenbaum stand schon da, gleich vor dem Fenster, als wir vor vierzig Jahren eingezogen sind. Er war alt und darum sehr schön. Philippe Jaccottet hat gesagt, dass Quitten die schönsten der blühenden Bäume sind, und ich konnte ihm nur zustimmen, in jedem Mai, wenn die Blüten so groß waren. An eine nicht mehr übliche Form der Rosenblüte würden sie erinnern, sähen sie nicht gleichzeitig so wehrlos aus und aus einem Stoff gemacht, der keiner Berührung etwas entgegenzusetzen hätte. So überzogen sie die schon begrünte Krone, ohne einen Eindruck von Üppigkeit zu erwecken, wie es andere fruchttragende Bäume tun. Eher müsste man es schüchtern nennen oder großzügig, wie sie dem fortschreitenden Frühjahr ihre Farben hinhalten, diese Blüten, als wären sie jenseits des Weißen und des Rosafarbenen, ein Verzicht, der ihnen den Schritt in eine unmerklich neben der unsern gelegene Welt erlaubt, sodass sie in ihrem seit alten Zeiten erprobten Spiel mit dem Grünen den Zauber des Abendrots auf das Blühen legen. Und wir hofften, dass die Eisheiligen sie nicht ins Unrecht setzen, dass kein Sturm sie erschlägt und ihre Bienen gefahrlos ans Werk gehen können.

Den Oktober hat der Baum zum Monat des Rosendufts gemacht, der aus dem Keller aufstieg, wo der Korb mit den schweren und sehr gelben Quitten auf mich wartete. Ganz in bräunlichen Pelz gehüllt, hatten die Früchte im Sommer angefangen zu wachsen, waren mit der Zeit grünlich geworden und haben sich dann aufs Gelbe verlegt, das von Woche zu Woche leuchtender durch das verdünnte Braun des Belags scheint. Sie reifen, sie lassen sich pflücken. Oder sie lassen sich, wenn die eine oder andere noch Zeit braucht, nicht pflücken. Bis dann doch der Korb im Keller darauf wartet, dass ich mich über sie hermache, dass meine Küche sich in eine Werkstatt verwandelt, die nichts kennt als Bürsten, große Messer, Hitze, Spritzer bis an die Decke und entstehendes Konzentrat, durchscheinende goldrot gefüllte Gläser und mundgerechte süße Stücke. Im Winter erinnern sie mich an all das Heranwachsen in der warmen Jahreszeit, während der Baum ohne Blätter zum Fenster hereinschaut. Im Regen glänzt dann die Rinde an Ästen, wie sie kein anderer Baum bildet.

Nur von asiatischen Tuschebildern kenne ich diese Formen, nicht aus irgendeiner Wirklichkeit.

Auf keinem andern Baum ist der Schnee so am Platz, wenn er in seiner jedes Mal verblüffenden Frische sich niederlässt, während zu allen Seiten die Flocken weiter fallen und sich auf die liegen gebliebenen senken, achtlos, als hätten sie kein Gewicht. Unsere Quitte war reich an Ernten und Jahreszeiten, und weil sie alt war, brach bei schwereren Unwettern der eine oder andere Ast. Sie wartete im grauweißen Wintertag, und die der Erde zugewandten Konturen standen schwarz vor einer vollgeschneiten Welt. Oben ruhte der Schnee auf ihrem Holz, sammelte sich in Astgabeln und breitete sich bis zu den kleinsten Zweigen aus, die unter dem Weiterschneien staunend den Atem anhielten, um diese unerwartete Feier ihrer Schönheit nicht zu stören. Einzelne Zweige waren leer wegen der Meise, die darauf sitzen wollte. Und wenn das Fest vorbei war, leuchteten vor dem immer noch hellen Hintergrund die grünlichen Flechten, die sich von Jahr zu Jahr auf den Ästen ausgebreitet hatten.

Und im Frühling, wenn die anderen Bäume schon geblüht hatten, trat wieder Leben aus dem Holz. Ein unvergleichliches schüchternes Grün, das oft Schilfgrün genannt wird, aber Quittengrün heißen sollte. In einen Hauch von Pelzigkeit hüllt es sich, dieses

Grün von Blättern, deren jedes aussieht, als hätte es lange nachgedacht über die Form, die es anzunehmen hat, darauf bedacht, auf seine Weise ein wenig abzuweichen von dem, was man erwarten würde, wie später auch die Früchte eine schwer beschreibliche und wie aus individuellem Formwillen herausgebildete, in ihrer Schlichtheit bizarre Form annehmen werden. Dieses Blattwerk hat auch nichts gemein mit all dem andern Sprießen, dem Übermut des Frühlingsgrüns, denn es hat alles zurückgenommen, was Ausgelassenheit, Jubel oder bloße Saftigkeit sein könnte, und sich auf das Bleibende eingerichtet, auf die Melancholie der gemischten Farbe, von der andere Bäume nicht einmal träumen. Und bevor es sich ganz entfaltet, dieses Quittengrün, füllen auch die Knospen sich mit Leben, schwellen an mit neuen Farbtönen, die nach und nach Abstand gewinnen vom Grünen und jeden Sonnenstrahl an sich ziehen, um all die Vorbereitungen zu treffen, die in ihrer Macht liegen.

Die Sommer wurden mit den Jahren schwierig für den alten Baum. Nur die Hälfte seines Astwerks war noch übrig, seine Blätter bekamen braune Flecken und verdorrten bald ganz, sodass er schon vor dem Herbst kahl war und all seine Kraft in die immer noch üppigen Früchte steckte. Jahrelang habe ich seinem zunehmenden Elend zugesehen, ratlos, wie der Mensch ist, wenn er beim Sterben zuschaut, bis ich den Mut hatte, mir einen neuen zu wünschen. Schweren Herzens habe ich die Gärtner bestellt, um ihn zu fällen. Nur ein Bruchstück eines Astes habe ich zu mir ins Haus genommen. Jetzt sehe ich einer jungen Quitte beim Wachsen zu und hoffe, dass auch sie so schöne dicke Äste ausbildet, wie es die alte getan hat.

Die wilden Quitten, die ich in diesem Jahr zum ersten Mal verarbeitet habe, haben sich nicht bewährt. Die Quittenpasten sind nicht geradezu missraten, aber keine Freude, weil zu viel Gerbsäure drin ist. Aus Fehlern wird man klug, hieß das früher. Andererseits ist nicht so eindeutig, ob das ein Fehler ist. Unter meinen Freunden gibt es auch solche, die genau das Aroma besonders lieben.

Die Herbstarbeiten im Garten gehen weiter. Wo an der Südwand die Tomaten waren, die alte Erde ausgraben, wie ich das jedes Jahr mache, und ein paar Eimer mit angerottetem Kompost verteilen. Tomaten brauchen gute und vor allem neue Erde. Das habe ich von meinem Vater gelernt.

Heute habe ich die größeren Sommerpflanzen geschnitten und gehäckselt, dann den vorigen Kompost, nachdem er ein halbes Jahr in seinem Sack vor
sich hingearbeitet hatte, umgeschaufelt, damit es
Platz gibt für den nächsten. Ich mache diese Arbeiten
jetzt, als wäre ich damit aufgewachsen, aber vor fast
vierzig Jahren habe ich bei null angefangen, obwohl
ich früher genug Gelegenheiten gehabt hätte, etwas
zu lernen auf diesem Gebiet. In der Gärtnerei nebenan, bei meinem Vater auf seinem kleinen Acker,
bei den Großeltern in ihrem großen Gemüse- und
Beerengarten, in den die Hühner flogen, bei Herrn
Siemer hinter dem Reihenhaus, bei den Bauern, bei
meinem Onkel Karl, der sogar Pfirsiche hinter dem
Haus zog, und als junge Erwachsene im Schrebergar-
ten meines Vaters. Ich habe nur zugeschaut, und die
verschiedenen Arbeiten, die ich gesehen habe, schienen ein so hohes Maß an Erwachsenheit und Erfahrung vorauszusetzen, dass ich nie auf den Gedanken
gekommen wäre, mich darin zu versuchen. Es gab
auch keinen Grund, das zu lernen, denn wenn mir
jemand geweissagt hätte, dass ich einmal einen eigenen Garten besitzen würde, hätte ich ihn ausgelacht.
Aber eines Tages, als ich schon zwei Kinder hatte,
war es so weit. Mein Mann war es, der den Garten
haben und bearbeiten wollte, und ich hatte schon so

vielerlei zu tun, dass mir der Sinn nicht nach neuen Aufgaben stand. Aber man kann keinen Garten haben, ohne der Versuchung zu erliegen, alles Mögliche auszuprobieren. Und dann dauert es nicht lange, bis man die Verantwortung erkennt und sich ihr mit einer Mischung von Pflichtgefühl und Begeisterung ergibt.

Dabei ist es geblieben. Immer muss ich im Garten arbeiten, denke ich oft. Und ebenso oft denke ich, das schaffe ich alles mit links. Beides ist falsch. Sicher ist nur, dass irgendwann die Zeit kommt, in der ich es nicht mehr schaffe. Und sicher ist auch, dass ich ein sehr viel bequemeres Leben haben könnte, wenn ich in eine Wohnung ohne Garten umzöge. Ich tue es nicht. Ich will nicht umziehen. Der Gedanke ist mir schrecklich. Wahrscheinlich haben nicht nur die Bäume und Sträucher und Stauden tiefe Wurzeln geschlagen in den letzten vierzig Jahren, sondern auch ich, und die werde ich wohl erst ausreißen, wenn es anders nicht mehr geht.

Dabei gefällt mir das Reden von den Wurzeln nicht. Der Mensch ist kein Baum, obwohl man von ihm sagt, alte Bäume solle man nicht verpflanzen. Ich denke dann immer daran, dass Gertrude Stein gemeint hat: Was soll ich mit Wurzeln, wenn ich sie nicht mitnehmen kann? Ein schöner Gedanke. Aber ich kann ihn nicht in die Tat umsetzen und bewundere alle, die das können, obwohl es auch ihnen nicht immer so gelingt, wie sie es sich wünschen. Ich bin jedenfalls nicht nomadisch, wie es von einem freien Menschen heute erwartet wird. Ich bin so sesshaft, dass man womöglich sagen müsste, ich hätte nicht etwa Wurzeln geschlagen an meiner Adresse, sondern ich sei festgeklebt. Das klingt nicht gut und ist doch die Wahrheit.

Diese Räume, in denen ich seit vierzig Jahren wohne, werfen nicht nur Echos aus diesen Jahren zurück mit ihrem Familienleben und all der handwerklichen Arbeit, die in sie eingegangen ist. Sie wirken auch mit an der Geschichte, die ich mir über mein Leben erzähle, und lassen nicht zu, dass sie sich allzu sehr verändert. Das gefällt mir nicht, aber das Leben in diesen Räumen gefällt mir sehr. Und die gleichzeitige Anwesenheit von so vielen Zeiträumen ist ein Glück, auf das ich nicht verzichten möchte. Der Garten hat auch Zeiträume zu bieten, aber umgekehrt, weil man in einem Garten auf die Zukunft hin denkt und handelt, auf eine fein geschichtete Zukunft, obwohl die Arbeit in der Gegenwart anfällt. Ich könnte mir mein Leben einfacher einrichten. Der Mensch hat die Wahl. Das ist ein Satz, den wir nur darum für wahr halten, weil er sich so leicht denken lässt.

Der Mann braucht Ballast, sonst kommt er nicht in Schwung, hat Dürrenmatt gesagt. Damit hat er die

Familie gemeint. Ich brauche offenbar auch Ballast, meine aber etwas anderes damit. Mein Ballast ist, was ich in den Kinderjahren gelernt habe. Dass das richtige Leben darin besteht, viel zu tun zu haben, nichts Großes, nur sehr viel tägliche Arbeit, um durch den Alltag zu kommen. Die Zeiten haben sich geändert, aber ich bleibe dabei. Und jetzt, wo ich kaum noch Pflichten habe, erst recht. Den Stein auf den Berg schieben, damit er wieder herunterrollen kann? Als Kind habe ich gelernt, dass es nicht nur notwendig ist, sich abzumühen und Geduld zu haben, sondern dass es sich auch lohnt. So lebe ich den Vorstellungen nach, mit denen meine Mutter aufgewachsen ist und die sie in schweren Zeiten brauchen konnte. Heute ist das vollkommen überflüssig, und ich schüttle den Kopf über mich, weil wir zum Glück in keinen Notzeiten leben. Trotzdem halte ich an diesem Sisyphusgefühl fest, weil ich mich, wenn ich es nicht täte, so unsicher fühlen würde wie in einem Auto, in dem ich die Gänge nicht einlegen muss. Ich hätte immer das Gefühl, etwas falsch zu machen, und könnte mich nicht auf den Verkehr konzentrieren.

Sonntag. Trotzdem habe ich im grauen Mittagslicht das Laub vom Rasen aufgenommen, ein gutes Dutzend volle Körbe. In der Birke hängen noch viele gelbe Blätter, und ich bin gespannt, ob der Wind sie auf den Rasen wehen wird oder auf die Straße. In jüngeren Jahren hätte ich nicht gewagt, sonntags draußen zu arbeiten. In der Schweiz herrschten strenge Bräuche. Im Norden ging man sonntags in den Garten, um sich dort bei der Arbeit zu erholen. Aber inzwischen hat sich die Schweiz verändert und ich mich auch. Es ist mir gleich, was die Leute denken. Was für ein Satz. Und falsch ist er auch. Aber er stimmt, was die Sonntagsarbeit im Garten angeht. Wer das nicht sehen mag, kann wegschauen, aber weil man nicht weghören kann, mache ich nur die stillen Arbeiten.

Meistens frage ich jetzt, wenn ich Bekannte treffe, ob sie als Kind Klavier spielen gelernt haben. Erstaunlich oft ist ein Ja die Antwort, meistens gehört eine Herkunft aus besserem Hause dazu, immer eine Geschichte und jedes Mal eine andere. Oft werden die Lehrerinnen gelobt, und ebenso oft hat man sich als Kind gewünscht, ganz andere Musik zu spielen als die, die man üben musste. Aber immer bin ich enttäuscht, wenn es darum geht, das Wie des Lernens zu beschreiben. Das ist mir nie genau genug. Dabei ist es nur natürlich, diese Einzelheiten zu vergessen und sich die tiefer gehenden Gefühle einzuprägen. Schwierigkeiten bei dem, was die Hände lernen sollen, sind ja etwas, das nicht beachtet, sondern überwunden werden soll. Als ich gestern eine ältere Dame, der das Klavierspielen etwas Selbstverständliches zu sein schien, fragte, was sie als Kind mit ihren Fingern am Klavier erlebt habe, erinnerte sie sich an keinerlei Schwierigkeiten und sagte, sie habe alles einfach gemacht. Darum kann ich sie nur beneiden, aber wer weiß, vielleicht hätte ich es als Kind auch einfach gemacht, wie ich beim Schreibenlernen die Buchstaben einfach geschrieben habe, erst etwas wacklig und schon bald sicherer. An die Anfangsschwierigkeiten beim Stricken erinnere ich mich besser, aber sie waren bald überwunden und dann ein für alle Mal.

Beim Klavierspielen ist das anders, denn sobald eine Schwierigkeit einigermaßen überwunden ist, kommt die nächste. Das wird ein Kind genauso erleben, auch wenn das Überwinden schneller gehen sollte. Vielleicht stellt sich das Gefühl, es einfach zu machen, dann ein, wenn die Schritte klein genug sind, weil es dadurch einfacher wird. Und nicht nur einfacher, sondern ganz einfach müsste es dann werden, wenn die Schritte kaum merklich sind. Ich bin zu schnell vorangestürmt und hätte bei Minischritten länger verweilen müssen. Auch die Selbstpädagogik will gelernt sein. Ich habe mich daran gewöhnt, dass es schwierig ist, strebe der nächsten Schwierigkeit zu und freue mich auf das Gefühl, sie überwunden zu haben.

Während ich darüber nachdenke, spielt sich eine Parallelhandlung in meinen Gedanken ab. Sie betrifft unsere Sprache. Die kennzeichnet Adverbien nicht und kann dergestalt wunderbare Doppeldeutigkeiten schaffen. Im mündlichen Ausdruck löst sie das Problem durch Betonung, im schriftlichen bleibt das offen. Ich habe es einfach gemacht, sagte meine Bekannte, das Klavierspielen. I simply did it, hat sie gemeint. Aber der deutsche Satz kann auch bedeuten: I made it simple. Und darin liegt das Geheimnis des Lernens.

22. November

Zwei Monate sind vergangen, seit ich am Klavier übe, und wenn ich mir Tolstois jugendlichen Helden zum Vorbild nähme, müsste ich mich nun allmählich an Beethoven versuchen. Darüber kann ich nur lachen. Entweder war der junge Mann ein musikalisches Genie, oder der Autor hat nie selber Klavier gespielt und die Episode erfunden. Die »Autobiographie«, die er in seinen späten zwanziger Jahren geschrieben hat, ist schließlich auch sonst erfundener, als ich beim ersten Lesen dachte. Seinem Vater, der starb, als Lew neun Jahre alt war, hat er ein langes Leben erfunden und eine zweite Frau mit all den Familienwirren, die sich daraus ergeben können. Oder hat die Sache, was das Klavier betrifft, womöglich doch ihre Richtigkeit, weil der Mensch mit siebzehn beim Lernen sehr viel schneller vorankommt, vor allem dann, wenn ihn die Sehnsucht beflügelt, bewundert zu werden?

Als ich aufzuschreiben anfing, was ich beim Lernen erlebe, damit es nicht wie all das, was ich früher gelernt habe, zu einer ungefähren Erinnerung verschwimmt, hatte ich keine Ahnung, wohin mich das führen würde. Genauigkeit schwebte mir vor, nicht im Sinn von Pedanterie, sondern von Sorgfalt. Jedenfalls hatte ich nicht im Sinn, mich an meine Kindheitsjahre zu erinnern, und erst recht nicht, sie in Worte zu fassen. Aber hätte ich nicht damit rechnen müssen, wenn ich über verschiedene Arten des Lernens nachdenke? Wohin soll das schon führen, wenn nicht in die Zeit des intensivsten Lernens?

Dass uns, wenn wir über siebzig sind, die Vergangenheit immer gegenwärtiger wird, sagt man. Man sagt auch, dass dann die Gegenwart hinter den Erinnerungen zu verschwinden beginne. Die Erfahrung habe ich bis jetzt nicht gemacht, aber das kann noch kommen. Einstweilen bringt das Klavierspielen neue Gegenwart hervor. So viel, dass ich das Buch, das ich eigentlich schreiben wollte, fürs Erste aufgeben muss.

Trotzdem, das Vergangene nimmt von Tag zu Tag mehr Raum ein in meinem Kopf, einfach darum, weil ich es aufschreibe. Dabei hat sich gezeigt, dass meine Absicht, nur einige wenige einschlägige Erinnerungen aufzurufen, sich nicht verwirklichen lässt. Nicht weil die Geschichte dann unvollständig wäre, anders als unvollständig kann sie ohnehin nicht sein, sondern weil sie falsch würde. Wer etwas liest, beginnt sogleich, ohne es zu merken, die Wörter aufzufüllen und zu ergänzen mit Inhalten, die der eigenen Lebenserfahrung entstammen und mit dem, was der Text meint, oft wenig zu tun haben, und nicht nur die Wörter, sondern auch Personen, Beziehungen, Szenerien, die Zeitgeschichte und ihre Zusammenhänge. Das macht Sprache zu einem unzuverlässigen Verständigungsmittel. Aber ich kenne kein besseres.

Wenn ich einen Roman schreibe, verlasse ich mich auf das Miterfinden beim Lesen und weiß, dass in keinem lesenden Kopf das gleiche Buch entstehen wird wie das, das ich erfunden habe. Wie anders aber, wenn es ums Erinnern geht. Da sitzt man an seinem Schreibtisch, strebt nach Wahrheit und möchte Missverständnisse vermeiden.

Vor kurzem habe ich mit einem Kollegen über diese Art von Arbeit gesprochen. Er habe das auch versucht, sagte er, sei aber immer schnell ins Erfinden geraten. Wie Tolstoi, dachte ich, behielt das aber für mich.

Heute wird oft gesagt, Erinnerungen seien ebenso erfunden wie die Fiktion. Das ist mir nicht genau genug. Zwar kann Erfinden durchaus einen Zugang zu verschütteten Erinnerungen öffnen, aber es ist doch ein ganz anderes Tun, als sich auf die Suche nach der Vergangenheit zu machen.

Wie es wirklich gewesen ist, kann ich nicht wissen, weil es diese eine Wirklichkeit nicht gibt. Trotzdem bemühe ich mich um sie, so gut es geht. Wie beim Klavierspielen achte ich auf Genauigkeit und darauf, nichts zu erfinden. Die Versuchung kommt auch gar nicht auf, weil ich genug mit dem zu tun habe, woran ich mich erinnere. Und auf meine unbeantworteten Fragen habe ich lieber keine Antworten als erfundene.

»Erinnern« ist wie so viele andere auch ein Wort, das ich erst spät im Umgang mit Gedrucktem gelernt habe. In meiner Umgebung wurde es zwar verstanden, aber nicht gebraucht. Hätte ich es verwendet, wäre ich als altklug belächelt worden, hätten aber Erwachsene es gebraucht, wäre das ein folgenreiches Signal dafür gewesen, dass man sich für etwas Besseres hält. »Weißt du noch?«, würde es heißen, wenn man wissen möchte, ob jemand sich erinnert. Und »Was du alles behalten hast«, wenn man jemanden um sein Gedächtnis beneidet. Wer sich an etwas erinnert, hat es behalten. Als wäre die Erinnerung ein Gegenstand, den man mit einer bewussten Entscheidung aufbewahren oder auch wegwerfen könnte.

Aber man kann sie verlieren, die Erinnerung. Wenn das geschieht, wissen wir nicht mehr, wer wir sind, und unsere Gegenwart wird unvollständig, weil sie nur noch Gegenwart ist. Und mit einer unvollständigen Gegenwart wird auch die Zukunft hinfällig. Ohne Erinnerungen können wir kein Bild von uns selber haben. Schon früh fangen wir damit an, uns unsere eigene Geschichte zu erzählen, auch wenn wir es gar nicht bemerken. Und während wir sie uns bei allem, was wir tun, wiederholen und mit neuen Erfahrungen und Erinnerungen anreichern und zurechtbiegen und mit Bedeutung auffüllen und zugleich anderes vergessen und in der Versenkung verschwinden lassen, nimmt sie eine beständig weiter wachsende Gestalt an, die uns hilft zu wissen, wer wir sind. Ich stelle mir das vor wie einen Baum, dessen Stamm die Erinnerungen bilden, die am häufigsten wiederholt worden sind, und dessen Äste auslaufen in die feinen und feinsten Zweige dessen, woran wir selten denken. Und weil unter dem Boden das

Gleiche geschieht, entwickelt der Baum eine enorme Standfestigkeit. Eine beträchtliche Erschütterung kann es darum bedeuten, wenn sich herausstellt, dass ein tragender Teil unseres Erfahrungsbaums falsch ist oder dass wir etwas Entscheidendes nicht wussten. Dann kann ein Ast abbrechen wie in einem Unwetter. Oder mehr.

Kein Wunder, sage ich mir, dass im Alter das Langzeitgedächtnis immer mehr Raum einnimmt und dass eine Erinnerung zur nächsten führt. Ich glaube aber nicht, dass es dem Kurzzeitgedächtnis Platz wegnimmt. Wenn das nachlässt, muss es andere Gründe haben.

Und jetzt suche ich in meinem Langzeitgedächtnis nach Neuigkeiten. Ich will es genauer wissen als früher. Wie haben sie gelebt? Die Genauigkeit hat zwar ihre Einschränkungen, die in der Natur von Erinnerungen liegen und in der langen Geschichte, die diese Erinnerungen im Gang des Lebens durchlaufen haben. Sie sind allesamt vom Gebrauch zurechtgebogen. Aber ich muss sie nehmen, wie sie sind, ich habe keine andern und kann nicht hinter sie zurück. Und weil ich heute anders nachdenke als in jungen Jahren, hoffe ich auf einen neuen Blick aufs Bekannte und auf neue Zusammenhänge.

Ich nehme an, dass sich das Bild, das ich mir von meinem Ich mache, dadurch verändert. Es wäre nicht das erste Mal, dass sich dieses Bild durch genaues Hinsehen verändert. An das erste Mal erinnere ich mich. Ich muss noch sehr klein gewesen sein, konnte aber schon laufen, denn die körperliche Möglichkeit des Laufens gehört zu der Erinnerung. Und ein wenig sprechen konnte ich auch schon. Ich saß auf dem Sofa in unserer Stube, zwischen den beiden Fenstern, war erst halb angezogen und schaute meine nackten Füße an. Was ich da sah, war eine unbegreifliche Überraschung. Meine Fersen waren ganz rund. Bis dahin hatte ich sie mir immer mit Kanten vorgestellt und einer geraden Unterseite wie die Schuhe, in denen sie steckten. Und nun das. Ich zeigte meiner Mutter die sonderbare Entdeckung, die für sie keine Entdeckung war. Ja, sagte sie auf meine Frage, meine Füße seien schon immer so gewesen.

23. November

Das bohrende Gefühl des Nichtvorbereitetseins, das ich am ersten Tag in unserer neuen Wohnung erlebt habe, ist angesichts des neuen Lebens schnell verschwunden. Aber es hat mich begleitet, immer bereit, sich zurückzumelden, wenn die Situation danach war.

Nichts erinnerte an unser früheres Leben außer ein paar Möbelstücken, aber auch die waren kaum wiederzuerkennen. Sie spielten ganz neue Rollen in einem neuen Stück und erinnerten wie Schauspieler nur schwach an das, was sie früher gewesen waren. Neue Dinge überraschten mit neuen und geheimnisvollen Namen. Rollos aus schwärzlichem Krepp, wie ich sie kannte, und Übergardinen gab es nicht, stattdessen hing vor unserem erstaunlichen dreiteiligen Fenster eine luxuriöse Jalousie aus dünnen lackierten Holzlatten, die mich sehr beeindruckt hat. Dass sie alt und klapprig war, ist mir nicht aufgefallen.

Es gab einen Radiator für die Zentralheizung. Aber er hieß noch nicht so, sein Name war Heizung, und das war schon merkwürdig genug. Als meine Mutter mir erklärte, wozu das sonderbare Möbel diente, kam mir das vor wie die Nachricht aus einer ganz vergangenen Welt, und ich konnte mir nicht vorstellen, dass ein solcher Mechanismus je wieder in Gang gesetzt werden könnte. Wir waren froh, wenn genug Holz da war, um den kleinen Ofen zu heizen, der am Fenster stand und sein Rohr zu einer der oberen Fensterscheiben hinausstreckte. Gekocht hat meine Mutter in der Küche der andern Familie im Souterrain, aber unser Kanonenofen diente nicht nur zum Heizen, sondern auch dazu, den Kaffee zu rösten, wenn es gelungen war, eine Tüte voll zu ergattern. Seit dieser Zeit weiß ich, dass Kaffeebohnen grün sind und wie es riecht, wenn man sie röstet.

Auf der unteren Biegung des Ofenrohrs wurde das Holz vorgetrocknet. Das war praktisch, aber nicht ungefährlich, denn eines Tages, meine Mutter war grade im Schrankzimmer nebenan, und ich saß mit meiner Freundin Linda am kleinen Tisch, wo wir für unsere Ankleidepuppen neue Kleider ausschnitten, da begann das trockene Holz auf dem Ofenrohr zu brennen. Als wir schrien, stürzte meine Mutter herein, riss die Tischdecke von unserem Tisch, umarmte damit die Flammen und erstickte das Feuer, das schon die Jalousie ergriffen hatte. Ich war fassungslos, wegen des Feuers, aber mehr noch, weil meine Mutter innerhalb einer Sekunde wusste, was sie tun musste, und dass es ihr gelungen war. Atemlos standen wir alle drei da, als es überstanden war. Wir sammelten unsere Papierpuppen vom Linoleum auf und waren glücklich. Nur die verkohlten Stellen auf der Jalousie blieben zurück.

Wenn ich Ferien hatte, fuhren wir für ein paar Tage aufs Land zu den Bauern, wo es nicht nur viel zu essen, sondern auch viel zu nähen gab. Kleine Reisen, erst mit dem Zug und dann lange Wege zwischen den Feldern oder auf holprigen Straßen, deren Bäume Schatten warfen und deren weiße Meilensteine mich ein Gefühl dafür gelehrt haben, was fünfzig Meter sind. Wenn es dort keine Kinder gab, mit denen ich draußen spielen konnte, habe ich mit meiner Mutter in der Bauernstube gesessen und mit Stoffresten gespielt. Dass man dann auch zu nähen anfängt, ist ganz unvermeidlich. Das Erste war die kleine Puppe, die ich aus gelb kariertem Stoff zusammengebastelt habe, und dann begann ich, krude Kleider für sie zu »nähen«. Mit den Jahren brauchte ich das Nähen nicht mehr in Anführungszeichen zu setzen, obwohl es noch lange verbesserungsbedürftig blieb. Dann dauerte es nicht mehr lange, bis ich auch an der Maschine und nicht nur mit der Hand nähen wollte.

Und wenn wir zu Hause waren und meine Mutter in ihrer Werkstatt arbeitete, ging ich in die Schule, das heißt, in eine der drei Schulen, zwischen denen der Unterricht aufgeteilt wurde, die einen Klassen morgens, die andern nachmittags, ging mit einem Einkaufszettel und den Lebensmittelmarken zum Krämer und jeden Tag den weiten Weg zum Milchmann, genauer zur Milchfrau, einer rundlichen Person mit durchsichtiger weißer Haut, die in einem kühlen Laden mit ihrer Halbliterkelle aus der großen Kanne schöpfte. Oft standen lange Schlangen auf dem Hof, und trotzdem musste ich nie wie mancher andere mit einer leeren Milchkanne nach Hause gehen. Der Grund dafür war, wie ich später hörte, dass meine Mutter für die Milchladenfrau nähte. Der Weg zum Bäcker war nicht so weit, aber ein Abenteuer, weil er unter zwei Bahnlinien durchführte, wo ich mich immer ein wenig gefürchtet habe, wenn ein Zug über mir durchfuhr, weil ich mir nicht sicher war, ob das Tunnelgewölbe wirklich hielt. Wenn kein Zug kam, lockte ich das Echo aus dem Gewölbe. Und wenn die hochgewachsene alte Bäckersfrau mit ihrem am Hinterkopf aufgedrehten grauen Zopf mein Schwarzbrot in ihre klapprige Schneidemaschine gelegt und in Scheiben zerteilt, wenn ich die Brotmarken abgegeben, bezahlt und das Schwarzbrot und das ungeschnittene Graubrot eingepackt hatte, ging ich wieder durch unseren Tunnel und wunderte mich, dass mit tropfenden Buchstaben »Ami go home« auf die Betonwand geschmiert war. Ich war froh, dass sie da waren, die Amerikaner, denn woher hätte sonst unsere Schulspeisung kommen sollen oder die Zahnbürsten und andere Schätze, die zu Weihnachten in der Schule verteilt wurden? Außerdem mochte ich sie, seit ich sie in der Fliegerschule hinter unserem kleinen Haus beim Friedhof gesehen hatte.

Heute Morgen hat es geschneit, aber davon sieht man nichts mehr.

Die G-Dur-Stücke gehen schon ganz gut, also weiter zum nächsten Abschnitt, F-Dur. Die neuen Akkorde lerne ich schneller, weil ich gleich vom Zeigefinger aus denke. Erst denken, dann ohne denken vom Zeigefinger aus handeln.

1947 war das Jahr, in dem ich meine zweite Reise gemacht habe. Diesmal an die Nordsee. Ich war acht, offenbar nicht recht bei Kräften, kam wegen Blutarmut für sechs Wochen in ein Kinderheim auf der Insel Juist und habe gelernt, was Heimweh ist. Ich habe aber auch gelernt, dass andere davon viel schlimmer gepeinigt wurden als ich, und dass ich es überwinden konnte. Ich hatte ja auch schon oft bei Verwandten oder den Großeltern übernachtet. In den Briefchen an meine Mutter kommt es nicht vor, das Heimweh. Die Nordsee hatte ich mir vorgestellt wie die Ostsee, und dann zeigte sich, dass alles anders war. Welche Freude. Graues, grünes oder braunes Wasser. Hinter dem gekrümmten Horizont die Weltmeere. Die Brandung rauschte, die Winde weckten, Ebbe und Flut wurden zum Abenteuer, wenn die Priele vollliefen und wir von der Sandbank zurückwaten mussten und nass wurden. Das tägliche Leben in den Dünen war fremdartig und schön. Strandhafer, Sanddornbüsche und wilde Brombeeren. Die Nordsee war ein Meer, in dem man nicht einfach baden konnte, es gab die Priele, gefährliche Strömungen und den Sog des ablaufenden Wassers. Morgens mussten wir noch vor dem Anziehen ans windige Ufer laufen, um uns mit Salzwasser nass zu machen und dann mit dem Waschlappen trockenzureiben. Dann gab es das Frühstück im großen Speisesaal, der allmorgendliche Haferbrei gefiel mir nicht sehr, aber was machte das, wenn man ans Meer konnte und abends eine Frau auf einer kleinen Bühne saß, um uns die »Regentrude« und andere Geschichten vorzulesen.

Ich hatte gemeint, ich wäre über das Vorlesealter hinaus, weil ich schon alles selber lesen konnte. Falsch. Wenn wir Kinder in dem kleinen abgedunkelten Saal saßen und zuhörten, war es fast wie im Theater. Das sage ich heute, weil ich die Eindrücke nicht besser zu beschreiben weiß. Aber zu der Zeit wusste ich schon, dass ein richtiges Theater ganz anders aussieht, viel größer und prächtiger. Ein einziges unvergessliches Mal hatte ich das gesehen. Vier Jahre muss ich alt gewesen sein, denn inzwischen weiß ich, dass unser Theater im Herbst 1944 ausgebrannt ist.

Das letzte Weihnachtsmärchen war »Der kleine Muck«. An das Stück kann ich mich nicht erinnern, kaum an die Bühne, dafür ist mir umso gegenwärtiger, wie ich in der Pause mit meiner Mutter im ersten Rang stehe und nicht fassen kann, dass es einen solchen märchenhaften Raum gibt wie diesen Theatersaal mit seinem Glanz und seinem Plüsch und dem gerafften roten Samtvorhang vor der Bühne. Der Zauber unserer Vorleseabende an der Nordsee bestand aber auch darin, dass ich von keiner Mutter begleitet war und über das Gehörte ganz für mich allein nachdenken konnte, wie es die Erwachsenen tun. Und wenn wir dann in der Nacht über den nur vom Mond beleuchteten Dünenweg in unser Heim zurückgingen, war mein Kopf voller Geheimnisse.

26. November

1948 war das Jahr der Währungsreform. Sie fand statt am Wochenende nach meinem Geburtstag, und ich war begeistert von der Vorstellung, dass es statt des alten schon ganz verfilzten Geldes nun neue Scheine und Münzen geben sollte und dass im ganzen Land jeder und jede vierzig D-Mark bekam. Nicht mehr und nicht weniger. Ich habe mir vorgestellt, wie alle, ob arm oder reich, nun gleich viel hatten und bei null anfangen mussten. Welch ein Irrtum. Aber damals dachte ich, es würde allen so gehen wie uns, wenn ich den Kundinnen die fertigen Kleider, sorgfältig in ein Tuch geschlagen und über den Arm gelegt, ins Haus brachte, das Geld einsteckte und nach Hause trug. Für ein Kleid bekam ich achtundzwanzig Mark, für einen Mantel fünfunddreißig. Ich kannte nur Geld, das mit Arbeit eigenhändig verdient war.

Es war auch das Jahr der Meisterprüfung, und als meine Mutter in unserem geteilten Mehrzweckzimmer ihr erstes Lehrmädchen ausbildete, sind wir nicht mehr zu den Bauern gefahren. Auch darum nicht, weil nach der Währungsreform wie durch ein Wunder in den Läden all die Dinge zu kaufen waren, die es vorher nicht zu geben schien.

Welche von diesen Dingen wir uns leisten konnten und welche nicht, war mir sehr klar, weil ich wusste, woher das Geld kam. Und dass wir vierzig Mark für die Miete bezahlen mussten, wusste ich auch, weil ich sie jeden Monat zu Herrn Siemer in den ersten Stock hinaufbrachte und in unser Mietbuch eintragen ließ. Und ich wusste, dass ihm das Haus nicht gehörte und er nur der Verwalter war.

Angesichts dieser Erinnerung kann ich kaum fassen, dass ich heute nicht in einem oder in zwei Zimmern, sondern in einem ganzen Haus wohne. Zaghaft wird es jetzt Winter um dieses Haus, und heute habe ich zum ersten Mal etwas Schnee gefegt, nur so viel, wie man mit dem Reisigbesen leicht beiseite-schafft.

Wenn ich am Klavier sitze, sehe ich ein wenig Weiß auf dem Nachbardach. Kaum habe ich mich im F-Dur einigermaßen zurechtgefunden, wird es schon transponiert. Die Akkorde soll ich selbständig zur Melodie spielen, erst mit den Namen, dann ohne, und ich merke, dass ich die Akkordnamen noch nicht richtig verstanden habe. Der erste heißt natür-lich nach dem Grundton, aber dann? Der zweite nach dem zweiten, würde ich in meiner musiktheo-retischen Ahnungslosigkeit sagen, der dritte nach dem obersten Ton. Das möchte ich irgendwann doch noch genauer wissen. Aber jetzt will ich nicht die Theorie studieren, sondern spielen lernen.

Leider funktioniert auch die Praxis schlecht. Die bisherigen Tonarten sind überhaupt noch nicht so fest verankert, wie ich dachte. Tolstois junger Mann würde jetzt vielleicht einen Wutanfall kriegen. Ich lehne mich zurück, schaue auf das durchhängende Nachbardach mit seinem Schnee und übe weiter. Auch auf diesen heißen Stein müssen noch viele Tropfen.

Heute habe ich die C-Dur-Stücke wiederholt, die mir früher so schwergefallen sind. Und jetzt zeigen sie mir, was ich schon gelernt habe.

In unserem Reihenhaus gab es eine winzige Mansardenwohnung, wo Herr und Frau Lange wohnten, die man nur selten sah. Aber in den ersten Stock zu Herrn Siemer und seiner Schwester bin ich oft gegangen. Zum Abliefern der Miete. Zum Essen einmal in der Woche, als meine Mutter ihren Meisterkurs gemacht hat. Zum Telefonieren, wenn mein Vater anrief. Und weil sie wunderbare Dinge zum Lesen hatten. Eine Reihe von gebundenen Jahrgängen der *Gartenlaube* stand in ihrem Bücherschrank, die ich mir nach und nach ausgeliehen habe. Aber auch Stifters *Bunte Steine*, Geschichten, die beängstigend anders waren, als ich sie mir unter diesem Titel vorgestellt hatte. Ich konnte kaum glauben, welche Schrecken Kinder in anderen Zeiten und anderen Gegenden erleben mussten, vor allem im Hochgebirge, und ich wusste sehr zu schätzen, dass ich nicht in den fernen Bergen leben musste, sondern bei uns im Flachland, obwohl auch da Sturmfluten die Menschen ins Unglück stürzen können.

Für den Weg zu meinen Großeltern gab es inzwischen einen Bus, ich musste nicht mehr mit dem Zug fahren, er fuhr regelmäßiger als die Züge, erst durch

Hemelingen, wo es am Weg ein Kino gab, und dort sah ich eines Tages im Vorbeifahren, dass *Der weiße Traum* gespielt wurde. Der Film war ab sechs Jahren freigegeben, und ich durfte ins Kino, zum ersten Mal, allein und mit dem nötigen Geld in der Tasche. Was für ein großartiges Gefühl. Aber es wurde noch übertroffen von meiner Begeisterung über den Film. Eine andere Welt als die, die uns umgibt, ist möglich. Zumindest kann man davon erzählen, wie man auch von Aschenputtel erzählen kann. Aber sie in einem dunklen Saal schwarzweiß auf der Leinwand zu sehen, war überwältigender, als Grimms Märchen je sein konnten.

Kino erinnert ans Aquarium in den Tiergrotten, das auch davon erzählt, dass eine andere Welt möglich ist. Die Unterwasserwelt hatte für sich, dass sie nicht nur möglich, sondern wirklich war, in den Flüssen und Meeren, von denen ich nichts als die Oberfläche kannte, in der sich der Himmel und sein Wetter spiegelt. Von dem, was unter der Oberfläche ist, konnte ich nur träumen, und ein Aquarium zeigt, wie diese Träume gehen. Es ist zwar nicht die Meerestiefe, aber es simuliert sie und beweist gewissermaßen, dass es sie gibt, und beweist durch seine Existenz zugleich, dass sie unerreichbar ist.

Das Aquarium zeigte eine unerreichbare Wirklichkeit, das Kino unerreichbare Möglichkeiten, zwar märchenhaft, aber doch ein faszinierender Gang in die Tiefe, wo ich sah, was in meinem Leben nicht vorkam. Ein Aquarium für Menschen. So viel Handlung und Glanz, und die unschuldige junge Eisläuferin siegte über die bösen Intriganten. »Kauf dir einen bunten Luftballon«, sang ich auf dem Heimweg, »und mit etwas Phantasie fliegst du in das Land der Illusion und bist glücklich wie noch nie.« Viel später erst habe ich gelernt, wie dieses überaus erfolgreiche Machwerk aus dem Jahr 1943, als der Winter von Stalingrad zu Ende ging, charakteristisch war für die Unterhaltungsindustrie in der Diktatur, und zu meinem Erstaunen sehe ich heute, dass die Produktionsleitung lange um die Drehgenehmigung kämpfen musste, weil das Propagandaministerium sich ernsthaftere und weniger eskapistische Filme gewünscht hat, »mehr Besinnung auf den Geist der Zeit«.

28. November

Heute Morgen hat es wieder geschneit, nur wenig, und liegengeblieben ist auch fast nichts, weil die Temperaturen sich um den Nullpunkt bewegen.

Abstimmungssonntag. Wieder einer dieser Tage im Land der direkten Demokratie, wo sich am Nachmittag zeigt, dass meine Hoffnungen von einer Mehrheit überstimmt worden sind. Ich hatte gehofft, dass etwas, das kantonaler Steuerwettbewerb genannt wird und, wenn man es kurz fasst, aus rabiaten Steuervorteilen für sehr Vermögende oder Briefkastenfirmen besteht, gewissen Einschränkungen unterworfen wird. Plakate mit brennenden Kantonsfahnen haben Volkes Stimme offenbar überzeugt.

Die Ausschaffungs-Initiative ist auch angenommen worden. Ausschaffen ist ein interessantes Wort. Es steht nicht im Duden. Man kann ausdeichen, aushorsten, ausixen und vieles mehr, vom Ausschaffen weiß der Duden nichts, und doch wird es jeder Sprecher deutscher Zunge sofort verstehen. Wir brauchen den Duden gar nicht, weil wir wissen, dass man Schätze beiseite oder Probleme aus der Welt schaffen kann. Ich zweifle sehr, dass das Ausschaffen der richtige Weg dafür ist.

29. November

Nach der Währungsreform ließ der abwesende Herr Bürger seine Sachen abholen, Familie Grell zog in dieses größere Zimmer mit dem Balkon und machte ihr bisheriges Zimmer für uns frei. Von da an haben wir ihre Küche nicht mehr mitbenutzt, und meine

Mutter richtete sich mit einem Spiralkocher im neuen Raum ein. Das Wasser zum Abwaschen und zum Waschen wurde von nun an aus der Waschküche heraufgeholt und das Abwasser dorthin zurückgetragen. Heute kommt mir das sehr mühsam vor, aber damals war diese Mühsal nur die Begleiterscheinung von neuem Spielraum. Ein richtiger Tisch stand in diesem Zimmer, zum Essen und für meine Schularbeiten. Ein paar Jahre später wurde ein Wasserhahn eingebaut, aber das Abwasser musste wie immer nach unten getragen werden.

Zu Weihnachten sollte der Tannenbaum zwischen dem Kocher und der Spülkommode stehen. Das war der Moment, wo ich lernte, einen Tannenbaum zu kaufen. Meine Mutter hatte wie immer zu viel Arbeit vor den Feiertagen, und weil das Einkaufen im Lebensmittelladen, beim Milchmann und beim Bäcker schon länger meine Aufgabe war, konnte ich auch den Weihnachtsbaum übernehmen, zu zweit, mit meiner Freundin Linda. Wir machten uns auf den Weg und suchten den schönsten Baum aus. Es war ein echter Bremer Dezembertag, an dem es schon mitten am Nachmittag dunkel wird, schräg fiel der Regen im Nordwestwind, auf der Hauptstraße blinkten Pflastersteine und Schienen im schwachen Licht der Straßenlaternen, und als mit ihren beschlagenen Scheiben die leuchtende Straßenbahn vorbeifuhr, war die Weihnachtsstimmung perfekt. Unser Baum war nicht nur sehr schön, sondern auch sehr schwer. Aber wir ließen uns nichts anmerken, er war die Mühe wert. Wir fassten ihn an seinen beiden Enden und machten uns auf den Weg, bogen hinter der Schule in die Querstraße ein, die erst später gepflastert wurde, wichen Pfützen aus und gingen durch den Matsch, bis wir nach einer sehr langen Viertelstunde vor unserer Wohnungstür standen. Meine Mutter machte uns die Tür auf und war gar nicht glücklich. Er war zu groß, der Baum. Aber sie hat sich geirrt. Er war zwar groß, aber er fand Platz, und er war sehr schön. Während meine Mutter unseren alljährlichen Kartoffelsalat machte, habe ich ihn geschmückt, und am andern Morgen schaute ich vom Tisch aus ins dunkle Innere des Baums, wo die vom Zufallslicht belebten roten und grünen Kugeln mir so bedeutungsvoll vorkamen, wie ich es niemandem hätte sagen können. Oft habe ich daran gedacht, wenn ich später Weihnachtsbäume gekauft habe. Möglichst große.

Ein Radio gab es in diesem neuen Zimmer auch, ein ganz modernes mit einem magischen Auge und Tasten aus falschem Elfenbein. Wir hatten es in einem kleinen mit Radios und Plattenspielern vollgestopften Souterrainladen in der Nähe der Weser abgeholt.

Mehr Raum zu haben war auch darum gut, weil

in der Werkstatt inzwischen das Lehrmädchen ausgebildet wurde. Nach ihren drei Jahren blieb sie als Gesellin da, und ein neues Lehrmädchen kam zu uns.

Die Sache mit der Küchenbenutzung hatte vielleicht noch eine andere Seite. Was das Anschwärzen von Mitmenschen betrifft, ist meine Mutter immer sehr vorsichtig gewesen. Aber es könnte Probleme gegeben haben. Das schließe ich aus der Sache mit den Kartoffeln. Meiner Mutter war aufgefallen, dass ihre Vorräte aus der Kartoffelkiste im Keller schneller verschwanden als erwartet. Was tun? Man will ja niemanden verdächtigen. Sie nahm ein paar von ihren Kartoffeln, schnitt sie entzwei, legte einen Zettel hinein und heftete sie mit Stecknadeln wieder zusammen. Auf den Zetteln stand: Wenn meine Kartoffeln noch einmal verschwinden, rufe ich die Hausgemeinschaft zusammen, um das gemeinsam zu besprechen. Von da an haben keine Kartoffeln mehr gefehlt. Heute fällt mir auf, dass sie mir diese Geschichte nicht wie anderes erst erzählt hat, als ich schon größer war, sondern mir gleich, als sich der Erfolg eingestellt hatte, eine von den übrig gebliebenen präparierten Kartoffeln gezeigt hat.

Ein Jahr später, ich wurde zehn, nahm das Lernen ganz neue Formen an: in der Oberschule. Ich kam in die Schule an der Karlstraße, die fürs Erste nur so hieß, weil das Gebäude noch nicht wieder benutzbar war und wir für halbe Tage an der Dechanatstraße einquartiert wurden, der Schule, an der mein Vater in den zwanziger Jahren Englisch und Französisch gelernt und seine mittlere Reife gemacht hatte. Es war eine beeindruckende spätklassizistische Anlage aus den achtzehnhundertsiebziger Jahren, aus dunkelgrauem Klinkerstein, durch eine hohe Mauer sowohl von der Straße getrennt als auch vom altsprachlichen Gymnasium, das die andere Hälfte des symmetrischen Gebäudekomplexes bewohnte und die einzige höhere Schule war, in der beide Geschlechter unterrichtet wurden, wohl aus Versehen, weil sich niemand vorstellen konnte, dass Mädchen sich für tote Sprachen interessieren.

Nicht nur das Lernen, auch der Rest des Lebens veränderte sich. Die Zeit der Mädchenspiele mit Linda ging zu Ende. Unser Leben als verkleidete Prinzessinnen und das Spielen mit Puppen war vorbei, und wir hatten keine Gelegenheit mehr, neue Inhalte für unsere Freundschaft zu finden. Die kleinen Reihenhäuser im Westen der Stadt waren als Erstes wieder aufgebaut worden, und ihre Eltern warteten nur darauf, an ihre alte Adresse umzuziehen. Das war weit weg. Und zum ersten Mal hatte ich Freundinnen in der Schulklasse.

Jahre des Aufbruchs. Endlich schwimmen können. Englisch lernen. Geschichtsunterricht, der sich nicht mit den Bremer Hafenbecken befasste, sondern mit den alten Griechen und Römern, eine Lehrerin, die uns sagte, man könne Bücher wie *Quo Vadis* und *Ben Hur* lesen. Meine langen Zöpfe abschneiden. Algebra und Geometrie lernen.

Zu den Aufbrüchen gehörte auch, dass wir für eine Woche ins Landschulheim nach Rinteln fuhren, wo wir an warmen Abenden auf der dunklen Terrasse saßen und »Kein schöner Land« sangen. Rinteln liegt im Weserbergland, und in einem Bergland sind Berge. Einer von ihnen war vierhundert Meter hoch, was mich ungemein beeindruckte. Fast vier mal die Höhe des Bremer Doms, dachte ich. Das ist zwar nicht so hoch wie die Berge im Harz, wo wir in einem der folgenden Jahre unsere Landschulheimwoche verbrachten, aber doch unvergleichbar höher als der Oyter Berg, der einzige, den ich bis dahin kannte, und der war immerhin so hoch, dass man vom Rad steigen musste, wenn man weiter nach Osten wollte. Natürlich wusste ich schon, dass es höhere Berge gibt als den Oyter Berg. Vom Bild auf meiner Buntstiftschachtel wusste ich es, wo sich hinter den kämpfenden Rittern rote Felsen erheben und auf einem Berg im Hintergrund eine Burg steht. Burgen, Schlösser und Berge kannte ich auch aus Grimms Märchenbuch. Einen Glasberg gab es da und einen Berg, in den der Rattenfänger die Kinder aus Hameln lockt. Natürlich fragte ich mich, wie man in einen Berg hineinkommt, aber es war nicht nötig, das zu verstehen, weil Märchen sich von Anfang an als Gedankenspiele erwiesen hatten, die außerhalb des gewöhnlichen Lebens angesiedelt waren, und wenn man da etwas genauer verstehen wollte, hatte man das Erzählprinzip nicht begriffen. Ich jedenfalls war froh, dass bei uns die Berge nicht höher waren als der Oyter Berg, weil es so mühsam war, das Fahrrad hinaufzuschieben.

Es war ganz neu, mein Fahrrad. Ich hatte mein Taschengeld und die kleinen Trinkgelder der Kundinnen, denen ich ihre Kleider brachte, gespart, bis ich es mir kaufen konnte. Westfalen stand auf dem Rahmen, ich hatte es vorher, meinen Schulweg unterbrechend, sehr sorgfältig ausgesucht, aber um den Handel abzuschließen, hat meine Mutter mich in das Geschäft begleitet, ein verlockendes Geschäft beim Sielwall mit einem Schaufenster, das man schon von der Straßenbahn aus sehen konnte. Zwei Jahre hatte ich gespart für mein Fahrrad, Groschen um Groschen, und die Freude war groß, viel größer, als wenn ein reicher Onkel es mir geschenkt hätte. 112 Mark sollte es kosten, es wurden dann 119 Mark, weil noch das Netz und die Beleuchtung dazukamen, und es war der Aufbruch in eine Zeit mit sommerlichen Radtouren, nicht mit meiner Mutter, die zu viel Arbeit hatte, aber mit ihrer Verwandtschaft, und später Reisen mit Gleichaltrigen, bis es mich, eigenhändig mit roter Rostschutzfarbe überstrichen, ins Studium begleitet hat.

Dann begann ich von Neuem zu sparen, bis genug Geld da war, um mein klappriges Bett durch eine neue Bettcouch zu ersetzen. Das Wort »sparen« hatte eine andere Bedeutung, als es heute hätte. Es hieß auch, von den zehn Pfennigen, die ich für ein Eis bekam, wenn ich im Sommer in die Badeanstalt ging, kein Eis, sondern nur ein Brötchen für vier Pfennig zu kaufen und sechs Pfennige in die blaue Zigarettenschachtel aus Bakelit zu legen, auf der in erhabenen Buchstaben Boston stand. Oder die Dreiviertelstunde zu Fuß in die Schule gehen und die zehn Pfennige für die Straßenbahn sparen. Und sich wundern, wie viel Geld auf diese Weise zusammenkommt, wenn man Geduld hat. Genug für eine Couch. Auch meine Mutter wollte ihr Bett ersetzen, das sie jeden Morgen so zusammengerollt hatte, dass es, mit einer ins Rötliche umgefärbten Decke drapiert, als Sofa für die Kundinnen durchgehen konnte. Wir gingen in ein

Möbelgeschäft, das ich als düsteres Lager in Erinnerung habe mit zahllosen klobigen Möbeln, alles war dunkelbraun oder noch dunkler, kaum zu erkennen im spärlichen Licht, Möbel, die nur abstoßend waren und so zusammengedrängt, dass zwischen ihnen kaum ein Durchkommen war. Staub war in der Luft und ein unvergesslicher Geruch, von dem mir fast schlecht wurde. Nicht nach frischer Farbe oder Leim oder Holz oder Mottenpulver, sondern zutiefst abgestanden. Erst heute frage ich mich, ob es vielleicht auch damals schon Möbelgeschäfte gab für Leute, die mehr Geld ausgeben konnten als wir. Wir kauften jedenfalls zwei Couches zum Zusammenklappen, beide in Braun mit helleren Einsprengseln, ihre für zwei und meine für eine Person, und waren glücklich über das Ende des Provisoriums.

Aber meine Mutter war nicht nur glücklich. Sie war geschieden, der Mann, der sie heiraten wollte, verbrachte die Feierabende bei uns und ließ sich nicht scheiden. Ganz im Gegenteil, ihm wurde ein weiteres Kind geboren. Als meine Mutter mir das erzählte, hätte ich es für eine unbedeutende Neuigkeit gehalten, weil andere Menschen auch Kinder bekamen, wäre da nicht in ihrer Stimme etwas gewesen, das ich noch nicht kannte und das mir sagte, es müsse um etwas von großem Gewicht gehen. Worin dieses Gewicht bestand, konnte ich erst ein paar Jahre später begreifen. Dann erklärte sie mir auch, dass es für ihn problematisch sei, sich scheiden zu lassen, weil er inzwischen in der lokalen Politik aktiv war, Bürgerschaftsabgeordneter wurde und sich eine Scheidung nicht leisten konnte. Oder behauptete, sie sich nicht leisten zu können. Um meine Mutter nicht zu verlieren, nachdem er sie so lange belogen hatte, zog er in eine andere Wohnung um, in ein möbliertes Zimmer, wo die Wirtin für seinen Haushalt sorgte. Und um seine Karriere nicht zu gefährden, ging es nicht an, dass sie ihn dort besuchte. Es hätte ja jemand etwas merken können.

1. Dezember

Am 21. Dezember geht der Herbst zu Ende, habe ich gelernt. Aber heute spricht man auch vom meteorologischen Winteranfang, was besser zur Erfahrung passt. Heute richtet sich das Wetter danach. Eiskalt ist es geworden, und die Sonne scheint. Sie steht jetzt so tief, dass ich die Jalousie herunterziehen muss, wenn ich mich ans Klavier setze. In westlicheren Ländern wurden am Morgen Flughäfen geschlossen, und nachmittags fing es auch hier an zu schneien, nicht heftig, aber ununterbrochen. Dreihundert Unfälle mit Blechschäden werden aus der Region gemeldet. Und meine Freundin, mit der ich heute Abend Woody Allens *Manhattan* wieder einmal anschauen wollte, rief an und sagte ab, weil sie, aus der Stadt kommend, vor lauter Glätte nur mit fremder Hilfe den Weg zu ihrer Wohnung hinaufsteigen konnte und das nicht noch einmal erleben möchte.

Mit einem unerwarteten langen häuslichen Abend vor mir, habe ich mich gleich ans Klavier gesetzt, zu den G-Dur-Stücken zurückgeblättert und feststellen müssen, wie viel mir da nun doch wieder fehlt, nachdem ich dachte, meine Hände hätten es begriffen. Die linke Hand kann ihre Akkorde, aber die rechte versteift sich bei den Halbtönen. Hürden, von denen ich glaubte, ich hätte sie schon genommen, bauen sich eigensinnig wieder auf. Und ich muss annehmen, dass es beim Wiederholen von F-Dur genauso lausig gehen wird. Na und? Mir schaut ja keiner auf die Finger.

Das war in der Schule anders. Dort wurde geprüft. Als ich zwölf war, begann unser Lateinunterricht. Der hätte mir gefallen, wenn die neue Lehrerin nicht gewesen wäre, die ich heute als monströs bezeichnen würde. Nicht dass sie viel verlangt hat, war monströs, sondern wie erbarmungslos sie viel verlangt hat. Wer nicht genügte, blieb sitzen, weil sie in der Lehrerkonferenz darauf gepocht hat, dass auch in andern Fächern die Noten im Zweifelsfall nach unten ge-

drückt wurden, wenn es um eine schlechte Latein-
schülerin ging. Dass sie zugleich unsere Klassenleh-
rerin wurde, machte es schlimmer, ihr rigides Regi-
ment führte zu so vielen Elternbeschwerden, dass sie
ans Alte Gymnasium versetzt wurde, nachdem wir
sie drei Jahre lang ertragen hatten. Und dann geschah
etwas, das ich lange nicht verstehen konnte. Ihr fiel
der Abschied schwer. Sie hatte Tränen in den Augen.
Ihre Stimme brach. Diese Frau muss uns geliebt haben, dachte ich, während sie jahrelang daran gearbeitet hat, uns das Gegenteil zu beweisen. Den Widerspruch konnte ich nicht auflösen, und darum ist die
Frage, wie das Leben einer solchen Person ausgese-
hen haben muss, mir für immer im Kopf geblieben.
Man könnte zwar meinen, ihr sei nur der Abschied
von zwei oder drei Lieblingsschülerinnen schwergefallen, aber ich glaube nicht, dass das die ganze
Wahrheit ist.

Etwas konnten wir an unserer Schule nicht lernen,
nämlich dass Mädchen für Sprachen begabter und in
den Naturwissenschaften weniger begabt seien als
Jungen. Wir konnten nur die Unterschiede beobachten, die zwischen uns bestanden, und die waren groß.
Mathematik und Naturwissenschaften waren Frau-
ensache, was die Lehrkräfte betraf, während Englisch von einem Mann unterrichtet wurde. Auch
die Direktorin war eine Frau, für uns eine Selbstver-

ständlichkeit, die aber später zur Ausnahme wurde, als die Koedukation überall eingeführt war.

Ich jedenfalls habe erst viel später gelernt, dass es, was das Denken betrifft, Geschlechterunterschiede geben soll. Männern, hieß es dann, liege das logische Denken mehr und Frauen das gefühlsmäßige. Mich hat das doppelt irritiert. Einerseits konnte ich beides nicht unterscheiden, weil mir immer schien, es bilde eine Einheit. Und andererseits widersprach es meinen Erfahrungen, und nicht nur darum, weil in schweren Jahren die meisten Männer im Krieg waren und Frauen die Dinge in die Hand nehmen mussten. Auch später, wenn es darum ging, einen komplexen handwerklichen Plan in die Tat umzusetzen, hatte ich immer wieder erlebt, dass meine Mutter die Einzelheiten und ihre Ausführung besser verstehen und sinnvoller ordnen konnte als ihr männlicher Partner, sodass für mich die theoretische und die praktische Vernunft immer weiblich waren.

2. Dezember

Als ich zwölf wurde, kam nicht nur das Lateinische in mein Leben. Neu war auch, dass ich von einem Tag auf den andern zu denen gehörte, die alle vier Wochen beim Turnunterricht zuschauen mussten.

Durften, das trifft es besser, weil außer bei Ballspielen und beim Schwimmen das Turnen für mich eine demütigende Mühsal geblieben war.

Neu war die Entdeckung, dass es im Radio nicht nur Nachrichten gab und Kinderhörspiele, sondern auch eine Musik, die man sonst nirgends hören konnte, außer bei den besten Bahnen auf dem Freimarkt. AFN Bremen und Bremerhaven hieß das Zauberwort. Wenn man den Soldatensender einstellte, gab es Stimmen wie die von Hank Williams oder den Tennessee Waltz zu hören, und obwohl sie mein geringes Schulenglisch auf eine harte Probe stellten, wurden sie zum Soundtrack, wenn ich meine Hausaufgaben machte.

Neu war, dass ich zum Zahnarzt musste. Dabei ging es nicht um ein paar Plomben, sondern um eine lange Leidenszeit, in der ich gründlich mit Quecksilber und anderen Metallen vergiftet wurde, was unabsehbare Folgen haben sollte, von denen damals allerdings noch nichts bekannt war. Die Praxis war gleich neben der Eisdiele, wo ich mir das von meiner Mutter spendierte Eis nur ausnahmsweise geleistet hatte, weil ich für mein Fahrrad sparte. Das Warten im Wartezimmer war schrecklich und machte einen neuen Gedanken möglich. Ich saß dort mit vielen andern, froh über jeden, der vor mir an die Reihe kam, und wusste zugleich, wie unsinnig das war, weil das

Warten mir den Bohrer und das Lachgas nicht erspa-
ren konnte. Meine Zähne waren ein Ruinenfeld, daran konnte ich nichts ändern.

Und neu war schließlich die Agfa Box. Ich hatte sie
mir zum Geburtstag gewünscht, obwohl ich wusste,
dass Fotografieren Geld kostet. Aber weil ich schon
ein Fahrrad und eine Bettcouch hatte, konnte ich mir
das leisten. Die Negative waren sechs mal neun Zen-
timeter groß, sodass auch die kläglichste Linse Bilder zustande brachte, auf denen man alles erkennen
konnte, was drauf war. Beim Fotografieren ging es
darum, dass alles drauf war, was man erkennen sollte.
Bei den Wolken, so prächtig sie fürs Auge auch aussahen, war das keine Selbstverständlichkeit, weil für
den Film das Blau des Himmels genauso hell leuchtete wie das Weiß der Wolken, und darum musste
man ihn überlisten und den Schieber, mit dem man
die große oder die kleine Blende wählen konnte,
noch weiter herausziehen, bis der Gelbfilter vor der
Linse war. Fotografieren hieß, sowohl beim Sehen
als auch später, wenn man den Film zum Entwickeln
brachte, Entscheidungen zu treffen. Ich entschied
mich mit einer gewissen Heftigkeit gegen Chamois
matt. Gezackte Ränder waren ohnehin mit den Jahren obsolet geworden, obwohl man sie noch machen
lassen konnte. Erst viel später wurde die Möglichkeit
angeboten, Fotos ohne Rand zu bestellen. Und dann

begann ich auch bald, den Glanz zu verabscheuen. Unterwegs in die Zukunft, die wie jegliche Zukunft besser sein sollte als die Vergangenheit, sagte ich mich los von ihren Bildern und entwickelte die Überzeugung, dass, was schön war, matt sein musste und schwarzweiß. Aber das war später. Davon wusste ich nichts, als ich bei meinen Großeltern auf der Schaukel saß, in der Sonne, den Hühnern zuschaute und gleichermaßen nichts davon wusste, dass ich eines Tages, noch viel später, nicht mehr fotografieren und eine Arbeit finden würde, die jenen Stunden gleicht, wenn ich, auf der Schaukel sitzend, viel Zeit hatte und nachdachte auf eine Weise, in der die Gedanken mir in den Kopf flossen und ihn verließen, ganz wie es ihnen gefiel. Schreiben ist ja nicht möglich, wenn es nicht gelingt, sich bis zu genau diesem Zustand vorzuarbeiten, wo die Gedanken sich selbständig machen, obwohl man nicht auf einer Schaukel sitzt.

Auf dem Hühnerhof gab es ein gutes Dutzend Hühner. Sie scharrten, sie legten sich unter die Büsche oder in ihre sandigen Mulden, sie respektierten die Stärkeren, die Lauteren, die Größeren, oder sie taten es nicht. Sie richteten ein Auge gegen den Boden, oder sie richteten es gegen den Himmel. Sie pickten auf, was sie fanden, und hatten die wunderbarsten Gesänge für alle Gelegenheiten. Und obwohl mein Großvater den Hebel der Pforte sehr sorgfältig zuschnappen ließ, schafften sie es immer wieder bis in den Gemüsegarten. Sie brauchten die Pforte nicht. Sie konnten fliegen, taten es aber nur heimlich, wenn niemand zuschaute. Einmal allerdings sah ich eins, wie es oben auf dem Pfosten landete, der den Maschendraht hielt, sich mit Mühe auffing und dann, weil ich mit dem winzigen vertrauten Klicken den Hebel der Pforte hob, nicht mehr wusste, ob es seinen Entschluss nun, da das Schwierigste geschafft war, noch zu Ende bringen oder lieber in der Hoffnung auf bessere Leckerbissen wieder umkehren sollte. Ich blieb stehen, weil ich glaubte, es würde aus Angst vor Strafe dann doch hinüberspringen. Ich traute diesem wunderbaren weißen Huhn so viel Dummheit zu, nicht zu wissen, dass es schlimmer war, in den Beeten oder bei den rot leuchtenden Johannisbeeren erwischt zu werden als auf dem Zaun. Darum rannte ich schnell in die andere Richtung, um das Huhn von der Gartenseite her in den Hof zurückzuscheuchen.

Bevor meine Ferien anfingen, freute ich mich auf die Hühner und hoffte, dass sie mich erkannten und liebten. Heute weiß ich, dass das unmöglich war, und trotzdem machen mich Wörter wie New Hampshire, Rhode Islander und Leghorn sentimental. Sie wecken undeutliche Mitteilungswünsche, aber nicht so wie Blausperber. Blausperber hatten Federn bis hinunter zu den Füßen. Vielleicht ist es das, was ihnen dazu verhalf, all die Erinnerungen, die uns die Kehle zuschnüren, in sich aufzunehmen und dann, wenn das Wort Blausperber fällt, wieder auszuströmen. Sie haben schwarze Federn, die Blausperber, und sind auf eine unbeschreibliche Weise weiß gesprenkelt. Sie waren sehr ernsthaft und niemals allzu eifrig. Das sinnlose Herumrennen, welches andere liebten, lag ihnen nicht.

Wann immer ich an die Hühner dachte, dachte ich an die Zufriedenheit, die sie ausstrahlten. Sie taten es gewissermaßen sogar dann, wenn sie nicht zufrieden waren, denn auch, wenn sie sich in einen Streit verstrickten, schienen sie zu wissen, dass im Gegensatz zu menschlichen Sorgen ihr Streit vorübergehend und aus einem glücklichen Leben nicht wegzudenken war. Ich sah ihnen zu, erst erschrocken, dann ungläubig. Sie nahmen ihre Auseinandersetzungen ernst, schienen sie aber schnell zu vergessen. Es war, als läge kein unheilvoller Schatten über ihren Kämpfen.

In meinen Tagen mit den Hühnern kam schlechtes Wetter nicht vor. Sobald es zu regnen anfing, gingen sie in ihren Schuppen, und ich spielte Halma mit meiner Großmutter. Die unablässigen Sonnentage der Kindheit sind, was die Hühner betrifft, kein Irrtum einer von der Gegenwart enttäuschten Erinnerung.

Die Hühner waren das Erste, was ich mit meiner neuen Agfa Box fotografieren wollte. Aber es regnete. Zum Fotografieren brauchte man Sonne, weil sonst die Bilder unterbelichtet waren. Nur mit Gegenlicht, hatte mein Vater gesagt, musste man aufpassen, das vertrug eine so einfache Kamera nicht. Meine Tage bei den Großeltern gingen zu Ende, und ich wartete den ganzen Tag, dass der Regen aufhörte, um gegen Abend, als die Sonne noch einmal herauskam, mit fahlgelben Farben den Regen des nächsten Tages ankündigte und schon so tief stand, dass der westliche Horizont sie bald verschlucken würde, das Foto zu machen, bevor die Hühner schlafen gingen.

Es war nicht leicht, sie zu fotografieren. Nicht nur, dass sie in ständiger Bewegung waren, während ich Zeit brauchte. Als Erstes begriff ich, dass es nicht darum gehen konnte, möglichst viele auf dem Bild zu haben. Ich musste auswählen und wusste nicht, wie eine Auswahl das zeigen konnte, was die Hühner für mich bedeuteten. Das wollte ich lernen.

Als ich die Abzüge in der Drogerie abgeholt hatte, sah ich die zwei Hühner, wusste, wie sie für den ganzen Hühnerhof standen, konnte es aber auf dem Bild nicht sehen. Und zu klein waren sie auch. Dann sah ich etwas, womit ich nicht gerechnet hatte, einen Schatten. Der Schatten ging schräg durchs Bild und war sehr groß, weil die Sonne schon tief stand und ich mit der Sonne fotografiert hatte, um Gegenlicht zu vermeiden, und dieser Schatten war ich. Sobald ich ihn gesehen hatte, konnte ich nur noch ihn sehen und hielt das Bild für misslungen. Dann gewöhnte ich mich daran und begann es zu mögen.

Von da an habe ich Schatten gesehen. Nicht nur im Sucher, wenn ich etwas fotografieren wollte. Auch bei Abendspaziergängen, wo sich mein Schatten in ungemeiner Länge über einen Acker hinziehen konnte, während er mittags sehr kurz wurde. Von deinen Füßen bis zu dem Baum dahinten, sagte ich mir, so lang bist du. Aber in dieser Verzerrung war die gewohnte Gestalt nur schwer wiederzufinden. Und die gleiche Verzerrung gilt vielleicht auch für die Erinnerung, wenn sie so tief im Westen ihr Licht auf die Vergangenheit wirft. Die Dinge können nicht ganz so gewesen sein, wie sie mir nach der langen Zeit des Erinnerns und Wiedererinnerns vorkommen. Auch die nicht, die heute plötzlich und wie neu wieder auftauchen, nachdem ich all die Jahre nicht an sie gedacht habe. Aber was soll ich machen, ich habe nur diesen einen Zugang zu ihnen. Damit muss ich vorliebnehmen. Es ist ja auch niemand mehr da, den ich fragen könnte, wie es wirklich war oder wie die Wirklichkeit, falls es sie gibt, in der Erinnerung der andern aussieht.

Eine lange Geschichte des Fotografierens fing mit

der Agfa Box an. Sie führte mich über viele Stationen bis zur Digitalkamera, die mir das Fotografieren, das sie so sehr erleichtert, nun ganz überflüssig erscheinen lässt, als hätten Bilder, von denen es keine Negative gibt, ihren Wert verloren.

3. Dezember

Ein Geigenvirtuose, höre ich, benutze ein merklich größeres Hirnareal für die linke Hand als unsereins, nachdem er zehntausend Stunden geübt habe. Und das habe er, sonst wäre er kein Virtuose. Wie tröstlich. Ich habe vielleicht hundert Stunden geübt und wundere mich, dass ich auch schon ein wenig gelernt habe.

Bisher dachte ich, der Ort, wo die Zeit am schnellsten vergeht, sei die Dunkelkammer. Man hat an drei oder vier Fotos gearbeitet, und schon sind drei Stunden vorbei. Aber am Klavier kann es ähnlich gehen. Zwanzig Minuten für die Festigung von F-Dur-Stücken schienen mir für heute sinnvoll, aber als ich nachher auf die Uhr sah, waren anderthalb Stunden vergangen. Zeit ist Geld, sagt man, und wenn das wahr wäre, würde ich die Zeit vorziehen. Zum Glück gehöre ich nicht zu denen, die so viel arbeiten müssen, dass ihnen keine Zeit übrig bleibt. Ein Vorteil des Alters. Aber dass im Alter die Zeit schneller vergeht, sagt man auch, und das ist wahr. Trotzdem kann ich mir nicht vorstellen, dass ich mit diesen anderthalb Stunden etwas hätte anfangen können, das sinnvoller wäre als Klavierübungen, die keinen andern Nutzen haben als den, dass ich übe.

Nein, das stimmt so nicht. Zweifellos wäre es sinnvoller gewesen, meine Kenntnisse des Französischen zu verbessern. Sie reichen in keinem Fall aus, wenn ich sie brauchen möchte. Seit langem habe ich deswegen ein schlechtes Gewissen, weil ich nur einfachste Dinge verstehe und fast nichts sagen kann und schon gar nicht das, was ich denke, obwohl ich es in der Schule drei Jahre gelernt habe. Jede Frankreichreise wurde zu einer Beschämung. Im Gegensatz zum Klavierspielen wäre Französisch zu etwas nütze.

Es ging mir nicht darum, mehr zu wissen, und es gäbe ja noch vieles, worüber ich zu wenig weiß. Lieber wollte ich auf meine alten Tage wieder einmal mit den Händen lernen, weil ich das lange nicht gemacht habe.

Oder wollte ich Klavier spielen lernen, um mich nicht ums Französische kümmern zu müssen? Weil ich die unvermeidlichen Fehlschläge fürchte, die schmerzhafter wären, als wenn mir das Klavierspielen nicht gelingt. Darüber kann ich lachen, darüber, dass mein Kopf bei Vokabeln und Verbalformen streikt, wohl weniger. Ich würde mich schämen und vermute, dass das der Grund ist, warum ich meine französischen Defizite nie ernsthaft an die Hand genommen habe.

Dieses Schamgefühl scheint mir so unausweichlich, wie es unausweichlich war, wenn ich vor den Turngeräten stand und an ihnen gescheitert bin. Ich konnte an ihnen nur scheitern, das war vom ersten Augenblick an klar, während mein Vater an ihnen Großes vollbringen konnte, und nicht weil er groß war, sondern weil er gewissermaßen ein geborener Turner und darum schon mit sechs Jahren in den Mahndorfer Turnverein eingetreten war. Auf einem Foto sehe ich sechs junge Männer in weißen Turneranzügen, wie sie auf dem Gras vor der Turnhalle stehen, alle im Halbprofil und mit einem Siegerkranz aus Eichenlaub in der Linken, von dem die vermutlich farbigen Schleifen bis auf die Füße herabhängen. Mein Vater ist der Zweite von rechts und der Einzige, der seine Muskulatur nicht in eine groteske Positur wirft, wie sie um 1930 zum Bild eines Siegers zu gehören schien.

Mein Vater liebte die französische Sprache, die er in der Schule gelernt und in seiner Zeit als Besatzungssoldat in Frankreich gebraucht hatte, und er wollte sie mir ans Herz legen. Wir saßen in Bremerhaven auf der Böschung des Deichs und schauten auf die Weser hinaus. Das Wasser war wegen der Ebbe weit zurückgewichen, große Steine lagen zu unseren Füßen, die mit haarigem Grün bewachsen waren. Es folgte dem Treiben und Ziehen der Strömung, wenn kleine Wellen darüber hinspülten. Im fernen Dunst war Nordenham am andern Ufer zu erkennen. Es war ein sonniger Tag, der übliche Nordwestwind trieb fröhliche Wolken zu uns herüber, und mein Vater erklärte, was für eine wunderbare Sprache das Französische sei. Er rühmte seinen Klang und seine Besonderheiten, die unter anderem darin bestanden, dass die Dinge nicht nur andere Namen hatten, sondern auch ein anderes Geschlecht, denn man sage in Frankreich der Sonne, die Mond und der Butter.

Das war ein Augenblick, denke ich heute, wo ich hätte nachfragen müssen. Ich war ja kein kleines Kind mehr. Hatte er nicht ein Recht darauf, dass sein Kind etwas über ihn wissen wollte? Jeder vernünftige Mensch, denke ich heute, würde in einem solchen Augenblick wenigstens fragen, was er in seinen anderthalb Frankreichjahren erlebt und gesehen hat. Ich habe es nicht getan. Ich wusste nicht einmal, dass es nur anderthalb Jahre waren. Es hat mich nicht interessiert. Und ich habe es auch später nicht getan, als es mich schon interessiert hätte. Das ist unbegreiflich, denke ich heute. Je älter ich wurde, umso deutlicher habe ich begriffen, dass man Mut dafür brauchte und dass ich diesen Mut nicht hatte. Ich wollte ihn nicht in Verlegenheit bringen, denke ich heute, weil ihn alles in Verlegenheit brachte, das sich nicht mit einem kurzen Satz beantworten ließ. Und dass ich ihn womöglich gar nicht in Verlegenheit gebracht, sondern ihm einen Gefallen getan hätte, denke ich heute auch.

Zu der Zeit wusste ich nicht, dass Männer, wenn sie aus dem Krieg zurückkommen, mit einer schweren Last kommen von all dem, was sie getan, gesehen oder erlitten haben. Und wenn ich es gewusst hätte, wäre die Scheu, ihn danach zu fragen, womöglich noch größer gewesen.

Als wir am Fluss saßen und über das Französische sprachen, habe ich ihm zugehört mit einem Gefühl der Erleichterung darüber, dass er etwas gefunden hatte, worüber er sprechen konnte, und die Erleichterung war stärker als mein Desinteresse an dem, was er sagte und was so wenig mit den Fragen des Lebens zu tun hatte, die mir wichtig waren.

4. Dezember

Mein pädagogisches Lehrwerk kennt seine Pappenheimer. Das denke ich oft und mit Vergnügen. Und weil es wohl nicht für Menschen im Rentenalter gedacht ist, schließe ich daraus, dass jüngere Adepten dieselben Schwierigkeiten haben wie ich, was aber nichts über das Ausmaß der Schwierigkeiten sagt. Und die Dame, die alles Verlangte einfach gemacht hat, hatte zweifellos sehr gute Lehrer, die die immer neuen Hürden zu minimieren wussten.

Meine neue Hürde ist das Stakkato-Spiel. Nichts ist einfacher als das, noch keine Hürde war je so niedrig, nachdem es bisher immer ums weiche Spielen ging. Aber sie hat ihre Tücken. Nachdem mein armes Gehirn sich schon auf unterschiedliche Stakkato-Rhythmen in den Händen eingestellt hat, ist es überfordert, wenn in einem Takt die rechte Hand plötzlich singen soll, während die Linke beim Stakkato bleibt. Dabei ist das leicht zu denken. Aber was leicht zu denken ist, stößt trotzdem auf verklebte Muster beim Umsetzen. »Jingle Bells« mit seinem »one horse open slay« soll ich spielen. Jingle Bells. Als unsere Kinder noch klein waren, habe ich eine goldene Weihnachtsbaumkugel gefunden, in der eine Spieluhr diesen Dauerbrenner aus der Weihnachtsabteilung abspulte. Sie war immer ein ironischer Akzent gegen die diversen Varianten von Weihnachtsernst.

Es muss feste Bräuche geben, hat der kleine Prinz uns allen eingeschärft. Ich teile seine Meinung, aber nur, solange sie nicht überhandnehmen, die festen

Bräuche. Und meine Weihnachtsfamilie teilt sie auch, jedenfalls was Weihnachten betrifft. Ich weiß das, weil ich ab und zu frage, ob wir nicht alles einmal ganz anders machen wollen. Sie wollen das nicht.

5. Dezember

Als ich ein Kind war, fand das Fest seit der Trennung der Eltern jahrelang so statt, dass ich den Heiligen Abend mit meiner Mutter und einem wunderbar angereicherten Kartoffelsalat gefeiert habe und den ersten Weihnachtstag mit meinem Vater bei den Großeltern, wo sich dann auch die übrige Familie versammelt hat, die verwitwete Tochter, die bei den Eltern gelebt hat bis zu deren Tod, die jüngere, inzwischen geschiedene Tochter mit ihren beiden Mädchen und der älteste Sohn. Ihr Weihnachtsbaum war den größeren Räumlichkeiten entsprechend größer als der unsere, schien mir aber trotz oder vielleicht wegen viel mehr Lametta weniger lebendig.

Dort wurde gesungen. Mit Klavierbegleitung singt es sich auch leichter. Onkel Albert, der Tastenlöwe, machte es möglich.

Erst viel später habe ich begriffen, warum mich dieser Onkel und sein Klavierspiel so abgestoßen hat. Aber ob ich diesen Mann als Kind von mir aus abgelehnt oder die unausgesprochene Abscheu meiner Mutter übernommen habe, muss offenbleiben.

In seinem Dorf war er der Erste, der sich zur SS meldete und sich dann mit glänzenden Stiefeln, schwarzem Umhang und Stöckchen herumspazierend sehen ließ, um den Abstand zwischen sich und den gewöhnlichen Menschen zu vergrößern. Ich habe ihn nie in dieser Aufmachung gesehen, sehe aber keinen Grund, an der Beschreibung zu zweifeln. Sie passt so gut zu ihm, dass ich sie womöglich selbst hätte erfinden können. Sein kleiner Bruder wirkte neben ihm schmächtig, und nicht nur auf dem Foto, das die Geschwister als Kinder zeigt, den einen schon als kleinen Mann, den anderen zart und in einem Kleidchen, wie man es damals den kleinen Jungen angezogen hat. Das blieb so, obwohl mein Vater zwar schmal, aber keineswegs schmächtig war. Dass sein großartiger Bruder je geturnt hätte, kann ich mir nicht vorstellen. Pompös war er nicht nur von Statur, sondern auch, was sein Verhalten betraf. Er ließ für sich arbeiten. Und dass er selbst in seinem dubiosen Umfeld durch Ausschweifungen unangenehm aufgefallen und strafversetzt worden war, wollte meine Mutter auch gehört haben.

Außerdem wusste er gut zu heiraten. In einem prächtigen weißen Haus in einem Hamburger Elbvorort habe ich seine Frau als kleines Kind mit meiner Mutter besucht, als die Männer im Krieg waren. Ein solches Haus ist ohne Klavier nicht vorstellbar, aber ich war noch zu klein, um darauf zu achten, und kann mich auch sonst an wenig anderes erinnern als an die herzliche Wärme, die von dieser Tante ausging. Vielleicht noch an Türen aus lauter Glasscheiben, die die Zimmer voneinander trennten, und dass man sie nicht aufmachen, sondern beiseiteschieben konnte. Außerdem glaube ich, dass es dort andere Zimmerpflanzen zu sehen gab als die Sanseverien und Klivien, die ich von meiner Großmutter kannte. Diese Erinnerung verblüfft mich, denn ich habe Fotos von diesem Besuch gefunden, die besagen, dass ich noch keine anderthalb Jahre alt war. Wie kann ich das noch wissen?

Diese Ehe scheint erst nach dem Krieg in die Brüche gegangen zu sein, denn mein Vater gibt in den Papieren der Militärregierung vom Oktober 1945 noch Klein-Flottbek bei Hamburg als Wohnsitz seines Bruders an. Ich wüsste nur zu gern, wie diese Ehe zu Ende gegangen ist. Das Warum schien mir dagegen immer ganz einfach zu sein, viel einfacher als die Frage, warum diese Frau meinen Onkel überhaupt geheiratet hat. Inzwischen kann ich mir aber auch vorstellen, dass ich mit meinen Vermutungen unrecht hatte. Sie war voller Herzenswärme, aber keine Schönheit, und ich kann nicht ausschließen, dass sie sich geschmeichelt fühlte, wenn ein Mann mit so großartigem Auftreten sich für ihr Geld interessierte.

Wenn ich mich recht erinnere, gab es nach dem Kriegsende eine Zeit, in der Onkel Albert nicht vorkam. Für ein Kind sind die Dinge, wie sie sind, wenn sie nicht besprochen oder erklärt werden. Man könnte vermuten, dass er eine Weile im Gefängnis verbringen musste wie andere kleine Nazigrößen. Aber so muss es keineswegs gewesen sein.

Bald wohnte er in einem Reihenhaus in einer durchaus repräsentativen Gegend, wo ich ihn mit meinem Vater besucht habe, und hatte eine neue, überaus stattliche Frau, die zudem noch von Adel war, auch sie um einiges sympathischer als er. Mein Vater musste für ihn da sein, wenn er einen Buchhalter brauchte, und während die Männer im Büro verschwanden, saß ich mit Tante Marie-Louise, der Gräfin, auf ihren kostbaren Stilmöbeln. Ich habe vergessen, was wir gemacht oder worüber wir gesprochen haben, aber ziemlich sicher hat ihr Foxterrier eine Rolle gespielt an diesen Nachmittagen.

Im Dritten Reich gab es für Menschen mit einem allzu schlichten Nachnamen die Möglichkeit, diesen durch Beifügung ihres Herkunftsorts aufzubessern. Darauf schien Onkel Albert nur gewartet zu haben. Und dieser Tatsache verdanke ich es, dass ich ihn heute im Internet finden kann. Leider nicht mit den Dingen, die mich wirklich interessiert hätten, aber doch mit der verblüffenden Nachricht, dass im Herbst 1944, als der Krieg längst verloren war und die Hoffnung auf die V2 geschürt wurde, eine Gruppe von SS-Offizieren es für geboten hielt, in Göttingen eine Kavallerieschule aufzubauen, nachdem der einstige Einfluss der Reiter-SS seit Kriegsbeginn zurückgegangen war. Dieser Reiter-SS, lese ich heute, gehörten vorwiegend der deutsche Hoch- und Erbadel und das gehobene Bürgertum an, was wohl der Grund dafür ist, dass sie als einzige SS-Formation vom Nürnberger Militärgericht nicht als verbrecherisch beurteilt wurde.

Der Onkel mit dem Doppelnamen war an diesem Kavallerie-Institut im Rang eines Hstuf, also Hauptsturmführers, was beim Heer einem Hauptmann entsprechen würde, für die Verwaltung zuständig. Nur mit Mühe kann ich ihn mir auf einem Pferd vorstellen. Aber das kann an mir liegen. Andererseits musste man womöglich gar nicht reiten, wenn man die Verwaltung besorgte.

Würde er noch leben, wäre er sicher gekränkt wegen der schlichten Schreibweise seines Doppelnamens im Internet. Ihm genügte nämlich sein einfaches Mahndorf nicht, er hatte es in ein wahnhaftes Mahrndorff verwandelt. So steht sein Name auch in den Entnazifizierungsunterlagen meines Vaters an der Stelle, wo er angeben musste, ob er Verwandte hatte, die jemals in einer der vorher aufgeführten nationalsozialistischen Organisationen Amt, Rang oder eine einflussreiche Stellung hatten. Dörfer mit ff kommen jedenfalls nicht in der Geografie, sondern vor allem im Adelskalender vor.

Abgrundtiefe Abneigung ist der Grund, warum ich diese Verwandtschaftsbeziehung ignoriert habe, seit ich erwachsen bin. Heute bedaure ich das, weil mir Genaueres und Zusammenhänge mit den Jahren immer wichtiger geworden sind und ich mit meinem pauschalen Bild nicht mehr zufrieden bin. Aber je älter wir werden, umso weniger gibt es die Möglichkeit, mehr zu erfahren. Dass es sie früher gegeben hat, ist allerdings auch nicht sicher. Bei mir hätte es wohl am Mut gefehlt und bei ihm an der Bereitschaft, über heikle Fragen zu sprechen.

6. Dezember

Ich erinnere mich nicht, dass ich von meinem Vater je einen Satz gehört hätte, der auf seine Beziehung zum älteren Bruder schließen ließe. Der einzige Hinweis ist eine Bemerkung seiner zweiten Frau, er lasse sich von ihm ausnutzen. Aber ob das nur die Anmer-

kung einer hellsichtigen Ehefrau oder auch seine
eigene Meinung war, kann ich nicht beurteilen.

Oft habe ich mich auch gefragt, wie sich diese
Beziehung in den dreißiger Jahren ausgewirkt hat.
Nachdem ich jahrelang darüber nichts wusste, wage
ich heute die vorsichtige Vermutung, dass mein Vater
zumindest der politischen Einstellung seines Bruders
vorsichtig gegenüberstand. Ich schließe das aus seinen Papieren von 1945. Nun war es zwar durchaus
möglich, bei der Befragung durch die Militärregierung die Unwahrheit zu sagen, wenn es darum ging,
wie man bei geheimen Wahlen gestimmt habe. Aber
was ich da lese, passt zu den Eindrücken, die ich von
seiner Lebenshaltung gewonnen habe, auch wenn er
nie über Politik sprach. Aus den Papieren geht hervor, dass er im November 1932 und im Januar 1933
die Deutsche Volkspartei gewählt hat, eine Partei, die
die Interessen von Banken, Industrie und Export-
wirtschaft vertrat und 1929 nach dem Tod Strese-
manns mehr nach rechts gerückt war, in den Krisen-
jahren danach aber in Bremen zum Schluss kam, dass
sich mit den Sozialdemokraten besser zusammenarbeiten lasse als mit den Nationalsozialisten. Seit 1931
arbeitete er bei der Deutschen Bank Bremen, war
Mitglied des Deutschen Bankbeamten-Vereins und,
nachdem der 1933 verboten und mit einem Umweg
in die nationalsozialistische Einheitsgewerkschaft

eingegliedert wurde, DAF-Mitglied, 1935 auch Mitglied der nationalsozialistischen Volkswohlfahrt. Warum? Wurde es Männern, die heiraten wollten, nahegelegt? Und 1937 trat er in die NSDAP ein, er hatte inzwischen ein Jahreseinkommen von 3300 RM, 600 RM mehr als im Jahr der Heirat, was wohl darauf zurückzuführen ist, dass er nebenberuflich Buchführungs- und Steuersachen für Handwerker erledigt hat.

Es gibt aus diesen Jahren ein Foto von ihm, sechs mal neun, Hochglanz mit gezacktem Rand, wie er mit grauem Anzug und Krawatte vor einer getäfelten Wand an seinem Bankschreibtisch sitzt, seine Hände auf einer Akte und zu seiner Rechten ein sehr großes schwarzes Telefon. Das Licht kommt von links, vermutlich durch ein Fenster. Im Vordergrund vor einem zweiten Tisch, auf dem sich rechts eine Schreibmaschine andeutet, unscharf ein großer Karteikasten aus Holz, der auf einem eigenen Möbel steht. Wie der junge Mann an der Kamera vorbeischaut, strahlt er eine auf schüchterne Weise freundliche Ernsthaftigkeit aus, die dem Bild entspricht, das ich von ihm bewahrt habe. Ein Bild, das nichts preisgibt. Darum kommt es mir heute so wichtig vor. Wenn ich es mit der Lupe ansehe, zeigt sich etwas, das in Situationen, wo der Mensch lächelt, weniger sichtbar wird. Zwei widersprüchliche Gesichtshälften, die wir uns mit

langer Gewohnheit zum vertrauten Gesamtbild zu-
sammenzudenken gelernt haben, sodass sie sich erst
zeigen, wenn man sie getrennt anschaut, also erst
die eine, dann die andere Gesichtshälfte abdeckt.
Meine Lupe zeigt, was ich sehen könnte, aber sie
reicht nicht. Aus den Nähutensilien meiner Mutter besitze ich einen Fadenzähler, den ich aus bloßer Nostalgie aufbewahre, weil die Kunst der Hohl-
saumstickerei aufgehört hat, mich zu interessieren.
Aber unter diesem Fadenzähler zeigt sich seine linke
Gesichtshälfte als geisterhaftes Rätsel, ein masken-
haft nach oben gerichteter Mundwinkel, der nichts
von einem Lächeln an sich hat, und ein zu weit offenes, geradezu entgeistertes Auge, das jede Fokus-
sierungsmöglichkeit aufgegeben zu haben scheint.
Anders die rechte Gesichtshälfte. Ein ganz gewöhnlicher Blick, und auf der Wange das Grübchen, ein
Sympathieträger und Symptom des ganz besonderen,
Vergebung erwartenden Lächelns, das sich bei jüngeren Brüdern so oft findet. Aber hier ist kein Lächeln. Ich glaube den Versuch zu sehen, nichts aus-
zudrücken. Und was ist nichts? Es sieht aus wie eine
Skepsis, die verlangt, die Muskulatur so anzuspan-
nen, dass jede Hoffnungslosigkeit vergeht in einem
freundlichen Gesamtbild. Aber mir ist nicht wohl
dabei. Was gibt mir das Recht, seine Gesichtshälften
unter dem Fadenzähler auseinanderzunehmen? Ge-

nügt der alte Wunsch, mehr zu erfahren? Und erfahre ich mehr? Eher nicht, denn aus der Erfahrung mit eigenen Abbildern weiß ich längst, dass ein Foto oft Gefühle auf meinem Gesicht erscheinen lässt, die ich gar nicht hatte. Darum sollte ich bei der Betrachtung der Büroszene einfach sagen, da sitzt ein liebenswürdiger junger Mann mit schon zurückgewichenem Haar, und ich weiß nicht, wie ihm zumute ist.

1937 war, wie ich lese, die Zeit, in der das Arbeitsklima vom Druck des Zeitgeists sehr geprägt war, aber ich lese auch, dass man diesem Druck nicht zwingend nachgeben und Parteimitglied werden musste. Es ist möglich, dass nicht Zwang die Ursache für seinen Beitritt zur Partei war, sondern die Tatsache, dass die Kollegen nicht mehr nein sagten. Wissen kann ich das nicht. Jedenfalls war er einer von denen, die kein Parteibuch bekommen haben.

Aus all dem schließe ich, dass er weder seinem Bruder in die Partei gefolgt ist noch meiner Mutter, die unbeirrt zu den Sozialdemokraten hielt. Und wenn meine Mutter sagte, sie habe mit ihm nicht wirklich reden können, hat sie zweifellos auch die Politik gemeint.

Ich könnte sagen, dass er seinen eigenen Weg gegangen ist, aber nur, weil ich überzeugt bin, dass wir unsere eigenen Wege nicht selbst finden, sondern aus unserer Umgebung ableiten. Bei ihm, der sich mit seinen Ansichten immer ans Hergebrachte hielt, könnte das bedeuten, dass seine politische Haltung sich vom konservativen Elternhaus und den Arbeitskollegen in der Bank her gebildet hat. Nicht zu vergessen die Freunde im Turnverein und im Schützenverein, dem er seit 1930 angehört hat. Aber manchmal frage ich mich, ob es ihn irritiert hat, wenn er mit meiner Mutter und ihren Geschwistern unterwegs war und deren Einstellung in eine ganz andere Richtung ging. Vielleicht achtet man in jungen Jahren darauf nicht? Oder schien das etwas zu sein, das ihn nichts anging, weil er aus einer Familie mit Dienstwohnung, Pensionsberechtigung und Klavier stammte?

7. Dezember

Gestern fiel nach einer Reihe von eisigen Tagen wieder Regen, machte Matsch, und heute ist keinerlei Winter mehr. Lauer Südwind, der Schnee weggeschmolzen, und zum Vorschein kommt all das Laub, das noch eingesammelt werden sollte. Auch die Löcher, die die Katzen ins Beet gewühlt haben. Jetzt müsste ich Zweige auslegen, um die Tulpenzwiebeln zu schützen. Aber ich habe schlicht keine Lust auf Herbstarbeiten und beschließe, nicht hinzuschauen und das Beste zu hoffen für meine Tulpen.

Immer noch lese ich Tolstoi, jetzt ein Buch, von dem ich nie gehört hatte, *Hadschi Murat*, einen knappen Roman von so verblüffender Perfektion, dass es wehtut.

Meine Mutter las die Zeitung. Nie habe ich sie mit einem Buch gesehen. Sie war immer da und immer an der Arbeit, außer am Sonntag und an den Abenden, und manchmal auch abends oder sonntags, wenn es eilte, und es eilte oft. Dann habe ich ihr die Nähseide eingefädelt, damit es schneller ging, und später auch Nähte besteckt. Als Kind hat sie Bücher geliebt und hätte gern lesen wollen, durfte aber nicht, weil es immer so viel Wichtigeres zu tun gab. Ich durfte, und sie hat sich zweifellos gefreut, wenn sie mich lesen sah, Mädchenbücher, die ich mir zu Weihnachten wünschte, oder die Sammelbände der *Gartenlaube*, die ich mir in der ersten Etage ausgeliehen hatte. Ein paar Bücher aus den dreißiger Jahren gab es auch in unserem Schrank, gesammelte Werke mit Goldprägung, Storm und Hebbel, in denen ich gelesen habe, ohne viel zu verstehen, aber nicht ohne das feierliche Gefühl, in eine noch fremde Welt einzutreten. An Fritz Reuters Mecklenburger Platt bin ich gescheitert. Trotzdem denke ich heute, dass Lesen für mich weniger wichtig gewesen ist als für sie, weil es nicht verboten war und weil ich nach den Hausaufgaben gern etwas mit den Händen machen wollte. Vor allem denke ich das, wenn andere erzählen, wie sie als Kinder Bücher verschlungen und wie sie sie gebraucht haben, um aus ihrem Alltag zu entfliehen.

Bevor ich vierzehn wurde, waren die zwei Jahre Unterricht beim Dompastor vorbei, in denen ich mich immer weiter von den Inhalten entfernte, die er uns vermitteln wollte. Es waren zwei Jahre des zunehmenden Nachdenkens, also eine Keimzelle des Atheismus, der sich, weil das Nachdenken nicht aufhörte, in den folgenden Jahren entwickelt und befestigt hat. Damals wusste ich, dass man mit zwölf Jahren in religiösen Dingen mündig wird und selbst entscheiden darf. Ich entschied mich, das sehr ernst zu nehmen und, wenn wir bei der Konfirmation das Glaubensbekenntnis sprechen würden, nur die Sätze mitzusprechen, von denen ich überzeugt war. Sehr viele waren das nicht mehr.

Die Konfirmation rückte näher. Man sagt das so, und heute stutze ich angesichts dieser Wendung, weil sie sich nicht darum kümmert, wie verblüffend und wie unbegreiflich es ist, dass alles, was in der Zukunft liegt, eines Tages unerbittlich Gegenwart wird und dann ebenso unerbittlich Vergangenheit.

Meiner Mutter ging es nicht gut. Ihr linker Arm lahmte. Er schmerzte. Die zwei neuen Kleider, die man für die Prüfung und die Konfirmation brauchte, konnte sie mir noch nähen, das weiße war ein notwendiger Kompromiss, von dem ich schon wusste, dass ich es nie wieder anziehen würde. Aber das Prüfungskleid aus türkisgrünem Taft mit seinem ganz besonderen kleinen Ausschnitt gefiel mir, ich hatte Stoff und Schnitt selber ausgesucht wie die Kundinnen, wenn sie zu allen möglichen Tageszeiten auf der Bettcouch saßen und in den Modezeitschriften blätterten.

Dann musste sie ins Krankenhaus. Wochenlang lag sie dort in ihrem Bett, ohne dass jemand herausfand, was ihr fehlte.

Mittags, wenn die Schule vorbei war, ging ich ins Ottilie-Hoffmann-Haus zum Mittagessen. Es kostete, wenn ich mich nicht irre, achtzig Pfennig und war, abgesehen von meinen Besuchen in Bremerhaven, das erste Mal, dass ich auswärts aß. Schon als ich während des Meisterkurses meiner Mutter einmal in der Woche bei den Leuten im ersten Stock gegessen habe, war das sehr ungewöhnlich. Man aß nur zu Hause, höchstens bei Verwandten, wenn man länger zu Besuch war, oder bei den Bauern, wenn meine Mutter ein paar Tage lang bei ihnen nähte. Dass man einander zum Essen einlud, habe ich nie erlebt. Besuche fanden immer am Nachmittag statt, und dann gab es Kaffee und Kuchen. Auswärts essen war eine Notlösung. Nach dem Essen im Ottilie-Hoffmann-Haus fuhr ich nach Hause und machte meine Schularbeiten. Und alle paar Tage fuhr ich den weiten Weg ins Krankenhaus, wo sie nicht wussten, was meiner Mutter fehlte.

Für die Konfirmation brauchte man aber nicht nur neue Kleider, sondern auch einen Hut und einen Mantel, wie ihn die Erwachsenen trugen. Und während sie im Krankenhaus lag, musste ich zum ersten Mal in ein Bekleidungsgeschäft gehen und hatte, begleitet von ihrer jüngeren Schwester, die größte Mühe, etwas zu finden, was mir gefiel. Die vorhandene Auswahl entsprach dem, was damals üblich war, aber es war nichts dabei, was ich irgendwie mit mir in Zusammenhang bringen konnte. Ich hatte keine Erfahrung mit Bekleidungsgeschäften, während ich Schuhe durchaus schon einzukaufen wusste, und ich weiß noch, wie ich dachte, dass es mir an Erfahrung mit dem Erwachsensein fehlte und dass ich darum nichts finden konnte. Aber ich dachte auch, dass das Angebot scheußlich war und mir etwas nach den eigenen Vorstellungen Genähtes viel besser gefallen würde. Ich habe mich für den Mantel entschieden, der mich am wenigsten gestört hat, obwohl er genauso scheußlich war wie alle andern, ihn am Tag der Konfirmation getragen und dann nie wieder, eine üble Verschwendung, die mich gereut hat, solange der Mantel im Schrank hing.

Endlich zeigte sich, dass meiner Mutter nichts

fehlte, sondern dass sie eine Halsrippe zu viel hatte, die die Blutzufuhr und die Nervenbahn abklemmte und darum entfernt werden musste.

Als die Konfirmation stattfand, war sie nach sechs Wochen in der Klinik wieder auf den Beinen. Zuerst die Prüfung, ein Zeremoniell, in dem wir unsere Katechismus-Festigkeit unter Beweis stellen sollten, am Sonntag die Konfirmation. Und als wir mit unseren weißen Kleidern in den Bänken standen und das Glaubensbekenntnis sprachen, schwieg ich über weite Strecken. An Gott jedenfalls glaubte ich noch.

Danach zogen wir unsere neuen Mäntel an, setzten unsere damenhaften Hüte auf und gingen nach Hause. Ich habe versäumt, meine Mutter zu fragen, was sie über meine verzweifelte Mantelwahl wirklich gedacht hat. Vermutlich etwas Ähnliches wie ich. Von da an habe ich wieder Sachen nach eigenen Entwürfen getragen und tue es, von wenigen Ausnahmen abgesehen, heute noch. Keine Kleidung zu kaufen mag ein Zeichen von Armut gewesen sein, aber ich habe es immer als Luxus erlebt.

Als der Sommer kam, habe ich meine Mutter mit der Agfa Box im Garten fotografiert, sie sitzt im Abendlicht auf der Bank vor dem Maschendraht, auf dem die Winden noch nicht hochgewuchert sind, und sieht wunderschön aus. Sie fand das überhaupt nicht, abgemagert sehe sie aus, hat sie gesagt. Das mag stimmen, aber mir schien, dass ihre Züge dadurch besser zur Geltung kamen.

8. Dezember

Unsere Schneiderwerkstatt war während der Krankheit geschlossen worden und wurde nachher nicht wieder aufgemacht. Meine Mutter wünschte sich ein besseres Leben als bisher, wenn um neun Uhr abends noch die Kundinnen zur Anprobe kamen, und bewarb sich beim Theater am Goetheplatz um einen Arbeitsplatz in der Schneiderei. Im Spätsommer konnte sie anfangen. Auch dort musste sie oft abends arbeiten, aber dafür hatte sie tagsüber frei, und die Arbeit gefiel ihr sehr, die an der Nähmaschine und die mit den Schauspielerinnen und Sängerinnen in der Abendgarderobe. Das bessere Leben hatte angefangen.

Auch für mich. Ich musste keine Kleider mehr zu den Kundinnen bringen, nicht mehr die halbe Stunde zum Laden gehen, wo man im Souterrain Stoff abgeben konnte, um ihn plissieren oder Knöpfe beziehen zu lassen, und nicht mehr helfen, wenn es eilte. Und einkaufen musste ich auch kaum noch, weil meine Mutter jetzt Zeit dafür hatte.

Die größte Veränderung aber war, dass ich ins

Theater gehen konnte. Wenn das Haus nicht ausverkauft war, konnte ich für fünfzig Pfennig Steuerkarten haben und sehen, was ich wollte, und ich wollte alles sehen. Als ich zum ersten Mal mit meinen weißen Kniestrümpfen, weißen Pikeehandschuhen und dem Abendtäschchen ins Theater ging, war alles anders als im Weihnachtsmärchen, kein roter Plüsch, sondern das moderne Design der fünfziger Jahre in Altrosa, Silber und Weiß und mit einem geraden helllila Vorhang, genauer, zunächst mit gar keinem Vorhang, sondern einer noch unbeleuchteten Landschaft mit Höckern und Schrägen, aus denen sich dann das Drama entfaltete. König Ödipus. Ich war tief beeindruckt, und nicht nur beim ersten Mal. Immer von neuem war ich verblüfft über die Möglichkeiten des Theaters und der Theatermenschen. Schauspiel, Oper, Ballett und Operette, alles hat mich interessiert, und alles habe ich so gut verstanden, wie man das mit vierzehn Jahren kann. Und weil alles zu früh war, war es später gut, die Dinge zum zweiten Mal zu sehen.

Neu war vieles in dem Jahr, als ich vierzehn wurde. Geld verdienen. Eine Mark fünfzig, dann zwei Mark war der Tarif für Nachhilfestunden. Ich hatte immer neue jüngere Schülerinnen und Schüler, die im Lateinischen und in der Mathematik Hilfe brauchten. Dass das auch mir genützt hat, habe ich schnell begriffen. Und seitdem denke ich immer wieder, dass ich, wenn ich endlich ernsthaft besser Französisch lernen wollen würde, es unterrichten müsste.

Heute frage ich mich, wofür ich eigentlich Geld gebraucht habe. Ins Kino bin ich höchstens einmal im Jahr gegangen. Ausflüge wurden mit Picknicks bestritten, und wenn man ausnahmsweise doch einmal in ein Restaurant ging, bestellte man höchstens ein Eis. Freizeitbeschäftigungen, die Geld kosten, kannte ich nicht, und wenn es sie gab, waren sie nicht in meinem Blickfeld. Die paar Groschen fürs Theater und das Programmheft waren leicht aufzubringen. Ich glaube, es waren die Tanzstunden, für die Geld gebraucht wurde. Tanzen war wie Schwimmen. Eine körperliche Fähigkeit, die mir im Gegensatz zur Folter des Geräteturnens zugänglich war.

9. Dezember

Gestern war ich mit einer Handvoll Freundinnen eingeladen, um die neue Wohnung kennenzulernen, in der eine von uns sich gerade einrichtet. Das sollte ich auch tun, denke ich bei solchen Gelegenheiten immer. Wenn der Mensch über siebzig ist, sollte er sich die Bleibe für den letzten Lebensabschnitt suchen. Meine Mutter hat das auch gemacht und ist aus ihrer von Nachtigallen umsungenen Wohnung im vierten Stock umgezogen in eine etwas kleinere, die im ersten Stock der Wohnung ihrer Jugendfreundin gegenüberlag. Es war ein Glück der Nähe, die sich auf fünfzig Jahre geteilter Zeit stützte und sich von großen und immer deutlicher gewordenen Unterschieden nicht beirren ließ.

Wenn man wie ich, denke ich, allein in einem Haus übriggeblieben ist, das folglich als verwaist bezeichnet werden müsste, sollte man sich neu einrichten. Nicht festkleben. Aber ich kann es nicht als verwaist erleben, weil es nicht nur voller Erinnerungen, sondern auch genau so und genauso schön ist, wie ich es in Jahren voller Tätigkeit eingerichtet habe. Für die denkbaren Einschränkungen des Alters ist es in keiner Weise geeignet, denke ich, denke aber auch, dass ich nicht weiß, welche Einschränkungen das sein werden und wann sie kommen. Sinnvoller wäre natürlich, eine Familie mit Kindern würde in diesem Haus wohnen, wie wir es früher gemacht haben. Aber das ist illusorisch geworden, ein neuer Besitzer würde es abreißen und etwas bauen, das mehr Rendite abwirft, und hätte sogar noch gute Gründe dafür, weil so ein schlecht isolierter Altbau vor ökologischen Kriterien nicht mehr bestehen kann. Aber mir ist wohl in diesem schlecht isolierten Altbau. Noch. Trotzdem immer dieses schlechte Gewissen, wenn Freundinnen es besser machen.

Unsere gestrige Runde bestand aus lauter lebens-erfahrenen Personen, die sich mit der menschlichen Seele auskennen und einiges über das Alter wissen. Sie nickten wissend, als ich von meiner Klavierunter-nehmung erzählte. Weder tollkühn noch zu spät fanden sie das. Es sei bekannt, dass Musik das Gehirn entwickle und seiner Erstarrung vorbeuge. Musik, dachte ich, ist weit entfernt von dem, was ich mache, und sagte das auch. Aber damit änderte sich nichts daran, dass das alternde Gehirn von nichts mehr profitiere als von der Auseinandersetzung mit Musik. Ich hoffe, mein Gehirn hat es gehört. Dabei hatte ich eigentlich keine Demenz-Prophylaxe im Sinn, aber umso besser, wenn meine Übungen in dieser Richtung wirken. Denn dass mein Gehirn mich gelegentlich mit peinlichen Ausfällen überrascht, kann ich nicht leugnen. Dass ich mich im sogenannten Herbst des Lebens befinde, auch nicht. Mich lange auf etwas zu konzentrieren, fällt mir schwerer als früher. Mehrere Termine an einem Tag kommen mir schon als Überforderung vor. Ob sie es wirklich sind oder nicht, spielt kaum eine Rolle. Dass es andern auch so geht, ist tröstlich, dass das zunehmen wird, weniger.

Immer am 9. Dezember rufe ich meinen Studien-freund in Berlin an, weil er dann Geburtstag hat, und heute habe ich ihn gefragt, ob er früher Klavierunter-richt hatte, was zwischen uns fünfzig Jahre lang kein

Thema war. Ja, sagte er, er hatte Unterricht. Er habe mit siebzehn bei einer Schulfeier sogar die »Träumerei« vorgespielt, sei dafür gelobt worden, und dann habe er genug gehabt. Für immer. Natürlich weiß ich nicht, was er damit meint. Wovon kann man genug haben? Vom Üben? Nein. Davon, sich als Klavierbegabung von den andern zu unterscheiden und nicht dazuzugehören. Hat es geholfen?, fragte ich. Nein, sagte er.

10. Dezember
1954 saß ich mit meiner Mutter vor dem Radio, am Nachmittag, als ich aus der Schule gekommen war. Dass es der 26. Februar war, finde ich natürlich nicht in meiner Erinnerung, nur den undeutlichen Eindruck, dass es kein Sommertag war, aber Daten kann man nachschlagen. Es war die Direktübertragung einer Bundestagsdebatte, in der es um die »Wehrergänzung zum Grundgesetz« ging, die die Bundesregierung ermächtigen sollte, die allgemeine Wehrpflicht einzuführen. Seit Jahren war von den Westmächten und den christlichen deutschen Parteien auf eine Wiederbewaffnung der Bundesrepublik gedrängt worden, als Reaktion auf die Bedrohung aus dem Osten, mit der uns alle politischen Neuerungen verkauft

wurden, während es bei genauerem Hinsehen meist der Osten war, der auf unsere Neuerungen reagierte. Wir hofften weiter, dass sich die Wehrpflicht verhindern ließe. Ich habe die Stimmen noch im Ohr, am deutlichsten die von Helmut Schmidt, der damals ein wortgewaltiger Hamburger Volksvertreter war. Am Ende kam die nötige Mehrheit der Ja-Stimmen zustande, und das Unbegreifliche dieser Mehrheit fühle ich auch noch, weil mir die Argumente der Gegner so eindeutig und so klar schienen. Dass vernünftige Menschen darüber anderer Meinung sein konnten und die Bundesrepublik wieder aufrüsten wollten, hatte in meinem Weltbild keinen Platz. Wenn es vereinzelte Militärköpfe gewesen wären, hätte ich das verstanden. Aber eine Zweidrittelmehrheit?

Es war nicht bei dieser Gelegenheit, sondern viel später, als ich selbst schon Kinder hatte, dass meine Mutter mir von einem andern und größeren Erschrecken vor dem Radio erzählt hat. Es war am 1. September 1939, ich war zehn Wochen alt, und sie hatte, während sie mich stillte, das Radio angestellt und musste in einer bereits angsterfüllten Zeit hören, wie die Hitlerstimme sagte: »Seit fünfuhrfünfundvierzig wird jetzt zurückgeschossen.« Und sie sagte mir, weil ich schon erwachsen war, dass sie das nicht hätte tun dürfen. Das Radio anstellen, meinte sie, weil sie seitdem überzeugt war, ihr abgrundtiefes Erschrecken habe sich mit der Muttermilch auf mich übertragen und mir geschadet. Ich versuchte sie zu trösten, weil die kindliche Seele nicht von einem einzelnen Augenblick geprägt wird, und hoffe, dass es mir gelungen ist. Die Verabscheuung von Lügen und kriegerischen Handlungen ist ja nicht das Einzige, was ich von ihr gelernt habe.

Apropos Lernen. Bis heute hatten meine Hände je nach Tonart ihre festen Positionen, und die sollen sie jetzt aufgeben. Nur Mut, denke ich. Nicht festkleben, denke ich und denke dabei wieder, dass ich einen Umzug ins Auge fassen sollte. Der Gedanke erscheint mir so schrecklich, dass ich mich lieber auf das Wechseln der Handpositionen auf den Tasten beschränke, obwohl es mich fürs Erste überfordert, was die Treffsicherheit betrifft. Geht das überhaupt ohne Hinschauen? Natürlich geht es, alle Klavierspieler tun es, und die Frage ist, kann ich das auch lernen? Wahrscheinlich schon, aber es wird eine Weile dauern. Außerdem kann man dabei mogeln und den Blick kurz von den Noten abwenden. Wäre ich bei der Schneemann-Methode geblieben, würde es mir vermutlich leichter fallen, weil dort von Anfang an mit diesem Wandern auf den Tasten gespielt wird.

Ein Umzug kann entsetzlich sein. Aber nicht jeder Umzug ist so entsetzlich wie der, als wir das kleine

Haus meiner Kinderjahre verlassen haben. Umziehen kann eine Befreiung sein, und heute sage ich, dass das womöglich auch für diesen ersten Umzug galt. Der nächste kam mit viel Vorfreude. Ich war fünfzehn, und meine Mutter hatte eine neue Wohnung gefunden, etwas östlicher, wo die Reihenhäuser kleiner waren und die Weser näher. Eine richtige Wohnung für uns allein, mit einem Wohnzimmer, einem Schlafzimmer und einem kleinen Zimmer für mich, mit einem Birnbaum vor dem Fenster, durch den der Mond schien. Die Küche mit ihrem Gasherd war im Souterrain und ein Becken mit fließendem Wasser in unserer Etage. Welch ein Luxus. Ein Ölofen in der Stube. Ein Heizlüfter in meinem Zimmer. Ein kleines Bücherregal. Moderne Vorhänge. Ein trapezförmiges Tischchen aus altem Holz, an das wir Beine angeschraubt haben, schräg, wie es die fünfziger Jahre verlangten. Das ganz neue Lebensgefühl. Die Weser so nah, die Straßenbahnhaltestelle noch näher. Gestört hat nur die Kneipe an der Ecke, aus der am Wochenende das Grölen von Männerstimmen in die stillen Gärten im Innern des Karrees drang, »Oh du schö-hö-höner We-he-hesterwald«.

Als ich fünfzehn war, wurde die Dreiviertelhose modern, meine Mutter hat mir sogleich eine genäht aus grauem Stoff, ich hatte aber nicht nur Freude, sondern auch Ärger damit, wenn mir die Halbwüchsigen auf dem Dorf »Hochwasser!« nachriefen.

Diese Hose trage ich auf dem Foto, das mich mit der zukünftigen Frau meines Vaters zeigt. Wir sind in einer Jagdhütte auf halber Strecke zwischen Bremen und Bremerhaven, die ihrem Bruder gehört. Dorthin lud mein Vater mich für ein Wochenende ein, damit Paula und ich uns kennenlernen konnten. Fotos zeigen uns beim Frühstück im Freien. Ich erinnere mich an schönes Sommerwetter und ans Aufstehen im Morgengrauen, ans Hinaufklettern auf den Hochsitz, um dort versteckt nach Rehen Ausschau zu halten, als es noch kühl war. Und wirklich, sie kamen und merkten nicht, dass wir ihnen zusahen. Der Gedanke, dass man auf diesen Hochsitz auch klettern konnte, um sie totzuschießen, beunruhigte mich, und dann vergaß ich ihn. Ein beglückendes Wochenende, viel leichter als alle früheren Besuche bei meinem Vater. Ich war für nichts mehr verantwortlich und konnte es einfach genießen. Vor allem war ich zutiefst erleichtert darüber, dass er wieder eine Frau gefunden hatte.

An die Hochzeit erinnere ich mich kaum, sehr

wohl aber an den Rückweg, weil es das erste Mal war, dass ich in einem Auto fuhr. Ich saß auf dem Rücksitz in Onkel Alberts Mercedes und staunte, wenn vorne der Tacho mehr als sechzig Stundenkilometer zeigte.

Und ein Jahr später, ich war inzwischen sechzehn, wurde eine kleine Tochter geboren.

12. Dezember

Neu war auch, dass ich Anschluss fand an eine Gruppe von Jungen, die vor allem Jazz im Kopf hatten. Sie gründeten eine Band, die in einem der Bremer Bunker ihren Übungsraum hatte und darum in schrägem Englisch Cementhouse Jazz Band hieß. Sie setzten auch ein paar Einführungsstunden an, damit wir alle in der Theorie der Dixieland-Musik auf der Höhe waren. Das war interessanterer Musikunterricht als der, den wir in der Schule hatten. Aber vor allem ging es um die Samstage. Um zwei versammelten wir uns im Zentralbad, und nachher saßen wir mit unseren vom Chlor brennenden Augen im Foyer und berieten, bei wem abends die Fete stattfinden sollte. Es war immer einer dabei, dessen Eltern verreist oder bereit waren, den Abend außer Haus zu verbringen. Die Tanzstundentänze waren kein Thema mehr, es gab nur noch Jazz. Natürlich spielte nicht unsere Band, sondern Bix Beiderbecke für uns, oder Kid Ory oder Chris Barber, denn die Jungen besaßen nicht nur größere Wohnungen, sondern auch Plattenspieler. An diesen Wochenenden gingen die einzigen Sportarten, mit denen ich etwas anfangen konnte, eine überraschende Verbindung ein, Schwimmen und Tanzen.

Natürlich hieß es nicht mehr Tanzen. Hotten war das, was wir jeden Samstag machten, und wenn es gut war, war es wüst oder lässig und am Ende wüst lässig. Wir hotteten also wüst lässig bis spät in die Nacht, wobei mit der Zeit immer mehr Lampen ausgeschaltet wurden, bis nur noch die Skalenbeleuchtung des Radios unsere Fete beleuchtete. Und das magische Auge. Gegen den Durst standen Orangensaft und eine Kanne Buttermilch bereit, nichts Alkoholisches. Das nicht aus weltanschaulichen Gründen, sondern weil die Jungen damit schon schlechte Erfahrungen gemacht hatten. Jazz im Dunkeln wirkte stärker gegen den Mief der Zeit als Alkohol. Am Ende stiegen wir mitten in der Nacht, wenn keine Straßenbahn mehr unterwegs war, auf unsere Fahrräder und fuhren nach Hause. Meine Mutter wachte auf, wenn ich zurückkam, obwohl ich mir immer Mühe gab, möglichst leise zu sein, und fragte, wie es gewesen sei. Ich glaube nicht, dass sie sich Sorgen gemacht hat, wenn ich so spät kam, weil alles eingespielt war und sich bewährt hatte. Heute vermute ich, dass sie sich an ihre Jugend erinnert fühlte, als sie mit ihren älteren Brüdern auf Schützenfeste und ländliche Bälle oder zu Veranstaltungen in der Stadt ging, ohne dass ihre Mutter sich Sorgen gemacht oder gesagt hätte, wann sie wieder zu Hause sein musste, weil sie von ihren Brüdern beschützt wurde.

Wir haben jetzt wieder Minustemperaturen und ein wenig Sonne. Ich habe mich warm angezogen und Laub eingesammelt, es war mehr, als ich dachte, und es ging einfacher, als ich dachte, weil es kompakt und gefroren war und sich darum leicht einpacken ließ. Endlich liegen nun auch Zweige auf dem Tulpenbeet. Das war für dieses Jahr die letzte Herbstarbeit, außer dass das Schilf noch geschnitten werden müsste, weil es die Nachbarin stört, wenn der Wind seine vertrockneten Blätter auf ihren Parkplatz weht.

13. Dezember

Mir würde das Schilf im Winter gefallen. Ich kann es vom Schreibtisch aus sehen, und es erinnert, besonders im Schnee, an Bilder, wie ich sie in der Kunsthalle gesehen habe, in jenen Jahren, als so vieles neu war. Das Kunstmuseum habe ich für mich entdeckt, weil wir ausgesprochen guten Kunstunterricht hatten, ganz im Gegensatz zu den Deutschstunden, die in den letzten drei Jahren zwar freundlich waren, aber nicht die geringste Ahnung davon hinterlassen haben, dass es etwas wie eine Literaturgeschichte gibt. Ein Lichtblick waren in diesen Jahren auch die Lateinstunden mit einer neuen Lehrerin, voll von literarischen Höhepunkten, die ich genießen konnte, nachdem und weil uns in den ersten Jahren die Grundlagen so gebieterisch eingetrichtert worden waren.

Im Radio hat kürzlich jemand erzählt, er gehe mit einem Fernrohr in Kunstausstellungen, um anders zu sehen und Neues zu entdecken. Was für eine gute Idee. Das will ich auch machen. Aber nicht jetzt.

Was ich jetzt mache, wenn ich sichte, was ich im Gedächtnis behalten habe, und versuche, es neu zu sehen, ist vielleicht nichts anderes als das. Ich schaue mit dem Fernrohr zurück. Altvertraute Erinnerungen können die Wahrheit nicht nur zurechtbiegen, sondern ihr auch im Weg stehen. Jedenfalls genügen mir diese vertrauten Erinnerungen nicht, und ich suche Neues über sie herauszufinden. Mit dem Fernrohr.

Einzelkinder, habe ich heute wieder gehört, hätten immer Probleme, wenn es darum gehe, Freundschaften zu schließen. Man hört das oft. Beim ersten Mal klang es einleuchtend. Aber ich hatte ein Problem mit diesem Problem, denn ich hatte es nicht. Oder doch? Möglicherweise habe ich Freundschaften anders geschlossen, als es Menschen täten, die Geschwister hatten. Und warum auch nicht, wichtig ist, dass ich Freundinnen und Freunde hatte. Ich bin gern allein, zugleich schien mir immer, ich sei ein ausgesprochener Gruppenmensch. Wie habe ich das lernen können, in meinen ersten Jahren? Mir ist, als hätte ich es gar nicht gelernt, sondern einfach von meiner Mutter übernommen, die mit ihren Brüdern und der Schwester und vielen andern Kindern das Leben gelernt hat. Sonst hätte ich womöglich dieses offenbar verbreitete Problem auch. Und vor allem hätte ich nicht immer wieder brüderliche Freunde gefunden.

Meine Jugendliebe habe ich auch gefunden. Aber das ist eine andere Geschichte.

Nach fünf Jahren in unserer neuen Wohnung haben wir uns wieder auf einen Umzug gefreut. In die Neue Vahr Nord sollte es gehen, die nicht nur so hieß, sondern wirklich ganz neu war, in eine unglaubliche Wohnung im dritten Stock mit einem richtigen Badezimmer mit heißem Wasser und einer modernen Küche, die nicht im Souterrain lag. Zweieinhalb Zimmer, von denen das mittlere meins wurde, ein wunderschönes Zimmer, meine Jugendliebe hat geholfen, es einzurichten mit eigens entworfenen Möbeln. Und eine Zentralheizung gab es auch. Und einen Balkon. Meine Mutter kaufte leichte neue Möbel für die Stube, und bald hatten wir zum ersten Mal ein Telefon. Und einen Staubsauger. Und eine Wäscheschleuder. Und einen Kühlschrank. Und einen Fernseher. Und ganz in der Nähe die Berliner Freiheit mit ihrem Wochenmarkt. Die Büsche und Bäume zwischen den Wohnblocks waren noch klein, aber bald sangen darin die Nachtigallen. Der Lärm des Autobahnzubringers störte sie nicht. Das gute Leben. Und wenn ich im Sommer aus dem Semester nach Hause kam, haben wir am ersten Abend bis weit nach Mitternacht über Gott und die Welt diskutiert und an den folgenden Abenden im Schein der neuen Stehlampe auf dem Balkon Canasta gespielt.

In der Stube tickte die Uhr mit dem Londoner

Zifferblatt, die meine Mutter aufgezogen hatte, als ich zum ersten Mal sah, wie zwischen meinen Eltern das Entsetzen stand. Ihr Gehäuse, vom Holzwurm zerfressen, war nicht mehr da, sie hing an der Wand und ließ, wenn man von der Seite schaute, ihr Räderwerk sehen, und der Perpendikel schwang unbeirrbar vor der weißen Wand. Hin und her.

Die Neue Vahr Nord war der Inbegriff dessen, was heute als Satellitenstadt verunglimpft wird. Aber wenn man sie nicht vom hohen Ross einer idealistischen Stadtplanung aus betrachtet, sondern mit den Augen derer, die dort gewohnt haben, bedeutete sie das bessere Leben. Sozialer Wohnungsbau, der nicht nur so hieß, sondern es auch war. Und für einige ausländische Familien, aus deren Wohnungen es nach fremden Gewürzen duftete, galt das ebenso.

Das Leben meiner Mutter hatte sich auch sonst verändert. Sie, die seit unserer Ostseereise im Krieg nur einmal zur Kur verreist war, reiste nun in die europäischen Hauptstädte. Das Theater machte es möglich. Ein neuer Intendant holte Regisseure ins Haus, die ein ganz neues Theater erfanden. Das gefiel nicht allen, auch in der Schneiderwerkstatt nicht. Und wenn es darum ging, die Abenddienste hinter der Bühne zu verteilen, wo man die Kostüme bereitmachen, beim Ankleiden und bei schnellen Kostümwechseln zur Hand sein und im Notfall eilige Reparaturen ausführen musste, fielen meiner Mutter meistens die ungewohnten Vorstellungen zu, mit denen ihre Kolleginnen nichts zu tun haben wollten. Meiner Mutter gefiel das, und es waren dann die in der Werkstatt umstrittenen Aufführungen, die ins Ausland zu Theatertreffen eingeladen wurden, und mit ihnen meine Mutter mit der Verantwortung für die Kostüme.

Dann, sie war dreiundfünfzig, bekam sie Brustkrebs. Wir waren voller Angst und voller Zuversicht. Für Zuversicht sprach wenig, aber das wussten wir nicht. Der Arzt hatte nur ihrer Freundin gesagt, dass er kaum eine Chance sehe, und sie hat es für sich behalten. Dafür bin ich ihr dankbar, denn wer weiß, ob unsere Zuversicht sich sonst hätte durchsetzen können. Die Operation und ihre Nachwehen waren schwierig, Bestrahlungen und Chemikalien eine Strapaze, aber allmählich ging es ihr besser. Und als nach fünf Jahren auch auf der andern Seite Brustkrebs festgestellt wurde, war es keine Metastase, sondern eine andere Art von Tumor und in einem früheren Stadium. Trotzdem wäre ich gern in ihrer Nähe gewesen, aber ich wohnte inzwischen weit weg in Amerika und war froh, dass ihre Freundin bei ihr war. Sie erholte sich schneller als beim ersten Mal und machte im Herbst ihre größte Reise, zu uns, in den amerikanischen Osten.

Noch bevor ihr Krebs gefunden wurde, trennte meine Mutter sich von dem Mann, für den sie sich hatte scheiden lassen. Sie hatte sich immer an die Abmachung gehalten, ihn nicht anzurufen und nicht aufzusuchen. Aber eines Tages war etwas geschehen, das mit ihm besprochen werden musste und keinen Aufschub duldete. Sie rief an. Und als sich niemand meldete, stieg sie in die Straßenbahn und fuhr zu der Wohnung von Frau Weiß, wo er zur Untermiete wohnte, um ihm einen Zettel zu hinterlassen. Im ganzen Haus gab es keine Frau Weiß. Aber es gab eine Klingel mit seinem Namen. Meine Mutter klingelte, und seine Frau, von der er sich vor Jahren getrennt haben wollte, öffnete die Tür. Ich nehme an, dass sie genauso entsetzt war wie meine Mutter, denn bei einem Mann, der ständig zu Bürgerschaftssitzungen, Fraktionssitzungen und Kommissionssitzungen muss, wundert man sich nicht, wenn er abends spät nach Hause kommt.

Er hatte also meine Mutter jahrelang getäuscht und keineswegs das gleiche Opfer gebracht, das er von ihr verlangt hatte. Damit war für sie die Beziehung beendet. Als ich wenige Tage später für die Semesterferien nach Hause kam, haben wir lange darüber gesprochen, über die bittere Wahrheit und darüber, wie er jahrelang eifersüchtig über sie gewacht hatte, damit sie nur ja keinen andern Mann kennen oder gar lieben lernte. Das ist eine alte Geschichte, doch bleibt sie ewig neu, würde Heinrich Heine dazu sagen, und wem sie just passieret, dem bricht das Herz entzwei.

Was heißt das? Es heißt, dass man trauert, weil ein wichtiger Grundpfeiler des Lebens zusammenbricht, wenn eine Liebe nicht nur aufhört, sondern nachträglich auch entwertet wird, es heißt auch, dass man zornig ist über die enttäuschende Realität, aber es muss nicht heißen, dass man resigniert.

Meine Mutter, dessen bin ich sicher, würde sich freuen, dass ich mich an diese Geschichte erinnere. Aber wäre es ihr auch recht, dass ich sie aufschreibe? Was man aufschreibt, kann gelesen werden. Ich glaube schon. Es könnte als ein Beispiel für menschliche Schwäche stehen, und wahrscheinlich ist, dass sie darum fände, ich sollte es nicht für mich behalten. Außerdem zeigt die Erfahrung, dass es immer die ganz individuellen Geschichten sind, die den Weg ins Allgemeine am leichtesten finden. Sobald man sie erzählt, verlieren sie das Persönliche, das sie an einmalige Charaktere und Umstände bindet und darum eigentlich unübertragbar machen sollte. Aber das Gegenteil scheint der Fall zu sein. Es ist, als ob das, was jemand von sich selbst erzählt, von anderen umso leichter übertragen würde, je persönlicher es ist, und sei es nur, indem man es beim Lesen Stück für Stück abklopft auf Ähnlichkeiten und Unähnlichkeiten mit den eigenen Verhältnissen und sich so seiner selbst vergewissert.

17. Dezember

Es schneit und schneit und schneit. Vor meinem Fenster fallen die Flocken. Nein, sie fallen nicht, sie fliegen nach rechts und links und in die Höhe. Seit fast einer Woche sind die Temperaturen unter null, morgens lag meistens Schnee auf den Stufen, mit dem Reisigbesen habe ich mir den Weg zum Briefkasten frei gemacht, um die Zeitungen zu holen. Heute musste ich die Schaufel nehmen. In vier Tagen kommt der offizielle Winteranfang, und ich nehme an, dass dann das übliche Weihnachtstauwetter einsetzt.

Sehr groß und weiß sieht heute das Nachbardach aus mit seinen Schornsteinen und den Mansardenfenstern. Die riesigen Tannen dahinter sind mit weißen Mustern verziert, haben aber nichts von ihrer Bedrohlichkeit verloren vor dem grauen Himmel. Ich schaue sie an, während meine Linke versucht, den C-, G- und F-Akkord im Wechsel zu spielen. Ich kann es immer noch nicht. Nicht blind, sonst schon. Vielleicht sollte ich lernen, den Blues zu improvisieren, dabei dürfte ich auf die Tasten schauen. Und nicht nur darum. Der Blues war immer das, was ich lernen wollte, wenn ich ans Klavierspielen dachte. Chopin ist unerreichbar, aber den Blues hätte ich mir unter Umständen zugetraut. Vielleicht zu Unrecht. Mein erstes Buch habe ich in der Stube von abwesenden Freunden geschrieben, obwohl ich gar nicht vorhatte, ein Buch zu schreiben. An der Wand stand ein Klavier, und ich wünschte mir in dieser Stube, ich könnte Klavier spielen und den Blues improvisieren. Weil ich es nicht konnte, habe ich mit Wörtern auf meiner Adler Gabriele improvisiert, einer kleinen elektrischen Schreibmaschine, die mir Gelenkentzündungen erspart hat und für mich das war, was für andere Literaten ihre Hermes Baby, ein unverzichtbares Arbeits- und Denkinstrument, von dem ich mich nie getrennt hätte, wenn sie nicht bei einer Revision, in die ich sie voller Vertrauen gegeben hatte, kaputtgegangen wäre. Ich war erschüttert, weil man sie zerstört hatte, und weil es das Modell nicht mehr gab, arrangierte mich mit technologisch fortgeschrittenen Geräten, die anfällig waren für Pannen und mich nie so überzeugen konnten wie die Adler Gabriele, obwohl sie außer schreiben nichts konnte oder vielleicht gerade darum. Dass auch die Nähmaschine meiner Mutter eine Adler war, hat mir immer gefallen, als würde ich ihre Arbeit mit andern Mitteln fortsetzen, aber es ist mir doch eher als ein liebenswürdiger Zufall erschienen und nicht als Fingerzeig. Jahre nach der Gabriele und diversen Montagsmaschinen bin ich auf Laptops umgestiegen, mit denen sich die Arbeit meiner Mutter auch fortsetzen lässt, nicht aber der Wunsch, bei einer Sache zu bleiben, die sich bewährt hat. Entweder schmort die Hardware durch, oder die Software gibt den Geist auf. Ich bin so töricht, beides als persönliche Kränkung zu erleben, während ich zugleich weiß, dass es unzeitgemäß ist, jetzt nach mehr als zwanzig Jahren erst mit dem vierten Laptop zu arbeiten. Wer Neuerungen nicht will oder nicht braucht, wird bekanntlich trotzdem vom Gewohnten abgekoppelt und gezwungen, alle paar Jahre ein neues Betriebssystem zu lernen. Wenn ich mich sträube, sehe ich alt aus. Lernen soll schön sein, besonders im Alter, weil es das Gehirn wach hält. Ich würde mein Gehirn lieber mit andern Inhalten wach halten.

18. Dezember

In meinem Studentenzimmer in Göttingen bekam ich am zehnten Mai, ich war fast siebenundzwanzig Jahre alt, spätabends ein Telegramm. Mein Vater war tot.

Vor sechs oder sieben Jahren hatte er seine Stelle bei der Reederei in Bremerhaven gekündigt, nachdem ihm jahrelang die versprochene Beförderung vorenthalten worden war, und war mit seiner Familie nach Bremen gezogen, wo er, auch in einer Reederei, einen Posten als Prokurist gefunden hatte. Unsere alten Möbel standen dann in einer Zweieinhalbzimmerwohnung ganz in der Nähe der Adresse, wo meine Mutter früher ihre Werkstatt eingerichtet hatte. So kam seine Tochter in die gleiche Schule, in der ich drei Jahre lang gewesen war. Und er fand fünf Minuten von der Wohnung entfernt eine Parzelle mit einer Laube, die er mit der gleichen Sorgsamkeit herrichtete, mit der er seine Pflanzen zog und pflegte. Viel Zeit verbrachte er dort, und wenn man ihn besuchte, zeigte er mit Freude, was ihn beschäftigte. Stolz war er auf seine Nelken. Mir leuchtete die Sorgsamkeit ein, ohne dass ich etwas über den Gartenbau gelernt hätte, weil sich meine Interessen auf ganz andere Dinge richteten. Ich war auch dankbar für alles, was er über seinen Garten zu sagen wusste, weil die alte Schwierigkeit, mit ihm in ein Gespräch zu kommen, keineswegs verschwunden, sondern nur durch die glückliche Tatsache, dass ein Familienleben und ein kleines Kind eine Alltagsrealität schaffen, in den Hintergrund getreten war. Denn was immer er sagte, es war etwas Allgemeines, das schon feststand, bevor er es aussprach, und nur darum, wollte mir scheinen, sprach er es aus. So wusste er mit einem apodiktischen Satz jegliche Überlegung im Keim zu ersticken. Und ich war inzwischen alt genug, um zu wissen, dass man dergleichen aus Unsicherheit tut. Auf einem Spaziergang kam die Rede auf die neuere Architektur. Ein spitzes Dach, sagte er, sei grundsätzlich schöner als ein flaches. Mit einem Gefühl, das sich aus Enttäuschung, Resignation und Verständnis zusammensetzte, verschwieg ich, was ich dachte.

Am Morgen nach dem Telegramm rief ich, in meinem Sekretärinnenbüro angekommen, seine Frau an. Was ich erfuhr, kann ich heute noch nicht fassen. Er war am frühen Morgen wie immer mit seiner Tochter zur Bushaltestelle gegangen, hatte sich von ihr aber, statt auf den Bus zu warten, verabschiedet mit den Worten, er wolle erst noch Blumen aus dem Garten holen. Im Lauf des Vormittags rief sein Chef zu Hause an, um zu fragen, warum er nicht ins Büro gekommen sei. Die Suchaktion zeigte, dass er sich in seiner Gartenlaube erhängt hatte.

Warum?

Ich fuhr nach Bremen, um mich nützlich zu machen. Ich begleitete seine Frau, um den Toten anzusehen. Erhängte Tote sehen anders aus als andere Tote. Ich dachte, man müsse der zehnjährigen Tochter die Wahrheit sagen, weil sie ein Recht darauf hatte, aber die Witwe entschied sich anders. Und weil ich wusste, dass sie den Alltag zu bestehen hatte und nicht ich, habe ich akzeptiert, was ich noch heute falsch finde. Er war also einen Herztod gestorben.

Jeder Tod ist auch ein Herztod. Und warum wollte er diesen Herztod sterben? Weil in der Familie seiner Mutter der Selbstmord eine häufige Todesursache war? Weil der Chef ihm sein Boot angeboten hatte, um einmal auszuspannen, und damit seine Leistungsfähigkeit infrage gestellt hatte? Weil er eine wehmütige Nähe zu einer jungen Hausbewohnerin aufgebaut hatte, die mich immer an meine Mutter erinnert hat, wenn ich ihr im kleinen Vorgarten begegnet bin? Weil seine Jahre im Krieg zerstörerische Spuren hinterlassen hatten? Unbeantwortbare Fragen. Hinweise auf seinen bevorstehenden Abschied hat er nicht gegeben. Sicher ist nur, dass er sich in der Zeit vor seinem Tod zurückgezogen hat und unerreichbar geworden ist.

Das Warum bleibt.

Auf dem Osterholzer Friedhof wurde er beerdigt. Sein Bruder war mit Frau angereist, konnte sich aber nicht aufraffen, mit uns zur Trauerfeier zu kommen, und blieb allein in der Wohnung seines toten Bruders, während wir andern durch das große Halbrund der Friedhofseinfahrt und die eiserne Pforte, die un-

serem kleinen ehemaligen Haus, es war inzwischen
zu einem Gärtnereigeschäft ausgebaut, gegenüberlag, auf den Friedhof und in die mit Friedhofsblu-
men geschmückte Halle des Krematoriums gingen.

19. Dezember

Wenn die Sonne so tief steht, schickt sie am Morgen oder am Abend ihren Lichtstrahl quer durchs
Haus bis in Winkel, von denen man nicht annehmen
sollte, dass die Sonne sie je erreichen könnte, und
lässt sie aufleuchten. Jedes Jahr verblüfft mich das
von Neuem, als hätte ich es in den helleren Jahreszeiten vergessen. Ich habe die Sonne in Verdacht, dass
sie sich immer etwas Neues ausdenkt.

Unser Weihnachtsbaum steht schon vor der Tür.
Schön groß ist er und so breit wie möglich, weil ich
ihn nicht für meine Mutter und mich, sondern für
eine große Runde gekauft habe.

Ein unerwartetes Weihnachtsgeschenk ist auch
gekommen, von dem Freund, der meine erste Liebe
war, begleitet von einem schönen langen Brief seiner
Frau. Fou Ts'ong spielt *Mazurki* von Chopin, eine
polnische CD. Auch er spielt jetzt auf einem Erard-
Flügel von 1849, also dem Jahr, in dem Chopin gestorben ist. Gleich habe ich Rachmaninoffs Chopin,

nachdem ich ihn ein paar Wochen lang gehört habe, aus dem Gerät genommen und höre Fou Ts'ong, unsere alte Liebe.

20. Dezember

Pünktlich zum Winteranfang hat das Weihnachtstauwetter eingesetzt. Die Wetterpropheten meinen aber, es werde von kurzer Dauer sein und uns stünden weiße Weihnachten ins Haus. Ausnahmsweise.

Viele meinen zwar, früher seien die Winter schöner und die Weihnachten weißer gewesen, aber ich glaube, dass diese Erinnerungen von den Ausnahmen herrühren, die sich, gerade weil sie Ausnahmen waren, tief eingeprägt haben. Oder sie stammen von den Adventskalendern der Kinderjahre, deren Landschaften weiß und immer nur weiß waren. Ich erinnere mich nicht an Weihnachtsschnee. Aber Ausnahmen muss es auch in Norddeutschland gegeben haben, das beweist das Foto mit dem Schlitten, auf dem ich zum Fest bei den Großeltern gezogen wurde, eine lange Fahrt, an die ich mich, wie es das häufig gibt, nur zu erinnern glaubte, weil es das Foto gab.

An dieses Foto erinnere ich mich gut. Aber ich will mich nicht auf die bloße Erinnerung verlassen und es genauer wissen. Und wie ich im Album nachschaue, zeigt sich, dieses Foto gibt es gar nicht. Jedenfalls nicht so, wie ich dachte. Das Bild stammt vom Dezember 1940, als ich schon fünf Monate laufen konnte, und es ist ganz anders, als ich es mir vorgestellt habe. Ich bin allein auf diesem Bild. Mein Kinderstühlchen ist mit Stricken auf den Schlitten gebunden, und darin sitze ich, anderthalb Jahre alt und in dicke Decken gewickelt. Die Leine, mit der der Schlitten gezogen wird, liegt im Schnee. Meine Mutter in ihrem schmalen dunklen Mantel ist nicht zu sehen. Ich schaue nicht den fotografierenden Vater an, sondern etwas ängstlich nach links hinten. Steht sie dort? Ein paar Meter hinter mir eine Gruppe von schwarzen Kiefern. Meine Erinnerung erzählt etwas ganz anderes. Sie handelt von einer Schlittenfahrt durch weites weißes Land neben der endlosen Landstraße nach Mahndorf, und zwar rechts von der Straße, während das Foto entweder links oder an einem andern Ort aufgenommen wurde. Mein Erinnerungsbild muss also dem Gedächtnis entstammen, was mich überrascht, weil man sagt, unsere Erinnerung reiche nicht in so frühe Zeiten zurück. Aber was ich noch weiß, kann ein Bild nicht zeigen, dieses sonderbare Gefühl von Eingepacktsein, den kalten Wind im Gesicht und so viel Weiß in den Augen, begleitet von der Verblüffung über etwas Erstmaliges, schwer zu Begreifendes. Und meine Mutter in ihrem schmalen dunklen Mantel. In diesem Fall hat die Erinnerung ein Foto verändert, während es sonst meistens umgekehrt ist.

Der Herbst ist vorbei. Ich lerne Klavier spielen.